死者はよみがえる

ジョン・ディクスン・カー

南アフリカからロンドンへ無銭旅行ができるか？　友人とそんな賭けをした作家のケントは、大冒険の末にロンドンへたどり着いた。しかし、空腹に苦しんでいた彼は、ささいなきっかけでホテルで朝食の無銭飲食に及ぶ。食べ終えた彼に近づいてくるスタッフ。だが、観念した彼に告げられたのは、予想外の言葉だった——。残酷不可解な殺人、殺人現場で目撃されたという青い制服の男の怪……名探偵フェル博士が指摘した12の謎がすべて解かれるとき、途方もない真相が明らかに！　巨匠の独壇場たる本格長編。

登場人物

クリストファー（クリス）・ケント……作家
ダニエル（ダン）・リーパー……クリスの友人。南アフリカの実業家
メリッタ（メル）・リーパー……ダンの妻
フランシーン・フォーブズ……ダンの姪
ロドニー（ロッド）・ケント……ダンの政治秘書。クリスの従兄弟《いとこ》
ジョセフィーン（ジェニー）・ケント……ロドニーの妻
ハーヴェイ・レイバーン……ダン一家の親友
ジャイルズ・ゲイ……ダンの友人。南アフリカ連邦の元次官
リッチー・ベロウズ……サー・ジャイルズの屋敷の前の持ち主
ケネス・ハードウィック……ロイヤル・スカーレット・ホテルの支配人
ミセス・ジョプリー＝ダン……同ホテル七〇七号室の事件前夜の宿泊客
ギディオン・フェル博士……探偵
ハドリー……スコットランド・ヤード犯罪捜査部《CID》の警視

死者はよみがえる

ジョン・ディクスン・カー
三　角　和　代　訳

創元推理文庫

TO WAKE THE DEAD

by

John Dickson Carr

1938

目次

死者はよみがえる

1　朝めしを食べるという犯罪

夜が明けたばかりの一月の冷えこむ朝、クリストファー・ケントはロンドンの目抜き通り、ピカデリーに立って震えていた。空はあたかもはけで灰色に塗りつぶされたかに見える。彼はピカデリー・サーカスのすぐそばにいて、ギネスの広告の時計が七時二十分だと告げていた。この交差点で動いているのは、エンジンの音がやけに響くタクシー一台だけ。そのタクシーはエロス像の噴水をまわり、静かなリージェント・ストリートへガタガタと去っていった。東から吹く風が、重い絨毯《じゅうたん》を揺らすように凍てつく空気を揺らしている。雪のひとひらが、続いてもうひとひらが突然我が身をかすめていったのに、クリストファー・ケントは気づいた。恨めしいと思って雪を見つめたわけではないが、愉快でもなかった。

角を曲がったところの銀行で小切手を使いさえすれば、なんでも手に入れることはできる。だが、ポケットには一ペニーもないし、これから二十四時間は懐《ふところ》が温かくなる見込みもない。それが問題だった。昨日の朝を最後に食事と縁がなく、空腹のあまり胃がきりきりと痛くなっていた。

本能に導かれるように、ロイヤル・スカーレット・ホテルの扉に近づいた。惹かれずにはいられなかった。一日後に——正確には二月一日の午前十時——このホテルに足を踏み入れ、取り決めどおりにダン・リーパーと会う。そうしたら、現在抱えるすべての問題が終わりになる。ダンに勝てば満足できるだろう。けれど、この瞬間は飢えと目眩《めまい》のせいで、最初はおもしろがって始めたことに対して、気がふさいで怒りっぽくなっていた。

例の如《ごと》く、こんなふうに待ち合わせをすることになった経緯は気まぐれなものだった。彼はケント南アフリカビール会社のいまは亡き社長の息子だ。南アフリカで育ち、ありとあらゆる国で暮らしたが、物心ついてから自分の国のイギリスで過ごしたことがない。二歳で親に連れられて故郷をあとにしてから、目にしたことがなかった。行こうとしてもいつも都合がつかなくなるのだ。ビール会社から手が離せなかったときもある。ただ最近では怠けて、ビールには飲むことくらいしか注意を払えていないが。彼にはほかにやりたいことがあった。父の健全な教育方針に沿って育てられ、すべてにおいて父の判断に同意したが、事業への熱意となると話は別で、若い頃に犯罪小説を好むようになったのだ。二十代なかばに自分でも執筆を始め、その分野で馬車馬のように仕事をして作品に磨きをかけた。だが、ダン・リーパーはいい顔をしなかった。

このうえなく固いロンドンの歩道に立ち、三カ月前、ダーバンのビーチから聞こえる波の音を背景に冷えた飲み物を手にしていた、いまよりずっと快適だった日を思いだした。例の如く、ダンと言い争いをしていた。あのダンの濃い赤茶色に日焼けした顔、きびきびした仕草、断固として譲らない態度。五十歳のダンはかつて若者の国において成功を収め、ヨハネスブルグをあらたなシカゴにした者たちのひとりだった。ダンはケントより二十歳近く年上だったにもかかわらず、ふたりの交友は長きに渡って続き、すべての造られしものについて、それに価値があるのかそれともくだらないものなのか、舌戦を楽しんだ。ダンは国民議会の議員で、政界の重要人物になろうと努力していた。そして、やはり例の如く、自分の意見を押しつけてきていた。

「小説を読む暇はない」ダンは例の如く言った。「伝記や歴史書なら、まあ読める。おれの趣味に合う。実際にあった話だからな。読んで身になるものがいい。ほかの本については、パタースンのばあさんみたいな気持ちになる。〝なんの役に立つ？　嘘ばっかりじゃないか〟とね。だが、どうしても小説を書かなきゃならんのだったら、せめて自分の経験から、つまり豊かな人生の知識をもとに書くべきだぞ。たとえば、おれの人生のような。たまに、おれならば小説を書けると思わなくもない」

「はいはい」ケントは言った。「わかってるよ。すべてどこかで聞いたことのある話だ。くだらない。小説を執筆するということはれっきとした職業だ。ほかの立派な職業に引けを取らないし、学んで習得できるものだよ。あなたの忌々《いまいま》しい経験については――」

「経験が必要なことは否定しないんだな？」

「わからない」そこでケントは正直に打ち明けたのだった。グラス越しに青い海と空を見つめたことを思いだす。「本のカバーの折り返しにある著者略歴を読むと、いつもあれっと思うんだ。びっくり仰天するくらい似たり寄ったりなんだよ。十人中、九人はこうだからね。〝ミスター何某《なにがし》は波瀾万丈《はらんばんじょう》の人生において、木こり、牧童、新聞記者、炭鉱労働者、バーテンダーとして過ごした。カナダじゅうを旅した。しばらくは――〟と、そんな調子だ。カナダで牧童だった作家の数はすごいことになってるはずさ。いつの日かぼくが著者略歴を求められたら、カナダ牧童の独裁を打ち破ってやるよ。こんなふうに書こう。〝ぼくは木こり、牧童、新聞記者、炭鉱労働者、バーテンダーではなく、それどころか、人生において実直に働いたこともないまま、執筆を開始した〟ってね」

これはダンの癇《かん》にさわった。

「きみにそんな経験がないことは知っているとも」彼はきつい口調で言い返した。「いつも望むだけの金を手にしてきたじゃないか。きみは実直に働くことはできない。そんなことをすれば、死んでしまうね」

そこから、ジョン・コリンズの文学批評ばりの厳しい言葉ひとつふたつによって火のついた言い争いは、ますます鋭さを増して本格的なものとなり、ダンの口調はさらに熱を帯びた。

「千ポンド賭ける！」小説に出てきそうなことを想像したダンが叫んだ。「おれ自身が経験した試練にきみは耐えられないことに。いいか、よく聞け。きみはポケットに一ペニーも入れず、ヨハネスブルグを出発する。働いて稼ぐかヒッチハイクかで、ダーバン、ケープタウン、ポート・エリザベス、どこでも好きな港までたどり着く。船でイギリスへむかい、指定された待ち合わせ場所でおれに会う。そうだな、いまから十週間後にしようか。きみには小切手を現金化したり、自分の名を出して助けを求めたりすることなしには、そんなだいそれたことはできないとおれは賭ける。どうだ！」

ケントはそのアイデアが小説ではありふれているものだとは言わなかった。だが、興味をそそられた。

「では喜んでお受けしよう」彼は言った。

ダンは怪しむように彼を見てきた。すべてのことに落とし穴がないか探す男だった。

「本気か？　いいか、きみがそんなことをやってのけたら――あるいは挑戦しただけでも――なによりきみのためになるだろう。〈人生〉とはなにか、きみに教えてくれる。それに、凄腕スパイやら殺人やらの愚かな話のかわりに、本物の書物を記す題材を手に入れられるぞ。だが、きみは本気じゃないだろう。明日の朝にはやっぱりやめたと言いだすね」

「うるさいな。天に誓って本気だとも」

「ほほう！」そう言ってダンはぐびりと酒を飲んだ。「よかろう！」彼は太い人差し指を突きつけた。「二月の初めに、おれは商用でイギリスへ行かねばならないんだ。メリッタも同行する。きみの従兄弟《いとこ》のロッド、それにジェニーも。そしておそらく、フランシーンとハーヴェイもだ」ダンはいつも友人たちを引き連れて皇帝のように旅をした。「イギリスに到着したらまず、サセックス州のサー・ジャイルズ・ゲイの家へむかうことになっている。だが、ぴったり二月一日の朝には、ロンドンにいるはずだ。きみはさっきのような旅をして、一日の朝十時にロイヤル・スカーレット・ホテルのおれのスイートで落ちあえると思うかね？　よく考えるんだぞ。きみがやり遂げられないことに千ポンド賭ける――ズルはするなよ」

さらにふたつの雪のかけらが空を舞い、強風で遠くへ吹かれていった。ケントはピカデリーの先まで見やり、気休めにベルトを締めて空腹を紛《まぎ》らわせた。そうとも、やってのけたのだ。たどり着いた。とにかく、あと二十四時間もてばやってのけたことになる。そして現時点での最大の感想は、ダンがあれだけ自信たっぷりに予想したことは、ほぼすべてがまちがっていたということだった。

経験？　本の題材だって？　この瞬間、ケントは笑えばいいのか、毒づけばいいのか、わからなかった。そうしたもののひとつとして、今回の冒険飛翔では出遭わなかった。終戦後に家畜輸送船で南アフリカに渡ったダン自身は、大冒険や神秘めいたアフリカの黄昏《たそがれ》になんらかの展望を見いだしたかもしれない。もっとも、ケントは怪しいものだと思っていたが。なにが充実感だ。この旅は単調で、労働だけで終わった。それも身をすり減らすような労働だ。気持ちを強くもっていなければ、最初の二週間でくじけただろう。ケント自身もダンに負けず頑固だったからこそ、やり遂げられたのだ。人間の性質についてならばヨハネスブルグの下宿屋にいても同じように学べただろうし、冒険についてだってほぼ同じように学べただろう。

ともあれ、こうして彼はたどり着いた。一週間ほど前、ロンドン東のテムズ河沿いのティルベリーでヴォルパー号を降りた。ポケットには荷繰《にぐ》り人としての賃金を入れていたが、その大半を仕事仲間ふたりと盛大な飲み食いに一度で使ってしまった。たぶん、壮大な冗談だったと冷静に思えるだけの時間が経ってから振り返れば、大海原《おおうなばら》で冒険をした感覚も生まれるだろう。でも、この瞬間わかっているのは、すさまじく腹が減ったということだけだった。

　彼はピカデリーにそびえ立つ白い石造りのロイヤル・スカーレット・ホテルの大きな回転ドアへもう少し近づいた。ホテルのなかでは清掃係たちが大理石の床の掃除を終えるところだった。ふたたび絨毯が音もなく敷かれる。早朝の静けさを破るのはこだまする足音だけだった。

　ロイヤル・スカーレットは堂々としているが、超高級ホテルではない。ダン・リーパーはここを好んで定宿としているものの、基本的に一フロアの半分を借りるから、結局はサヴォイに泊まるのと大差ない料金を払っていた。ダンに言わせれば、ネーム・バリューにつられて値の張るホテルに金を出さないのは物の道理だった。そのうえ、ここの支配人は同じ南アフリカ出身でダンの友人なのだ。戴冠式《たいかんしき》イヤー（一九三七年五月、ジョージ六世の戴冠式がおこなわれた）だから最上階を増築しているところで、あたらしい設備を整えた贅沢な客室もできていて、そこもダンは気に入っていた。

　クリストファー・ケントはさらにホテルへ近づいた。ガラス扉のむこう側は暖かそうだった。暖かくてまどろんでいるようだった。快適な椅子に座ればすきっ腹さえも落ち着くかもしれない。ロビーを覗きこむと、ダンに対する理不尽な憤《いきどお》りを覚えた。子供はひとりもいないのに振る舞いは家長然《ペール・ド・ファミーユ》としているダン。十シリングの品物を九シリング十一ペンス三ファージングで手に入れるために、ありとあらゆる苦労をすることに勝ち誇る男。この瞬間にダンはまだサセックスのサー・ジャイルズの家にいて、ぬくぬくとベッドで毛布にくるまっているだろう。でも、やがてここに友人や部下の一行を引き連れてやってくる。ケントは彼らのことをざっと思い浮かべた。メリッタはダンの妻。フランシーン・フォーブズは姪。クリスの従兄弟でもあるロドニー・ケントは、ダンの政治秘書。そしてロドニーの妻のジェニー。ハーヴェイ・レイバーンは一家の大親友で、おそらくこの旅に同行しているだろう。明日は彼らがロンドンにやってくる……

今回は胃が誇張なしに引きつった。人がこれほど空腹になれるとは思ってもいなかった。白いもの、雪のかけらにしては大きすぎるものを視界の隅にとらえた。空からひらひらと降ってくる。肩をかすめていく。思わず片手を伸ばしてつかんだ。それは折りたたまれた白いカードで、客室を割り当てられたときに受けとるものに似ていた。赤い文字でこう書いてある。

ロイヤル・スカーレット・ホテル
宿泊日：一九三七年一月三十日
部屋番号：七〇七
料金：二十一ポンド六シリング（ツイン）
料金は浴室付き室料で朝食代込みとなっております。貴重品はフロントの金庫にお預けくださるようお願い申し上げます。お預けくださらない場合、いっさいの責任は負いかねます。

「浴室付き室料で朝食代込み」ケントはカードを見つめた。最初にそのアイデアが浮かんだときは小説の題材にぴったりだと思ったが、すぐにためらい驚きながらも、実行できるかもしれないと気づいた。

こうした場合の流れを思い返した。ダイニングルームに入って、帳面を手にして入り口に座っている者か給仕かに部屋番号を告げる。そうすれば朝食を出してくれる。ここで自分が大胆に歩いていって確実に誰かが泊まっている部屋番号を告げれば、朝食にありつけるのではないか——それからふたたび外へ出て姿をくらますのだ。できないことはあるまい？　自分がその部屋の泊まり客ではないとどうやってわかる？　やっと七時三十分になるかならないかだ。本物の泊まり客がこんな朝早くにダイニングルームに降りてくる可能性は薄いから、なんにせよ、危険でもやってみる価値はある。

このアイデアには大いに心惹かれた。所持品のほとんどを質入れしており、伸びた髪も切らねばならなかったが、スーツはまだ見苦しくないし、ひげは前夜にそっている。彼は回転ドアを押してロビーに足を踏み入れ、帽子とコートを脱いだ。

ごく軽いペテンだが、ケントはふいに、人生でこれほど後ろめたく感じたことはないと気づいた。からっぽの胃では自信などたいしてもてない。だから、人からじろじろ見つめられていないか、頭のなかのたくらみを覗かれてはいないかと心配になった。追われているようにロビーを急いで横切らないためには目一杯の自制心が必要だった。ホール・ポーター（フロント・サービス部門長の）——いやしくも王室の緋色《ロイヤル・スカーレット》と自称するホテルがなぜか当然のように採用している濃い青のこざっぱりした制服姿——ひとりだけが彼を見ているようだった。ケントはさりげなくロビーをゆったり横切ってから、ラウンジを通り抜けて、目覚めたばかりに見える広いダイニングルームへやってきた。

ほっとしたことに、数人がもうテーブルについていた。彼が最初の客だったら、ペテン師としては怯《ひる》んで逃げだしたことだろう。実際のところ、あまりに大勢の給仕がいるのを見て逃げだしそうになったが。けれど、朝刊を脇に抱えた男のように落ち着いて余裕を見せながら歩こうと努めた。そこで給仕長が彼にお辞儀をしてきたので、あとに引けなくなった。

ぽつんと離れたテーブルで給仕が椅子を引いてくれたとき、心臓は口から飛びだしそうだったと彼はのちに認めた。

「なんにいたしましょうか?」

「ベーコンエッグ、トースト、コーヒーを。ベーコンエッグはたっぷり頼むよ」

「かしこまりました」給仕はきびきびと言い、伝票を取りだした。「お部屋番号をお願いできますか?」

「七〇七だ」

別に驚かれることはなかったようだ。給仕は番号を書きとめ、下のカーボン紙で複写された紙をちぎり、急いで去った。ケントは椅子にもたれた。暖かくて快適だ。漂うコーヒーの香りでさらに少し目眩がしたけれど、まだ本調子ではないが、地に足がついてきたように感じた。この安心感が奪い去られるのではないかと気を揉む暇もなく、いままでに見たこともない極上の卵と最高に脂の乗ったベーコンの皿が彼の前に置かれた。トーストスタンドと磨きあげられた白鑞《ピューター》のコーヒーポットが、すでに鮮やかなテーブルの彩《いろど》りに銀色をくわえた。輝く白い磁器とテーブルクロスを背景にしたベーコンエッグの黄色と赤みがかった茶色は、秀逸な出来の絵画のようだった。

「旗」彼は卵を見て連想した。「〝旗は黄色、燦然《さんぜん》と輝く黄金色《こがね》。その屋根から流れなびいて――〟（エドガー・アラン・ポオ「幽霊宮殿」より）」

「お客様？」給仕が言う。

「〝我々はとことん戦い、最後の一滴まで飲み干す〟」ケントは気にせず、この場にふさわしい言いまわしを組みあわせた。「〝そして聡明なダニエル（旧約聖書『ダニエル書』の登場人物）のようにベーコンエッグに立ちむかえ〟。以上だ、ありがとう」

そうして彼は食らいついた。最初はうまく食べられなかった。というのも、腹のなかが六角手風琴《コンサーティーナ》のように開いたり閉じたりするように感じるからだった。とはいえ、やがて満ち足りて癒やされた感覚が徐々に身体のすみずみまでしみわたってきた。まどろむように椅子にもたれ、世界が平和になったと感じ、煙草かなにかがあればと願った。けれど、煙草をのんでなどいられない。食事は済んだ。さっさとここを出ていかねばならない。

そのとき、ふたりの給仕に気づいた。ひとりはちょうどダイニングルームにやってきたところで、ふたりして彼のテーブルのほうを見て話しあっている。

「ばれたか」彼はそう考えたが、陽気といってもいい気分になっていた。

できるだけ威厳を醸《かも》しだして立ちあがり、ダイニングルームをあとにしようと歩きはじめた。給仕たちの背後に、濃い青の制服を着たホテルのなにかしらの案内係がいるのに目をとめた。係がこちらにやってきて声をかける前から、何が起きようとしているのか推測できた。

「こちらにいらして頂けますでしょうか、お客様」その男は極めて悪意のありそうな口調で訊ねた。

ケントは深呼吸をした。じゃあ、これでおしまいか。この程度のペテンでも牢屋に入れられるんだろうか。ダン・リーパーの大笑い、それにほかのみんなの笑い声も聞こえる気がする。明日一行は到着して、彼が無銭飲食で刑務所にぶちこまれたか、代金を支払うために皿を洗っているか、どちらかを知るのだ。そんな想像には頭に血がのぼったが、どうしようもなく、それが嫌なら逃げるしかない。しかし、逃げるつもりはなかった。できるだけ落ち着いて係の隣を歩くと、係はラウンジを通り抜けてから、ホール・ポーターのデスクへと彼を案内した。ホール・ポーターは連隊付き上級曹長めいた口ひげと振る舞いで、威厳があってがっしりした体格で、悪意があるようには見えなかった。礼儀正しいけれど動揺しているようだ。敵のスパイがいないかと疑っているようにあたりを見まわしてから、彼は誠実かつ内輪の口調でケントに話しかけた。

「ご面倒をおかけしてたいへん申し訳ございません。ですが、こまっておりまして、どうか助けて頂けないでしょうか。お客様は七〇七号室にお泊まりの紳士でいらっしゃいますね？」

「ああ、そのとおりだ」

「よかった！　お客様、こういうことなのです。お泊まりの七〇七号室は、昨日の午後まで先客がお泊まりでした」彼はふたたびあたりを見まわす。「アメリカのご婦人で、今日のうちにディレクトワール号で帰国される予定です。ゆうべ遅くにそのご婦人からお電話頂いたのですが、もちろん、そちら様がお目覚めになるまではおじゃましたくありませんでした。お客様、じつはそちらのご婦人が当ホテルを出発された際、たいへん貴重なブレスレットの忘れ物をされたのです。整理だんすの抽斗《ひきだし》の奥に押しこまれてどうやら底に敷いた紙の下に入ってしまい、そのますっかり忘れられてしまったようです。ご婦人はそのブレスレットをとても大切にされているとのことで、取りもどさないまま帰国はされたくないそうです。昨日お客様がお泊まりになる前、客室係がお部屋を整えた際に気づかなかったのは生憎でしたが、こうしたことは起こりがちでして。それでお客様、ご無理を申しますが、いますぐブレスレットを見つけることができましたら、ご婦人の出航に間に合うようサウサンプトンの港に届けることができるのです。わたしとお部屋にあがって抽斗を見て頂けませんでしょうか？」

ケントはいささか気分が悪くなっていた。

「申し訳ないが、外出しなければならなくてね」彼はゆっくりと言った。「しかし、き、み、が部屋にあがって抽斗を調べたらどうだい——あるいは客室係でも誰でもいい。遠慮しないで入ってくれていいから、マスター・キーを使ってくれ」

ホール・ポーターはますますためらうそぶりを見せた。

「あの、それがむずかしいのでして」彼はかぶりを振りながら指摘した。「あの状況では」

「どんな状況だい？」

「お休み中のお連れ様が、ドアに〈お静かに〉の札を下げていらっしゃるのです」ホール・ポーターが至極率直にそう言った。「わたしどもが勝手に入るわけにはいかないことがおわかりいただけるかと」

「お連れ様？」

「ええ、奥様です。そのような要望を出されているお客様をわたしどもがお起こしするわけにはまいりません。ですので、お客様がお部屋にもどって奥様に説明して頂けますと」

頭のなかで〝まずい〟という言葉が浮かんだにもかかわらず、ケントは催眠術にかかったようになって、ふたつのエレベーターの近いほうへと案内されていた。

2　殺人という犯罪

あとから思うに、ここまでくると、ケントに残された道はほとんどなかった。それどころか、道などひとつも残されていなかった。あるとすれば、頑《かたく》なに歩きつづけて急いでホテルをあとにすることだけだった。でも、タダ食いした良心の呵責《かしやく》があるから、そんなことをすればすぐさま追いかけられると思ってしまう。それに胃がうまい食事で満たされたいま、この状況に興味をそそられ、楽しくなっていた。自分の著書でも似たようなことを書いたことがあるだけに、いたずら心がかきたてられる。どうやら、ぐっすり眠っているなんの非もない夫婦の部屋に押し入って、なんとかして逃げおおせないとならないらしい。冒険は大平原ではなく壁の内側で見つかるものだ。ダン・リーパーにそう言ってやってもよかった。

エレベーターであがるあいだ、ホール・ポーターは気さくに話しかけてきた。

「昨夜はいかがでしたでしょうか？　よくお休みになられましたか？」

「そりゃぐっすりとね」

「廊下で第二エレベーターの準備をしている作業員たちが騒がしくなかったならばいいのですが。お客様が滞在されている最上階は増築して間もないものでして、わたしどもはたいへん誇りにしております。ただ、完成はしておりません。まだ第二エレベーターの工事が終わっていないのです。戴冠式《たいかんしき》に間に合うよう最上階を整えるために作業員たちは大車輪で働いているのです。おお、着きました」

ロイヤル・スカーレット・ホテルの七階は客室の数を減らして広くするという方針で建設されていた。四つの棟があり、ケントにかかわるのはA棟、稼働中のエレベーターを降りてすぐ右のものだけだった。ふたつ並んだエレベーターのむかいに広い階段があり、第二エレベーターでは作業員たちが強力なライトの下で機械装置をいじっていた。

A棟はなるほど広々として贅沢な造りだが、クロムメッキ、ガラス、壁画でのやりすぎなほどモダンな雰囲気があと少し控えめだったらとケントは思ってしまった。エレベーターの右へ幅広い廊下がしばらく延びてから、直角に曲がっていた。足元は分厚い灰色の絨毯《じゅうたん》、壁は客船の喫煙室かラウンジふうに飾りつけてある。片側の壁いっぱいにボクシング・リングをぐるりとながめた場面が描かれ、もう片方の壁は着色されたアルファベットがめちゃくちゃに散らばった図柄のようだった。おぼろげな明かりが廊下を照らし、さなぎのなかにいるような気分になる。どこもかしこもあたらしく、表面は整えられているが荒削りな感じがないとは言えなかった。ペンキのにおいと同じくらい、効率重視のにおいがするようだった。

ケントはいよいよむずかしい局面にむかいあうことになって、さらに不安になってきた。七〇七号室は廊下の曲がり角にあり、ドアは角を曲がった先で、エレベーターのところからは見えなかった。ホール・ポーターの少し先を行くケントが、まずそのドアを目にすることになった。ドアの前には靴磨きに出してある婦人物の茶色の靴。素材はなにか見分けられなかったし、気にもしなかった。ドアノブにはよくある文言の書かれた札が下げてある。〈就寝中につき、お静かにお願いします〉。しかし、彼がぴたりと足をとめたのはその文言のせいではなく、とっさに身体でその札を隠したくなるようなもののせいだった。文言の上に、赤いインクで活字体の手書き文字が書いてあったのだ。

死んだ女

おかしなことに、このカードを見てケントの意識ははっきりした。彼は一度にたくさんのことに気づいたようだった。廊下の突き当たりには窓があり、窓の外には非常階段。そのわきには、リネン室があるのにも目がとまった。まばゆい照明がともっていて、青と白の制服姿の客室係のメイドがひとり。それでも、彼のすべての集中力はドアの外でわかりやすく情報を伝えてぶら下がる〈死んだ女〉という言葉にむけられていた。

客室係はこのドアの前を通っただろうから、札に気づいたはずでは？　そう思って口を開くと、自分自身の声がとても変に聞こえた。

「どうやら鍵をもたないで部屋を出てしまったらしいよ」

さあ、こうなったらすっかり白状してしまうか、それとも逃げだすべきか？

「いえ、問題ございませんよ、お客様」ホール・ポーターが驚くほど自然な口調で安心させてきた。「すぐに客室係を呼んでまいりますので。しばしお待ちを！」

ホール・ポーターは言い終わらぬうちから客室係のもとへと廊下を急いで歩きだしていた。クリストファー・ケントはその場に残った。なにもしなかったのは、どうしたらいいかまったく思いつかなかったからだ。しかし、気に入らないことはひとつあった。すばやく手を突きだして札を裏返し、内側の面が外をむくようにした。同じ文言が書いてある。赤いインクの興味深い文章がないだけだ。

「さあ、まいりましょう」もどってきたホール・ポーターが言う。鍵が錠にカチリと挿され、ドアがかすかに開いた。ホール・ポーターは如才《じょさい》なく脇へどいたが、それでもケントはすぐさまドアの前をふさいだ。

「ここで少々待っていてくれないか？」彼は言った。

「もちろんです、お客様。急ぎませんので」

歯を食いしばってケントがそっと部屋に足を踏み入れると、ドアが自然と閉まった。オートロックタイプのドアだった。

部屋のなかはほぼ真っ暗だ。ふたつの窓の厚手のクリーム色のブラインドが引きおろされ、闇にぼんやりと浮かびあがっていた。窓はどちらも開いていたとは思えない。というのも、この部屋はかなりこもったにおいがしているからだ。左の壁につけられた二台のベッドの輪郭がうっすらと見分けられる。束の間、片方で誰かが起きあがり、いったいここでなにをしているのかと彼に訊くのではないかと身構えた。けれど、なにもピクリともせず、シルクのベッドカバーも動かず、見ればどちらのベッドもからっぽだった。ピクピクしているのはケントの頭皮くらいだ。ドアの札の警告はどうやら真実だったと気づきはじめたからだ。

広い部屋の少し奥に衣装トランクがあるのがわかった。立てた格好で本みたいに開く大型のものだ。彼にむけて半びらきになり、そのあいだから床へなにかが突きだしている。最初は黒い塊でしかなかったが、灰色の絹のストッキングに包まれた片脚が、続いて片手が見えた。開いたトランクのあいだに頭を突っこんだ、横向きの女の死体だった。白いものが肩の一部を覆っている。

こうした事柄に関心のある者たちは、通りを歩いていた普通の男が死体に出くわすという、まずい状況に巻きこまれたらどうするのか、これまでも議論してきたものだ。ケント自身もそうした議論をしたことがある。そんな彼だが、ここではなにもしなかった。この部屋で実際に過ごした時間は三分ほどだろうと、のちに彼は計算したものだった。

まず近づいて様子を確認しなければ。おずおずとドアの右側へ手を伸ばしたら、指先がなにかをかすめたので、思わず手を下げた。そこには小さなテーブルがあった。テーブルの上にはきれいにたたまれたバスタオルが積まれている。

明かりをつけようとも、ブラインドをあげようとも思わなかった。ポケットにマッチ箱が入っていて、二、三本が残っている。できるだけ音をたてぬよう女に近づいてしゃがみ、急いでマッチを擦《す》った。最初から疑っていなかったが、やはりこれは殺人だった。ざっと様子を見てから同じように急いでマッチを吹き消し、意識しないうちに広がりつつあった嫌悪感を抑えようと咳払いをした。

当然、この女を以前に見たことはない。まだ若いようで、茶色の髪をボブにしていることが彼に確信できる数少ない要素のひとつだった。衣類はきちんと身につけており、濃い灰色の誂《あつら》えられたスーツと白い絹のブラウスという格好だったが、足元は毛皮の縁飾りのある柔らかな黒のスリッパだ。あきらかに首を絞められていた。指の跡を残さぬよう手を包んだうえでの犯行で、ありふれたフェイスタオルがくしゃくしゃになっていまは肩にかかっている。だが、女の受けた仕打ちはそれで終わりではなかった。顔がひどく殴られたか踏まれたかしている。疑いようもなく息絶えたのちのことだ。犯行後に思いたった残酷な考えによるものだとすると、ダメージのわりに出血の量がそれほどでもないことの説明がつくからだ。息絶えてからだいぶ時間が経っている。

ケントは忍び足で部屋を横切った。窓近くの椅子に浅く腰掛けたが、無意識になにもさわらないようにしていた。冷静になり、軽く声に出して自分に言い聞かせた。「きみ、厄介なことになったな」

昨夜は見ず知らずの女とこの部屋で過ごしたと自分で主張してしまっている。だが論理的には、ある一つの点が無実を立証してくれるはずで、逮捕されたり吊るし首になったりする危険はない。女が殺害されたのは何時間も前のことだ。彼は昨夜はエンバンクメントのコーヒー店で過ごしていて、たいへん意気投合した話し相手がそれを証言してくれるだろう。幸運なことにアリバイは固い。

でも、それはすっかり調べがついたときの話だ。明日からの数日を留置場で過ごしたくなければ――本名を明かし、ダンに千ポンドの賭けで負け、笑いものになる未来しかないことは言うに及ばず――なんとかしてここから逃げださないと。頑固な性格がこの混乱した状況とあらゆる面で反発しあう。逃げるか？　それしかないさ、逃げおおせることができそうならやればいいだろ？　けれど、人として、死んだ女をこのまま放置することもできないし――

遠慮がちなノックの音。

ケントは慌てて立ちあがり、整理だんすを探した。そのとき、ひとつの名前と住所が、カードに印刷されたもののようにくっきりと頭に浮かんだ。その男には一度も会ったことはないが、手紙のやりとりならば頻繁にしていた。ギディオン・フェル博士、アデルフィ・テラス一番地。フェル博士に連絡しなければ。さしあたり、誰かさんが整理だんすに忘れていった忌々《いまいま》しいブレスレットを見つけることができれば、ホール・ポーターを追い払える。

　整理だんすはふたつの窓のあいだにあった。さすがにあちこちにさわらざるを得なかった。ブラインドの横手からかすかに光が射していた。けれどブレスレットは見つけられなかった。たんすに入っていない。事態はねじれていて危険だ、そういう感覚がいっそうかきたてられた。辛抱強くドアの外で待っているワックスで整えた口ひげのホール・ポーターを疑っているわけではなかったが、殺人のほかにもなにかおかしなことがあるに違いないと考えた。整理だんすにはなにも入っていなかった。どの抽斗《ひきだし》にも折り目などのない紙が敷いてあった。

　おずおずとブラインドの片隅をもちあげて、ケントは外を覗いた。ふたつの窓は白いタイルにかこまれた吹き抜けに面していた。ここにもおかしな点がある。ほんの少し前、七〇七号室と記載された折りたたみのカード――彼がここに持参したカード――が高い位置にある窓からひらひらと彼の手元に降ってきた。けれど、彼はホテルの表に立っていたのだ。すなわち、ほかの何者かの部屋から落ちてきたということになる……

　ふたたび遠慮がちなノックの音が響いた。今回はホール・ポーターの咳払いも聞こえたように思う。

　ケントは振り返り、部屋をながめた。窓を背にすると彼の右にあたる壁にドアがもうひとつある。この部屋は廊下の曲がり角に接している。彼はすばやく正確に計算した。これがクローゼットの扉でないかぎりは、このドアはホール・ポーターから見えない側の廊下にむけて開くはずだ。そのとおりだった。かんぬきを外してドアを開けたところ、エレベーター工事中の作業員たちが見えた。神々からあたえられたものを受けとれ。言いかえると、そら逃げろ！　こっそり廊下に出てドアを閉め、階段へむかった。十五分後には、ひどくなる吹雪《ふぶき》の最中にアデルフィ・テラス一番地の呼び鈴を鳴らしていた。

「ほーい！」フェル博士が言った。

ドアを開けたのは博士その人だった。戸口と同じ幅の図体で、船首像のように戸口から身を乗りだし、吹雪の外にむけてにっこり笑いかけてくる。赤ら顔は書斎の窓越しに暖炉の炎を反射でもしているように輝いていた。小さな目は幅広の黒いリボンでとめられた眼鏡の奥できらめいている。ぜいぜい呼吸しながら愛想のよさをたっぷりたたえて、腹の丘の上から見おろしているようだった。ケントは歓声をあげたい衝動を抑えた。コール老王（イギリス童謡の音楽好きの王）に宮殿の戸あがり段で謁見を賜った気分だった。来客が名前や用件を口にする前からすでに、フェル博士は安心させるように首を傾けて相手の話を待っていた。

来客は決意を固めた。

「ぼくはクリストファー・ケントです」彼はそう告げ、ルールを破ってダンとの賭けに負けた。「残念ながら、六千マイルを旅して、厄介ごとに飛びこんでしまったとお話しすることになってしまいまして」

フェル博士は彼を見てまばたきした。愛想のよさが目減りすることはなかったが、表情がまじめなものになっていた。あり得るはずもないのだが、彼は象牙の握りの杖をついた大きな気球よろしく、戸口でふわりと漂うように見えた。続いて、カーテンを閉めていない書斎の室内窓を振り返った。ケントからは窓のむこうで、張り出し窓のアルコーブに朝食のためのテーブルが用意され、上背のある中年の男が苛立《いらだ》っているように歩きまわっているのが見えた。

「いいかね」フェル博士が真剣な口調で言った。「きみのことは知っておるし、訪問理由も言い当てられそうだ。しかし、警告しておこう――あそこの男が見えるな？　あれはスコットランド・ヤード犯罪捜査部のハドリー警視だ。あの男についてはきみへの手紙にも書いたことがある。それでも構わなければ、中で葉巻でもどうかね？」

「喜んで」

「アハハ！」フェル博士は嬉しそうにはしゃいで笑った。

博士がのしのしと歩いていった先は、天井まで本がびっしり並んだ広い部屋だった。さらにその姿をケントはすでに脳内で思い描くことができていたのだが、観察力があって慎重で激しい性格のハドリーは、来客の名を聞いてこちらを見つめていた。静かに腰を下ろし、感情の読めない顔をなでた。ケントはいつのまにやら、朝食用テーブル近くの座り心地のいい安楽椅子に腰を下ろし、コーヒー・カップを手にして、率直に打ち明け話を語っていた。もう賭けに勝ったとダンに得意がらせればいいと腹をくくっていたから、また普通の人間にもどれた気がして満足していた。

「起こったことはこれで全部です」彼は話を締めくくった。「たぶん、あそこから逃げだしたなんて、間抜けなことだったんです。でも、どうせ刑務所に入れられるんだったら、朝食をタダ食いしたことをホテルのスタッフに説明するより、責任者から警察に突きだされたほうがマシと思ったんですよ。あの女を殺していません。一度も会ったことがない。そして幸運なことに、ぼくが昨夜どこにいたのか証明できる自信もあります。以上がぼくの犯行の詳細です」

この話のあいだずっと、ハドリーはケントから目を離さず観察していた。かなり気を揉んでいるとしても、まずまず悪く思われていないようだった。

「たしかに、うまいやりかたではありませんでしたね」ハドリーは言う。「しかし、あなたがおっしゃることを証明できるのであれば、たいしてひどいことにはならないでしょう。それにですね、ある意味ではあなたの行動がわたしには嬉しいのです。ねえ、フェル博士？　どういうことかと言えば」彼はブリーフケースを指でトントンと叩き、椅子に座ったまま身を乗りだした。「昨夜のアリバイは後回しにします。二週間前の木曜日、どちらにおいででしたか？　正確には一月十四日ですが？」

「ヴォルパー号です。ケープタウンからティルベリーにむかってた」

「それは簡単に証明できるのですね？」

「ええ。でも、どうしてですか？」

ハドリーはフェル博士を一瞥《いちべつ》した。フェル博士は特大の椅子に深々と背を預けていて、あごの何層もの襞《ひだ》は襟の上にかぶさり、窮屈そうな格好で自分の鼻先を見つめている。ケントが賭けにまつわる経緯を説明するあいだは褒めそやすようにゴロゴロと喉を鳴らしていたが、いまではその音の種類は違うものになっていた。

「冴えとるわけでも、独創性があるわけでもない」博士はそう言って咳払いをした。「言わせてもらえば、気に入らん。いやはや。手口そのものについてはいま言ったとおり。そこまで風変わりでもない。そこまでめずらしくもない。ただ、とことん残忍でとことん筋が通らん。ええい、ハドリー！」

「あの、どうしたんです？」ケントは詰問した。心地よく暖炉の火が照らす部屋に緊張がかすかに走ったと感じていた。

「あなたがその客室で女性を発見したのは知っているんですよ」ハドリーが言った。「あなたが到着する五分足らず前に、電話でここに知らせがあったんです。被害者は扼殺《やくさつ》されていました。それからどうも、死後に顔の見分けがつかなくなるほど殴られている。あなたは床に倒れた彼女の顔をマッチの明かりを頼りに見ましたね。さて、ミスター・ケント。あなたは本当のことを話していると思います」彼の目蓋《まぶた》がピクピクと動いた。「ですので、残念ながらあなたに悪い知らせをお伝えしなければなりません。あなたがもっとよく被害者を見ていれば、顔を見分けられたかもしれません。そのご婦人はミセス・ジョセフィーン・ケントです——あなたの従兄弟《いとこ》、ミスター・ロドニー・ケントの奥様ですよ」

ケントはハドリーとフェル博士の顔を交互に見て、ふたりとも冗談を言っている雰囲気ではないことを見て取った。

「ジェニー！　でも、そんなことは」

ケントは口をつぐんだ。自分がなにを言おうとしているのか、わからなかったからだ。単純に、ジェニー・ケントと死というふたつの概念がどうしても一致しない。そのふたつの言葉を

たが。

そうなのか？　トランクのあいだのあの人体には、ジェニーの途方もない魅力の面影もなかっ
ろう。三十分足らず前にマッチを擦って見たのが従兄弟の妻だったなんて、あり得ない。いや、
きちんとした女。そうだ、茶色の髪、それだ。でも、そんな描写にあてはまる女は大勢いるだ
重ねあわせることは絶対にできない。彼女の姿を思い描こうとした。小柄で、ぽっちゃりして、

ハドリーはケントを鋭く見つめた。「ミセス・ケントであることに疑いはありません。そのようなことを考えてらっしゃるのならば。いいですか、ミスター・リーパーの一行は昨夜ロイヤル・スカーレットに到着し、七階のあの棟を借り切っています」

「全員ですか？　じゃあ、ぼくがやってきたとき、みんなすでにホテルにいたんですか？」

「ええ。あなたはミセス・ケントとは親しかったので？」

「早く到着することくらい予想はすべきだったのか」ケントは思わずつぶやき、それがわかっていたら、多大なるトラブルが回避できたのにと考えた。そして思考をまとめようとした。「ええと、ジェニーですか？　どうかな」正直迷いながら答えた。「彼女は親しくなるようなタイプの人じゃなかったですが、どんな人だって彼女には好感を抱きました。説明するのがむずかしいな。彼女のことは〝感じがいい〟と言えそうです。不愉快ではない感じのよさ。でも、彼女がパーティに出席するだとか、国会議事録には絶対載らないような大胆なことをするところは想像できませんでしたよ。それに美しいというわけではないけど、すばらしい魅力のある人でした。肌の艶《つや》はいいし、とても物静かで。ロッドは彼女を崇拝してました。結婚してまだ

一、二年で」ケントは口をつぐんだ。「やれやれ、最悪だ！　こんなことになって、絶望したロッドまで死んでしまいますよ」
そこで従兄弟のロドニーの姿が極めてはっきりと頭に浮かんだ。被害者本人よりもロッドのほうに同情を感じてしまった。それというのも、ケントはロッドと共に成長し、彼のことが大好きだったからだ。クリストファー・ケントにとって、いつでも人生はたやすかった。ロドニーにとって、人生は努力の積み重ねだった。ロドニーはすべてにおいてとにかくまじめだ。ダン・リーパーの政治秘書として申し分ないほどふさわしい。手紙にはすみずみまで神経の行き届いた返事を書く。ダンのスピーチのために情報を集める。ロドニー・ケントの情報は疑問をはさまれることがなかった。手堅いスピーチ原稿を書くことさえやる。ダンがそこに修辞をあれこれ詰めこむのだが。

「ホテルのツインの部屋、ああそうだ」ケントはそれをふいに思いだした。「ロッドは彼女と一緒だったはずですね。でも、どこにいたんでしょう？　彼女が殺害されたとき、あいつはどこに？　今朝はあそこにいませんでした。先ほども言いましたが、こんなことになってロッドまで死んでしま――」

「いや」フェル博士が言う。「ともかく、これからそうなる事態を彼は免《まぬが》れたよ」

ふたたびケントはフェル博士とハドリーのふたりに見つめられていると気づいた。

「話を片づけてしまいましょう」警視が続きを引き取った。「あなたの事情にこれほど詳しいことを、不思議に思われたかもしれませんね。あなたの賭けのことは知っていたんですよ、ミスター・リーパーから伺ったので。わたしたちはあなたと連絡を取ろうとしていたのですが、あなたがどの船に乗ったのか、どんな名を使っているかさえ、誰も知らなかった……あの一行にわたしが連絡を取ったのは今回が初めてではないのです。あなたの従兄弟のミスター・ロドニー・ケントは一月十四日に殺害されました。昨夜、彼の奥様が殺害されたのとまったく同じ手口で」

3　リッチー・ベロウズの供述

「それゆえに」警視は言いたした。「あなたに助けてもらえるのではないかと思うんですよ」

ここで初めて、人間らしい感情が彼の顔に浮かんだ。笑みの陰では憤慨《ふんがい》しているらしい。「わたしはこんなへそ曲がりにも助けを求めにきたわけでして」彼はしかめ面《つら》でフェル博士にうなずいてみせた。「本件はこの人が心から楽しんできた、意味のわからない事件のようであるからです。ふたりの年若い者たちがいた。しあわせな結婚生活を送るふたりです。どちらにも敵などいないと、あまねく認められています。少なくとも、わたしが話をした人々はみなそうでした。イギリスに敵がいなかったことは確実です、ふたりとも今回まで南アフリカの外に出たことがなかったんですから。どこにでもいる無害な夫婦であったことはまちがいないようです。それなのに、何者かがあとをつけて殺害したのですよ——ひとりをサセックスのサー・ジャイルズ・ゲイの家で、もうひとりをこのロンドンのロイヤル・スカーレット・ホテルで。ふたりをそれぞれ殺害したのち、犯人は死体を見おろし、わたしがめったに目撃しないような執念深さで顔を叩きつぶしました。さて、いかがなさいます?」

間が空いた。

「全力で協力するに決まってますよ」ケントは苦々しい口調で言った。「でも、まだ信じられない。そんなこと――ええい、そんなことはあり得ない! おっしゃるように、ふたりとも敵なんかいなかった。ところで、ジェニーはどうしてるんでしょう? つまり、金だとかが必要だったら――しまった、忘れてました。彼女も死んだんだった。あの、誰が犯人なのか全然手がかりはないんですか?」

ハドリーは躊躇《ちゆうちよ》した。それから食べ終えた朝食の皿を片側に寄せ、テーブルの上でブリーフケースを開けた。

「逮捕した男はひとりいます。もちろん、殺人の罪で告発されたのではないですが、実際は被疑者として留置場に入れてあるのです。ベロウズという男です。多くの証拠が、ロドニー・ケントを殺害したのは彼だと示していまして」

「ベロウズは」フェル博士がきっぱりと口をはさむ。「本件の最重要参考人となったんだ。わしが正しく理解しておるのならば」

「あなたは理解などしていないと思いますね。ベロウズがロドニー・ケントを殺害したか否かにかかわらず、彼がミセス・ケントを殺害していないのはまったくもってたしかだ。彼は留置場にいるんですからね」

フェル博士はフフンとあしらう長い鼻息を轟《とどろ》かせた。このふたりはなにかと言えば口論の火蓋を切りがちで、そのせいで一瞬、来客のことを忘れてしまったのだ。フェル博士は真っ赤な顔で相手を言い負かそうとする。

「わしが忍耐強く指摘しようとしておるのは、あのときさみには荒唐無稽《こうとうむけい》だと思えたベロウズの供述が――」

「ベロウズの供述が真実のはずはありません。そもそも、彼の指紋があの部屋に残っていたんですから。そのうえ、酔っていようがしらふであろうが、夜中の二時にサセックスのカントリー・ハウスで、ホテルの案内係のきらびやかな制服姿の男が歩いているのを目撃したなどと真剣に主張されても」

「ぼくを置いてかないでください！」ケントは異議を申し立てた。

「どうやら」フェル博士が穏やかな口調になって言う。「わしらの友人にいくつかの点を説明したほうがよさそうだ。うむ。ハドリー、きみは証拠を洗いなおすつもりで本件について説明し、必要な情報をなんでも訊ねるとよかろう。わしのほうは、何度聞いてもなにもわからんのでな。まるでエドワード・リアのナンセンスな詩だよ。すらすらと聞かされると、ちょっとのあいだは意味がわかったと思いこみそうになる。カントリー・ハウスにホテルの案内係がいたなどということは受け入れがたい、それはわしも認めよう。だが、それがベロウズに不利な証拠になるというのはわしには考えづらい」

ハドリーはケントにむきなおった。「まず始めに」彼は訊ねた。「あなたはサー・ジャイルズ・ゲイとはお知り合いですか？」

「いいえ。ダンから話はよく聞かされていますが、会ったことはないです。政府の関係者じゃなかったでしたっけ？」

「かつてはそうでした。南アフリカ連邦の次官です。つまり、英国官庁街《ホワイトホール》と南ア官庁街《プレトリア》の調整役か連絡役あたりということでしょう。ですが、三年前に引退し、それ以来サセックス州ノースフィールドの家に住んでいます。ケント州との境のすぐ近くですよ」ハドリーは考えこんだ。「リーパーがイギリスにやってきた第一の理由は彼に会うためだったようです。商用でした。ミデルブルフの土地をリーパーがサー・ジャイルズのために購入だか売却だかをするのにくわえて、友好のための訪問という意味合いもあったようです。サー・ジャイルズは独り身で、新居のカントリー・ハウスに大勢の客を迎えるのは歓迎でもあったようですね」

ふたたびハドリーは考えこんだ。そこで、わかりやすく胸のつかえを下ろすようにして立ちあがると、部屋を行ったり来たり歩きだし、絨毯《じゅうたん》のシミを次々に見つめながら話した。その声は彼の短く刈りこんだ口ひげと同じように、はっきりしていないものだった。だが、ケントは警視がけっして気をゆるめていないという印象を受けた。

「一月十二日の火曜日、リーパーと一行はロンドンからノースフィールドへむかいました。イギリスに到着したのはその前日です。ノースフィールドには二週間少々滞在して、一月三十一日の——つまり本日ですね——夕方にロンドンへもどる予定でした。もしもあなたが賭けに勝って明日ロイヤル・スカーレットに姿を現した場合、リーパーが出迎えられるようにです。一行の誰もがそのことで予想を話しあっていたようです。

ノースフィールドでは全部で六名でした。招待主のサー・ジャイルズ・ゲイ本人。リーパー夫妻。リーパーの姪のミス・フランシーン・フォーブズ。ミスター・ハーヴェイ・レイバーン。そしてあなたの従兄弟《いとこ》のミスター・ロドニー・ケント」ハドリーが話を続けた。証拠を列挙するかのように正確だ。「ミセス・ケントは同行していませんでした。ドーセット州に叔母がふたりいて——わたしたちは確認を取りました——その人たちを訪ねることにしたのです。長年話は聞いていても、一度も会ったことがなかったそうです。それで、彼女はノースフィールドへむかわずにドーセットへ足を運びました。リーパーに同行したみなさんのことはご存じですよね？」

「ええ、知っています」ケントはフランシーンのことを考えながら答えた。

「みなさんについて、必要な情報は残らず教えてくださいますね？」

ケントはざっくばらんに対応した。

「いいですか、あなたのほのめかしに気づかないなんて言いませんよ。あの人たちのなかに人殺しなんて見つかりませんから。それに、考えてみればおかしなものだ。あの人たちのほとんどを、自分自身の従兄弟よりよく知ってるとは」

「おや、人殺しとは！」ハドリーはその問題を重要ではないものとして押しのけるかのように、ゆっくりと作り笑いをした。「人殺しを見つけようとしているのではありません。たんに事実を見つけようとしているのです。

さて、事件についての事実は単純と言っていい。不自然な時間に家の付近で動きまわっている者はいませんでした。この人たちの誰ひとりとしておたがいの行動を裏づけできませんし、おたがいの言い分に反論もできません。ですが、そうした状況がこの事件の特異な部分でして。そこにフェル博士は興味を抱いているようなんです。

ノースフィールドというのは、ケント州やサセックス州ではどこにでも目にするような魅力ある村でしてね。村の緑地を中心に、教会がひとつ、パブがひとつ、それに十数軒の家。車で通る者にとっては迷路でしかない細い道が無数に走っている地域に、世間から切り離されたように存在しているんです。ハーフティンバー様式の〝古き世界〟と言うべき雰囲気でね」

フェル博士がうめいた。

「いま遠まわしに皮肉で詩的な表現をしたのは」博士は言う。「ハドリーがスコットランド人であるにもかかわらず、田舎を嫌うよきロンドンっ子であって、道路が車より先にできあがっとる環境に心から憤慨するタイプだからだよ」

「そうかもしれませんね」ハドリーは至極まじめに認めた。「でも、その点に手がかりがないかと思っていたんですよ。なんとでも好きなように言えばいいですが、真冬のあの村はとても刺激に満ちた場所にはなりようもなく——実際にそうではなかった。リーパーの一行が揃いも揃って、あそこに二週間も腰を落ち着けたがったなど、解せないことですよ。都会に滞在して芝居でも観たほうがいいでしょうに。

さて、この四十年に渡ってあのあたりで地元の有名人にあげられてきたひとりが、老リッチー・ベロウズでした。わたしたちの重要参考人の父親です。もう故人となっていますが、とても尊敬される人でした。老ベロウズは建築家であり大工でもあって、みずからの手でたくさんの趣味のいい建物を作りました。あの地域では、モダンな家の半数は彼が建てたものです。木彫りとあらゆる種類のからくりを好んだようですが、特に十八番だったのはチューダー朝やスチュアート朝の家のレプリカを、その時代のものそっくりに建てることでした。古家の梁《はり》や床板を使いまわし、どんなに熟練の建築家でもその家が建てられた年代について騙されてしまうようなもので。村に世界最大のジョークを残すとも話していたらしく、この父親自身も変わったユーモア感覚をもっていたようです。隠し扉や秘密の通路を作るのが大好きで――妙なことを考えないように！　はっきりとわかっているので取り急ぎ請け合いますが、これからお話ししようとしている家には秘密の通路などはありません。

老ベロウズ自身がみずから住むために建てた家を、一年ほど前にサー・ジャイルズ・ゲイが購入しました。べらぼうに広い家で――寝室は八つです――教会の先の小道の突き当たりに建てられています。クイーン・アン様式を真似たもので、じつに美しいものですよ、ごてごてしたぞっとする様式を気にしないのならば。窓のなかにはむかいの教会墓地にまっすぐ面しているものもあります。わたしの考えでは墓地に田舎ならではの見所はないですがね。

わたしたちが考慮すべきは、息子のほうのリッチー・ベロウズの立場です。本音を言いますと、息子が本件にどのようにかかわることになったのかさっぱりわかっていませんで、それがわかれば胸のつかえが取れるでしょう。彼も村の有名人です。その家で生まれ育ちました。わたしが知り得たことからすると、最高の教育を受けた、賢い男に違いありません。誰でも感銘を受けるのは、彼の一瞬の観察力が尋常ではなく優れていることです。酔っていようが、しらふだろうが関係ありません。二山に分けたカードを目の前で合わせていくと、見えたすべてのカードをあとから順番どおりに言い当てられるような人物です。当然ながら、サー・ジャイルズの客がこの家に滞在して最初の数日、彼はこの手の特技でちょっとした娯楽を提供しました。

　父親が他界した際、彼にはたっぷり財産が遺されました。しかしその後、生活は苦しくなっていった。悪癖らしいものはなかったようですが、とにかく怠け者な上に左腕が少し麻痺しており、酒好きでした。転落は最初のうちこそゆるやかでしたが、その後、急激なものとなりました。まず、事業が立ち行かなくなった。大恐慌の憂《う》き目に遭い、彼は金を浪費するだけで、状況を改善できなかったんです。そんなとき、妻が海辺で腸チフスのために亡くなり、本人も同じ病気にかかりました。それでも彼は隠れて飲酒を続けた。その頃には、彼は村の悪名高い酔いどれのようになっていた。問題を起こすことも、騒ぎ立てることもありませんでしたが。夜ごと《牡鹿と手袋亭》の酒場を放りだされることもなく、みずからの足で、たいへん丁重な態度で店をあとにしていました。ついに、彼は気に入っている偽のクイーン・アン様式の家——四つの扉荘と言います——を、叩き売るしかなくなりました。信心深い後家のところに間借りしたんですが、サー・ジャイルズ・ゲイが購入して以来、昔の家に取り憑かれたみたいに出没するようになったんです。それがトラブルの根源だったのかもしれませんね。

では、殺人当夜についてありのままの事実をお話しします。使用人を除くと、この家には全部で六名がいました。サー・ジャイルズと五名の客はすべて同じ階で眠っていました。それぞれ個室をあたえられています。リーパー夫妻はコネクティング・ルームを使っていました。すべての部屋が家の端から端まで通る中央廊下に面しています。ホテルのような造り、と言ってもいいでしょう。彼らはいっせいに、真夜中頃に部屋へ引き取りました。わかっている範囲では、誰についてもこの夜、特にめずらしいことも、変わったことも、疑わしいことも、まったく起こりませんでした。それどころか、とても退屈な夕べだったようです。真夜中をまわってからは、証言によれば部屋を離れたのはただひとり。午前二時五分頃、ミスター・リーパーが目を覚まし、ガウンをはおって明かりをつけ、トイレに行こうと廊下に出ました。この時点までは、いかなる物音も騒ぎも聞こえなかったというのは、確認が取れています。

次に、わたしたちにわかっている、その夜のベロウズの動きとすりあわせてみましょう。ベロウズは閉店きっかりの十時、村の緑地のはずれにある《牡鹿と手袋亭》をあとにしています。そこから四つの扉荘に通じる小道までは二百ヤードほどです。彼はその夜いつもと変わらぬものを飲みました。店主の話ではエールを六パイントだそうです。ただ、最後の一杯にウイスキーを頼み、店を出る際には飲みかけのウイスキーのボトルを買っていったとのこと。その時点では、いつもと変わりない様子だったそうです。隣村のポーティングに通じる道路を歩く姿が目撃されています。その道路の細い分かれ道の先は笑う雑木林《グリニング・コプス》と呼ばれる林です。ここもやはり彼が好んで出没する場所で、ひとりで腰を下ろして酒を飲むことが少なくありません。十四日の夜は冷えこみ、とても明るい月が出ていました。ここで彼の足取りはつかめなくなります。その後、二時五分に、四つの扉荘のリーパーは寝室のドアを開けて中央廊下に出ます。この廊下の片側の壁沿い――ロドニー・ケントの部屋のドアから遠くない位置に――革張りのソファがあります。廊下の突き当たりの窓から射す月明かりで、リーパーにはそのソファに男が横たわって、ぐっすり眠りこけていびきをかいているのが見えました。月明かりだけではその男が誰か見分けられませんでしたが、疑いようもなく、べろべろに酔っ払ったベロウズだったんです。

リーパーは明かりをつけてサー・ジャイルズのドアをノックしました。サー・ジャイルズはもちろんベロウズを知っていて、同情していたようです。ふたりとも、酔ったベロウズがこれまでしてきたように、本能に導かれるままこの家にやってきたのだろうと考えました。家の鍵が彼のポケットに入っているのが見つかりました。そのとき、ふたりはロドニー・ケントの部屋のドアが大きく開いているのに気づいたんです」

ハドリーは息継ぎをした。

窓の外では雪が音もなく執拗に降りつづき、本がずらりと並ぶこの部屋を暗くしていた。話のせいか暖炉の明かりのせいか、催眠術にかかったようになったクリストファー・ケントは、もっと暖かな気候の空の下にいるのを昔から見知っていた人物――赤毛でまじめなロドニー――が、教会墓地の隣の偽クイーン・アン様式の家という寒々とした雰囲気のなかにいるところを想像しようとした。ハドリー警視の独壇場のあいだ、フェル博士は白いものが交じったモップのような髪をかき乱すほかは動かなかった。

「ええ」ハドリーは急に話を再開した。「そこであなたの従兄弟が亡くなっているのが見つかったんですよ、ミスター・ケント。ベッドの足元の床に横たわっていました。パジャマとガウンという姿でしたが、人殺しに捕まったときはまだ、ベッドに入っていませんでした。フェイスタオルにくるんだ手で絞め殺されていました。タオルそのものは洗面台にあったもので、彼の肩にかかっていました。その部屋は重厚な一八六〇年代の様式で設《しつら》えられていて、大理石の天板の整理だんすやこの古くどっしりした木製の洗面台が置いてあるんです。殺害されてから、彼の顔は十数回ほど激しく殴られていました――わたしたちにおなじみの鈍器でですよ、もちろん。ですが、その鈍器は発見されませんでした。

卑劣な犯行です。強い恨みからなのか逆上したからなのか、彼が息絶えてから数分かけて殴打しているはずなんです。しかし、身元の確認を妨げるほどではなかったため、被害者については まちがいありません。最後に、犯人はロドニーさんが部屋に引きあげてすぐにと言っていいほどのタイミングで、襲いかかっているはずです。検死により、発見されたのは死後二時間近く経ってからだとわかっていますので。ここまで疑問はないでしょうか?」

「あるんだが」フェル博士が言う。「まあ続けてくれ」

「ちょっといいですか」ケントは口をはさんだ。「どうしても妙だと思うことがあるんです。ロッドは痩せてましたが、屈強でした。あいつを捕まえるには、犯人はとてもすばやく、ものすごい力で事に及ばないといけなかったはずですよ。しかも音をたてずにね。それとも、揉みあった形跡があったんでしょうか？」

「あったとは言い切れない。そう、揉みあった形跡はいっさいないんです。ただ、後頭部に切り傷になる寸前のひどいアザがありました。倒れた際、渦巻き模様やらカーブやらで装飾したベッドのフットボードにぶつかってついたものかもしれません。あるいは、犯人があとになって殴打するのに使用した鈍器で、まずは気絶させたのかもしれない」

「いままで聞いた経緯にもかかわらず、ベロウズという男を逮捕したんですか？」

ハドリーはむくれた。絨毯のシミを数える作業は痛々しいほどきっちりしたものになっていた。

「殺人罪でではないですから。正確には、家宅侵入の罪です」彼は言い返した。「当然ながら彼は被疑者でした。なにはさておき、その部屋で指紋が見つかったんですよ。照明のスイッチとそのまわりにです。ただ、本人は部屋に足を踏み入れた記憶はないと言っておりまして、入ってはいないと誓うそうです。この犯罪をおこなったと考えられる人物は彼だけです。酔っていたし、家のことで逆恨みしていたのでしょう。それで家にもどってきて、見境がつかなくなり——

待ってください！」ハドリーはみずから制止して、反論されないよう先手を打った。「いまの仮説が穴だらけなのはわかっています。これからそこを説明しますから。ベロウズが真夜中に被害者を殺害したのち、部屋をあとにして廊下のソファで眠りこけたとしたら、例の鈍器はどうなったのか？　しかも、彼の身体にも衣服にも血はまったく付着していなかった。最後に、彼の左腕は部分的に麻痺しておりましたから——彼が仕事に出ることがなかった理由のひとつですね——医師は彼に人を絞殺することはできなかっただろうという見解をもっています。酔った上での犯行という動機も弱い。誰かを逆恨みしていたのであれば、その相手はサー・ジャイルズ・ゲイだったでしょう。しかし凶器を準備するほど邪悪な計画をたてた上で、ふらりと家に入りこみ、偶然に出会ったまったくの他人を襲い、しかも犯行のあいだ物音ひとつたてなかったというのは、ありそうにない。それに白状してしまいますが、彼は長年この村で酒を楽しむ姿を見られてきたわけですけれど、どれだけしこたま飲んだとしても、乱暴になったり人にからんだりしたところは一度たりとも目撃されていません。

彼の供述はナンセンスの塊なんですよ。翌日までまともにしゃべることができず、留置場に入れられてもなにが起こっているのか気づいていないようでした。最初に供述を聞かされたときのタナー警部は、彼がまだ酔っていると考え、それを書きとめることさえしませんでした。でも、完全に酒が抜けてからも同じ供述を繰り返し、以来、頑として変えようとしない。彼の話では——こういうことなんです」

ハドリーはブリーフケースを開け、書類のなかからタイプ打ちの紙を取りだして文章を指でたどりながら読みあげた。

グリニング・コプスにいたのは覚えています。パブが閉まったあとに行きました。もっていた酒瓶をほぼ空けたのも覚えています。どのくらいそこにいたかはさっぱりわからない。どこかの時点で、誰かに話しかけられていたと思いますが、想像だったかもしれない。最後にぼんやり覚えているのは、あの林で鉄のベンチに座っていたことです。次に気づくと、四つの扉荘にもどって二階の廊下のソファに座っていました。

どうしてそこにいることになったのかは説明できませんが、別に妙には思えませんでした。「やあ、ただいま」そんなふうに思っただけです。もうソファに座っていて、動ける気分ではなかったから、身体を伸ばして一眠りしようと思いました。

このとき、すぐには眠らなかったようです。横たわっているあいだになにか見えたから。あたりを見まわしたら、目に入ったんだと思います。廊下は強い月明かりに照らされていました。廊下の突き当たり、南側に窓があって、そのとき、月は高く昇っていました。どうして目についたのかわかりませんが、視界の端でその男が見えました。ブルー・ルームのドアの近くです。

中背の男で、ロイヤル・スカーレットとかロイヤル・パープルみたいな大きなホテルで見かける制服を着ていたとしか言えません。濃い青の制服で、短い上着に銀色か金色のボタンがついていました。月明かりでは色がそこまではっきりしませんでしたけど。袖口にぐるりとストライプがあったと思います、濃い赤のストライプが。その男はトレイのようなものを手にしていて、最初はその隅っこに立ったまま、動きませんでした。

質問――顔についてはどうだね？

返事――顔は見分けられませんでした。影だらけに見えたからです。または、目があるはずの場所が穴にでもなってるみたいでした。
それから、そいつは隅っこから動きだしました。動いたというより歩いたといったほうがいいでしょうか、わたしの顔の横を通り、見えない場所へ行きました。その歩きかたからも、ホテルの案内係みたいに思えました。
質問――彼はどこへ行ったのかね？
返事――わかりません。
質問――真夜中に、ホテルの案内係がトレイを手にあの家の廊下を歩いているのを見て、驚かなかったのかね？
返事――いいえ、たいして深く考えもしなかったのを覚えています。わたしは横になって寝ました。とにかく、それ以上はなにも覚えていません。それから、男が手にしていたのは普通のトレイではありませんでした。名刺受けの小盆《サルヴァー》に近いものでした。

「そいつは」ハドリーがテーブルにタイプ打ちの紙を叩きつけて言う。「この話をますますナンセンスなものにしますよ。名刺受けですからね！　ふざけるなっていうんですよ、フェル博士。こんなことが酒の禁断症状による妄想、お告げ、真実のどれかなんですからね。名刺受けをどうするんです？　凶器を運ぶため？　このベロウズという男が有罪だとは思いません。名刺受けこだけの話ですが、彼はやってないでしょう。でも、彼がいたってまじめにこんなことを語っているのであり、ホテルの案内係が金ボタンをつけた蛇だったなんて幻じゃなければ、わたしたちはどうしたらいいんです？」

「ふむ、こうしてはどうかの」フェル博士が遠慮がちに言い、象牙の握りの杖の先をライフルのようにハドリーにむけて照準を覗く真似をした。「思いだせ、その飲んだくれは品物がいっぱいに並べてあるショーウィンドウをちらりと見ただけで、なにがあったかあとから言えるのと同一人物なんだろう。現在、留置場でみじめに過ごすリッチー・ベロウズと少しばかり雑談するのを勧めるよ。供述を掘り下げ、彼が本当に目撃したもの、あるいは目撃したと考えているものを突きとめなさい。そうすれば、おそらくは真実がかすかに見えるだろうて」

ハドリーはこの意見を考慮した。

「もちろん」彼は言う。「ベロウズが酔って最初の殺人に手を染め、ほかの何者かがそれにつけこみ、ベロウズが幻のホテルの案内人を見たという話と手口を利用して、のちにロイヤル・スカーレット・ホテルでミセス・ケントを殺害したという仮説は考えられますが」

「そいつを信じておるのかね？」

「率直に言えば、信じていません」

「ありがたい」フェル博士は一瞬ぜいぜいと呼吸し、赤ら顔ならではの威厳としか言えないものをたたえてハドリーを見つめた。「このふたつの殺人事件は単独犯によるものだよ。なあきみ、ほかの解釈では細部の多くの辻褄《つじつま》が合わん。それにわしは、何者かが裏でとことん細かい部分まで糸を操っているという嫌な予感がしてな」博士はしばらくしきりにまばたきしながら、どこか焦点が合わない様子で、見るともなく杖の握りに重ねた両手に目をむけていた。「うむ。

ゆうべのロイヤル・スカーレットの事件を検討しよう。リーパーの一行はここでも全員が揃っておったんだね?」

「わたしの知るかぎりでは」ハドリーが言う。「ベッツ部長刑事から数分前に電話で確認が取れました。それにサー・ジャイルズも同行しています。四つの扉荘のときと同じに、これで六名になりますね」

「サー・ジャイルズも一行とホテルへ行ったのか? なんでだね?」

「たんに、つるみたかったんじゃないですか。彼とリーパーは悪い秘密を共有するような仲良しなんですよ」

フェル博士はその言葉の選択に関心を引かれでもしたように、ハドリーをじろじろと見た。しかしケントを振り返って、「こいつは」博士は申し訳なさそうに轟く声で言った。「古きよきイギリスのもてなしとは言いがたいものだよ。わしはきみに会うのを楽しみにしておった。いくつかの点について熱く語りたい犯罪小説があってな。しかし、はっきり言って、いまはきみのこの友人たちについていくつか質問したい。わしはこのなかのひとりとして会ったことがないもんで、わしのためにどんな人たちか教えてほしいんだよ。複雑な経歴やらは、まったくもって必要ない。それぞれについて、単語か短文をあげてくれるだけでいい。きみの頭に浮かんだ最初の単語や一文、ということだ。どうだね?」

「いいですよ」ケントは言った。「でも、やはり思うんですが――」

「では、早速。ダニエル・リーパーは?」

「おしゃべりで行動力あり」ケントはすぐさま答えた。

「メリッタ・リーパーは？」

「おしゃべり」

「フランシーン・フォーブズはどうだね？」

「女性代表」間を空けてからケントは答えた。

ハドリーがなにも感情をこめずに口を開いた。「ミスター・リーパーから話を聞いて、あなたがその若いご婦人にたいへん関心をもっていることは理解しました」

「おっしゃるとおりです」ケントは率直に認めた。「でも、ぼくたちはとてもうまくいっているわけではありません。彼女はあたらしい政治運動などについて、ありとあらゆる新説の重要性を熱心に主張しているんです。彼女は『知的女性のためのガイド：社会主義、資本主義、ソビエト主義などなどなど』（バーナード・ショーの書名のもじり）そのものなんですよ。ぼくは違います。政治学については、アンドルー・ラングみたいに伝統重視のジャコバイトでしかありません。それに、世に出る才気があり富をなすことのできる者が、力をもつことになるのは自然だと思っています。したがって、彼女はぼくを強情な保守派で変化を嫌う人間だと見なしてるんです。でも、今度の馬鹿げた賭けを受けたおもな理由のひとつは彼女に――」

「ハハッ」フェル博士が声をあげた。「ハハハッ。そうか。続きといこうかね。ハーヴェイ・レイバーン」

「曲芸師」

「そうなのか？」フェル博士は目を開けて訊ねた。「なあ、ハドリー。こいつはおもしろい。三つの棺事件のオルークを覚えておるかね？」

「レイバーンは厳密には曲芸師ではないんですけどね」ハドリーが口をはさんでから、目を細めてケントを見つめた。「でも、あなたの言いたいことは見当がつきそうです。とても多芸な男なんですよ、フェル。どんな話題についてもよく知っていて、実際にいくらか経験したこともあるようなんです。わたしをつかまえて犯罪話を長々と語るし、知りたいことについていくらでも話してくれる百科事典みたいな男なんですよ。ちゃんとした人物のように見えますね」誰かについてこのようなことを言うことに生来の警戒心を抱くハドリーは言いたした。「ごまかしのないようにも見えます」

「そのとおりの人物ですよ」ケントは同意した。

「では、これで全員ですね。さて」警視は語った。「すべての事実を手に入れるまでは、わたしは自分の意見をあまり言いたくありません。でも、やれやれ！　いざ容疑をむけようとしても、あれほど平和で無害な人たちに出会ったことがないですよ。全員の過去を調べました。わたしはへとへとになるまで、あの人たちから話を聞きました。ほかの者を憎んでいたり、嫌ったりしている者は誰もいない。金銭面で不正を働いている者も、こまっている者さえいない。最後の頼みの綱である、誰かがほかの者の妻と浮気しているという気配さえない。その死によって利益を得る者も、喜ぶ者さえいない。ふたりのごく当たり前の若い人たちが、しつこくつきまとわれて殺害される理由など、まったくないようなんです。でもやはり、そうは言ってもですよ、この夫婦は命を奪われただけではなかった。亡くなっても消えない怒りをもって殴られている。この一行の誰かが殺人嗜好《しこう》を隠しもった人でなしでなければ意味がとおらない。ただ、この仮説は信じませんよ、その人物が殺人の衝動に駆られていないときでも、その兆候ははっきり露呈するものです。そうでなかった事例にはお目にかかったことがありません。この点についてどう考えますか？」

「ひとつだけよいかね、ハドリー。夫のほうが殺害されたときには、少なくとも妻には質問できただろう。なにか光を投げかけるようなことを聞きだせなかったのか？」

「だめでした。とにかく、妻は犯人についてなにも思いつかないと言いましたし、真実を語っていたと誓えますよ。それになぜ彼女は殺されねばならなかったんでしょう？　先ほども言ったように、彼女は事件が起こったとき、ドーセットの叔母たちのもとに滞在していました。事件の報を聞いてショックで寝こんだんですが、看病する叔母たちのほうもいくらかマシな程度でした。かなり時間が経って、ようやく医者から許可が出て、彼女はロンドンでほかの一行にふたたび合流した。そしてこの街にやってきた最初の夜に、殺されてしまった。また同じことを訊ねますよ、これをどう考えますか？」

「うん、教えてやろうか」フェル博士が頬を膨らませ、椅子に深くもたれると、ますます身体が大きくなったように見えた。「残念ながら、この時点ではなんの手助けもしてやれんがね。興味を惹かれる事柄を指し示すことしかできん。わしはタオルに関心があるね。ボタンにも。そして名前にも」

いか？」

「あるいは名前の変更と言おうか」フェル博士は補足した。「では、ホテルへむかおうじゃないか？」

「名前ですか？」

4　殺人サービスいたします

ロイヤル・スカーレット・ホテルの支配人に紹介されるとき、ケントが会うことになると予想したのは、モーニングコート姿の、慇懃《いんぎん》でありながらワンマンとして切り盛りする、外国のおそらくはセム族の血統のきりりとしたスーパー給仕長のような人物だった。しかし実際はまったく逆で、ミスター・ケネス・ハードウィックは地味で打ち解けた様子の親しみやすいイギリス生まれの人物で、ありふれた灰色のスーツを着ていた。白髪まじりの中年男で、力強い顔立ち、鷲鼻、きらめく目。彼の基調となっているのはこのホテルそのものと同じく、乱されることのない効率のよさのようだった。殺人事件で動揺したが、大騒ぎせずに対処する心構えができている。

ハドリー警視、フェル博士、ケントは七階にある支配人の個室で腰を下ろした。通常の支配人室は一階にあるが、この増築された階のD棟に二部屋が彼のために確保されていた。居間は濃いオークの板壁の簡素だが居心地のいい部屋で、ふたつの窓が白いタイルの吹き抜けに面していた。ハードウィックは、デスクランプが日中でも薄暗い部屋を照らす大きなデスクの奥に座り、目の前に広げたA棟の見取り図をコツコツと叩いた。繰り返し眼鏡をかけたり外したりするのが、てきぱきした話しぶりに窺えるただひとつの動揺の印だった。

「――というのが」彼は締めくくった。「今朝もうおひとりのミスター・ケントがこちらにいらっしゃるまでの状況でした。ミスター・リーパーは六週間前にご一行のために予約をされまして、この階の部屋を特に希望されました。当然ながら、わたしは二週間前にミスター・ロドニー・ケントが亡くなられたことは存じておりまして、それはたいへんお気の毒に思っておりました」彼は冷静を保とうと眼鏡をしっかりかけた。「けれども報道では取り立てて詳しいことはわからず、はっきりしていることは――その――酔った者が襲ったとのことで……」

「そうだよ」ハドリーが言う。「内務省から詳細は公表しないように指示されている。検死審問は延期された」

「なるほど」ハードウィックはほんの少し身を乗りだした。「さて、わたしといたしましてはこのように考えているのです、警視。通常でしたら、このような事件を内密にとお願いするのは愚かなことでしょうし、そのようなことをお願いするつもりもなかったでしょう。ですが、この状況でしたらいかがです？　ミスター・ケントが亡くなられた件をある程度秘密にされているのであれば、ミセス・ケントについても同じ対処があてはまるのでは？　いまこの瞬間まで、関係者を除けばこの事件について誰も知りません。ホテルの営業はご覧のように通常どおりとなっております。これはたやすいことでして、A棟に宿泊されているのはミスター・リーパーのご一行だけだからです。多少なりとも切り離された格好ですので」

「切り離したままにしよう」ハドリーが言葉を引き取った。「わたしが上から指示を受けるまでは、内密にされるはずだ。さあ、細かい点を質問させてほしい。どの部屋に誰が泊まっているのかね？」

ハードウィックはデスクの見取り図を差しだした。「ここに書きこんでおきました。七〇七号室に〝ロドニー・ケント夫妻〟とあるのにお気づきでしょう。最初に宿帳に書かれたままで、修正されておりませんでした。ですから今朝、朝食を取りにこられたかたがいるのに、もうひとりのお客様がこの部屋で休んでいらしても、スタッフは妙だと思わなかったのです」

ノックの音がした。ハドリーの右腕であるベッツ部長刑事が手帳を大きく広げてやってきた。

「医師の確認が終わりました」彼は告げた。「警視に会いたいそうです。警視から訊かれていたほかの点については、調べておきました」

「わかった。どこにいるんだ、被疑――客たちは？」

「全員、それぞれの部屋に。ミスター・リーパーにはちょっと手こずりましたが、プレストンが廊下で見張っています」

ハドリーはうめき声をあげ、見取り図をよく見ようと椅子をぐいと動かした。長い沈黙が続いた。デスクランプの明かりが、ほのかな笑みを貼りつけた観察力あふれるハードウィックの顔を照らす。フェル博士は黒いマントの大山賊のような姿で、シャベル帽（通常聖職者のかぶるつば広のフェルト帽）を膝に置き、ハドリーの肩越しに見取り図を覗きこむ。階下のラウンジから吹き抜けをとおっ

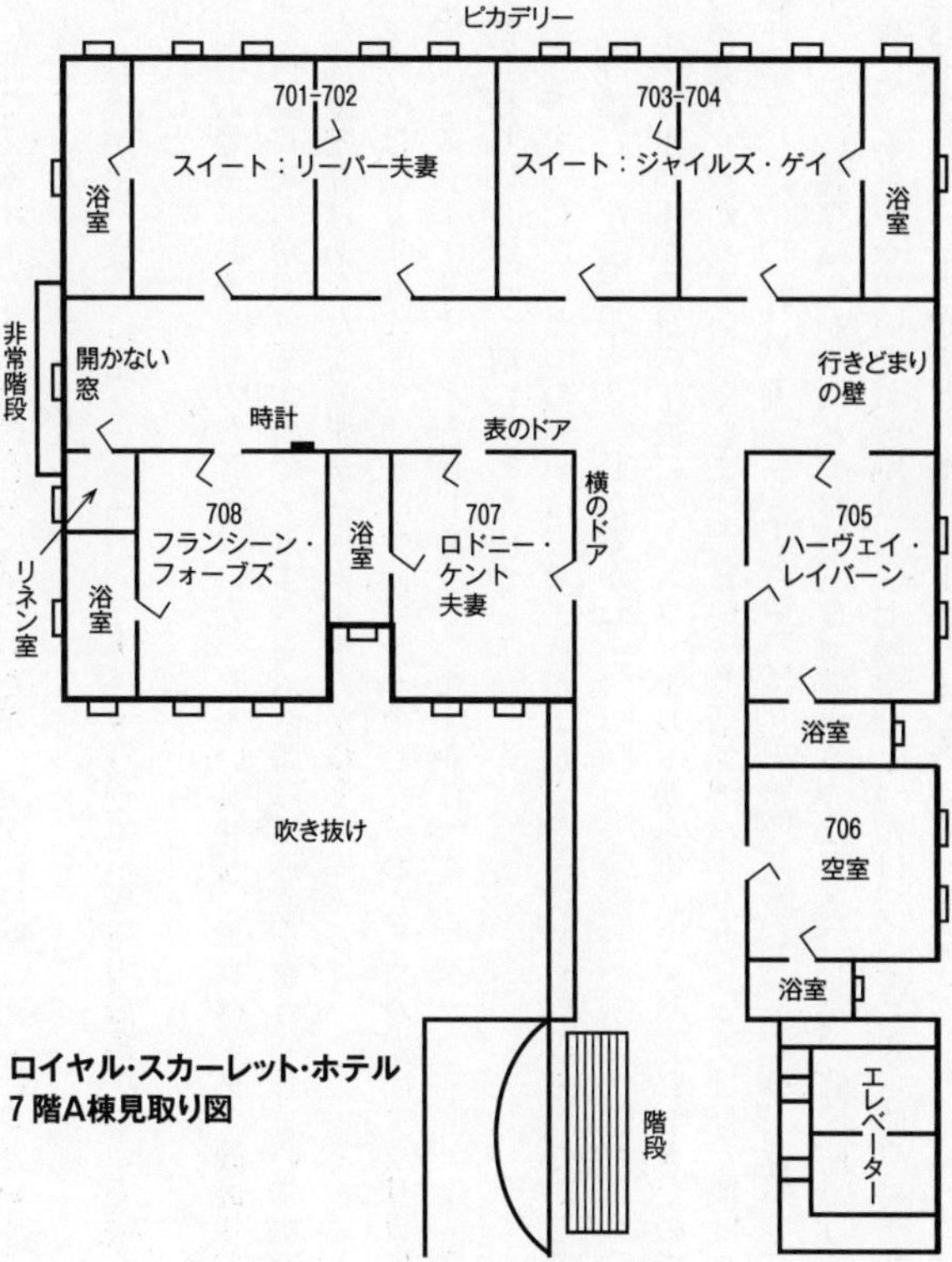

**ロイヤル・スカーレット・ホテル
7階A棟見取り図**

てかすかに聞こえるオーケストラの音楽に気づいたが、実際には聞こえているというより、舞台背景で震えているなにかのようだった。

「つまり」警視が出し抜けに話しはじめた。「すべての客室に専用の浴室がついているのか。そして空室はひとつだ」

「ええ。七〇六号室にお泊まりのお客様はいらっしゃいません。エレベーター最寄りの部屋でして。まだ作業員たちがおりますので、近すぎるお部屋はご迷惑をかけてしまいます」

「こうした部屋割りはあなたがみずから担当するのかね？」

「通常はそうではありません。ですが、今回はそうでした。わたし自身が南アフリカに住んでおりまして、ミスター・リーパーを存じあげていますから」

「部屋の割り振りはしばらく前に決めたのかい？」

「ええ、そうです。ただひとつの違いは、ご一行が予定より一日早く到着されたことでした」

「どういう経緯だったんだろう？　わかるかね？」

「ミスター・リーパーが昨日の午後にノースフィールドから電話で連絡されてきたのです。みなさんの神経がすっかりまいってしまったというお話で」ハードウィックは軽く情けないと言いたげな仕草をした。「これ以上、とどまらないほうがいいと感じたところ、警察もロンドンへ移動することに異存はなかったと。お部屋を準備するのは容易でした、繁忙期ではありませんので。現に、ふさがっていたお部屋は七〇七号室ひとつだけで、そちらも昨日の午後、入れ替わりにお泊まりのご婦人がチェックアウトされました」

ハドリーがケントを一瞥《いちべつ》した。「それが貴重なブレスレットをこの部屋の整理だんすに忘れたと言われているアメリカのご婦人だね？」

「言われている？」支配人が訊き返した。「どういうことでしょうか。たしかにそのかたはブレスレットを整理だんすにお忘れになりました。それはマイヤーズ――昼間担当のホール・ポーターがすでに見つけておりますよ。ミセス・ケントを発見したときに」

クリストファー・ケントは支配人を見つめた。なめらかに動く抽斗《ひきだし》、紙を敷いたメープル材の整理だんすはありありと思いだせるから、いまの発言は聞き捨てならない。

「待ってください。なにか誤解があるみたいだ」彼は口をはさんだ。「今朝のささやかな冒険中に、あの整理だんすのなかはすっかり見たんですよ。なんにだって誓いますが、そのときはあそこにブレスレットなんかありませんでした」

ハードウィックが一呼吸置いて口を開いた。額にふたたび細い皺《しわ》が刻まれていた。まるで皺がそこに定着したみたいだった。彼は来客たちの顔をかわるがわる急いで見た。

「どういうことなのでしょう。わたしにわかっているのは、現にブレスレットは手元にあるということです。はっきり証明もできます。マイヤーズが別件で報告にやってきた際に、届けてきましたので。どうぞ、現物をご覧になってください」

彼はデスクの左側の抽斗を開けた。封筒を破りあけてランプの下にブレスレットを置く。ホワイト・ゴールド製で幅広い環の中央に、めずらしいデザインの宝石がひとつ。黒い正方形で磨きあげられて鈍い光を放ち、やっと読める程度の大きさのラテン語が二行彫ってある。

〈Claudite jam rivos, pueri; sat prata biberunt〉。ハドリーの背中側で、フェル博士が興奮して煮えたぎるような大きな声をあげた。

「ええ、変わったものです」ハードウィックが言った。「黒曜石か、ブラックオパールなのか、なんなのでしょうね？　その宝石は指輪から外してこのブレスレットに取りつけたもののように見えます。ですが、この銘刻文のほうが一段と変わっていますよ。かつて少々齧《かじ》った程度のラテン語の知識では歯が立ちません。思い切って解釈してみれば、〈酒を黙らせよ、少年たち。牧場はたっぷり飲み終えた〉でしょうか――これではナンセンス詩のようですね」

彼はさりげなく問いかけるような笑みを浮かべてフェル博士を見やった。急に熱を帯びた表情になっている。

「おお、酒神バッカスよ！」フェル博士は参考にもならないことを怒鳴った。「なるほど、そのご婦人がこいつを取りもどしたがったのも不思議はない！　宝石そのものには価値はないよ。ただ、こいつを手に入れるためなら、あんたの喉を掻き切る博物館の学芸員が何人もいるな。こいつがわしの思うものなら、現存するのは数少ないはずだ。銘刻文については、あんたの解釈はなかなかだ。ウェルギリウスが遠まわしに表現した隠喩《いんゆ》だよ。羊飼いたちへの命令だ。教科書に載せられるよう柔らかく解釈するとこうなるかな。〈歌うのはやめよ、若人たち。楽しみは存分に味わった〉（『牧歌』第三歌より）。ハハハ。そう、こいつはたしかに指輪から外してブレスレットに取りつけたものだな。ホワイト・ゴールドや幅広の環には見るべきところはない。宝石だけが古いときている。もちろん、この案はギリシャに端を発したもので、ローマ人が真似ただけだ。唯一無二だ！　ひゃっほう！　おい、ハドリー、きみは古代になされた特に創意工夫に富む発明品を見ておるんだぞ」

「創意工夫に富む発明品？」ハドリーが訊き返した。「なんのための創意工夫に富む発明品なんです？　毒を仕込んだ石だとかブレスレットだとか、そういうことですか？」

「専門の職人の手によるものだ」フェル博士がきっぱりと言い、しげしげとながめた。「いや、そういうたぐいのものじゃないが、引けを取らんぐらい実用性があるんだ。古代ローマ人は実用性を重んじる民族だった」

支配人はとまどった様子だ。「これは誰のものなんだね、ミスター・ハードウィック？」

「ミセス・ジョプリー＝ダンというかたです。住所はここに控えてあります」

「あんたの知り合いじゃないんだろうね？」

「いいえ、よく存じあげていますよ。イギリスにいらしたら、いつもこのホテルにお泊まりです」

ぜいぜい言いながらフェル博士はふたたび腰を下ろし、首を振った。むかっ腹を立てているハドリーは博士が口を開くのを待っているが、博士の目が遠くを見るようになり、ハドリーは諦めて目の前の問題から片づけることにした。

「ブレスレットの件は後回しでいい。ひとつずつ済ませていこう。ひとまずは、ミスター・リーパーの一行について話を聞かせてもらおう。ここに到着したのは何時頃だったかな？」

「昨日の夕方六時頃でした」

「そのときはどんなふうだったかね？　一行の雰囲気ということだが」

「陰気そのものでした」ハードウィックはまじめそのものに答えたが、内心冷たく笑っていそうにケントには感じられた。それはハドリーも察知したようだ。

「話を続けて」ハドリーは言う。「それからなにがあった？」

「わたしは一行を迎えて上へ案内しました。申し上げたとおり、ミスター・リーパーとは個人的な知り合いですから。こんな状況ですので、友人たちを連れだして芝居を観るといいと勧めましたよ。できれば愉快なものを。意図はおわかりですね」

「彼は勧めにしたがったのかね？」

「ええ。『気まぐれな彼女』のチケットを六枚取られました」

「全員で芝居に？」

「はい。ミセス・ケントは気が進まなかったようですが、説得されて。十一時十五分頃に一階の支配人室を出たところ、たまたま劇場からもどられたご一行に会いました。たしかにずいぶんと機嫌がよくなられておりました。ミスター・リーパーは葉巻を買うために足をとめられて、みなさん芝居を楽しまれたとわたしにおっしゃいました」

「それから？」

「みなさんはお部屋にあがられました。少なくとも」ハードウィックは首を片方にかしげて吟味して言葉を選んだ。「エレベーターに乗られました。わたしはどなたもふたたび見かけることはありませんでした。この件について次にわたしが知ったのは今日の朝になって、マイヤーズが遺体を発見したと報告にやってきたときでした」彼は眼鏡を外し、ケースに収納してパチンと閉めた。しばらく、瞑想するようにデスクマットを見つめたままだった。「わたしは」そこで彼は言いたした。「この事件の忌《い》まわしい部分について、これ以上話をするつもりはありません。あなたもわたしもどんなものか知っています。口に出すだけでも嫌な気分になりますね」彼は顔をあげた。「亡くなった女性の顔を見ましたか？」

「まだなんだ」ハドリーが答える。「さて、特に訊きたいことがある。エレベーターの片方で作業員たちが仕事中だと言ったね。彼らは夜どおし働いていたのか？」

「はい」

「作業員たちが何時に仕事を始め、そして終えたのかわかるかね？」

「ええ。昨夜シフトに入ったのは三人で、十時から今朝八時まで仕事をしています。遺体が発見されたとき、彼らはまだそこにいました」

「仮に第三者——ミスター・リーパーの一行とは関係のない外部の者——が夜のあいだにA棟へ出入りしたとする。作業員たちはその人物を目撃しているだろうね？」

「そのはずです。A棟は一晩中、照明がともっています。あそこに出入りするにはエレベーターか階段かを使うことになりますが、作業員たちはそのあいだに立っていましたので」

ハドリーに詮索するような視線をむけられたベッツ部長刑事はうなずいた。

「そのとおりです、警視」部長刑事は言う。「三人全員から供述を取っています。信頼できそうな者たちで、揃って同じことを話していますよ。彼らはミスター・リーパーの一行が十一時十五分頃にあがってきたのを覚えています。それどころか、ミスター・リーパーは足をとめ、エレベーターの動く仕組みや、工事の進み具合について質問していますね。彼らは廊下の曲がり角で一行がそれぞれの部屋に分かれていくのを見ています。その後は一晩中、A棟に出入りした者は誰もいないと誓っていいそうです」

「そうか。だが、外部の者が入りこむ方法はほかにないのか？」

ハドリーの質問はベッツと支配人の中間ぐらいにむけられた。間があって、支配人が首を振った。

「あるとは思えません」

「どうしてかね？」

「見取り図をご覧になってください。不可能だとは申しませんが、ご自分でご判断を」ハードウィックはテーブルの上の見取り図を回転させた。「出入りする方法はほかにふたつあります。理論上の話ですが。外部の者――泥棒ということでしょうか？――は非常階段をのぼり、A棟突き当たりの廊下の窓から侵入したかもしれません。ですが偶然、その窓は内側からしっかりロックされていただけではありませんでした。昨日わたしのもとに、窓枠に引っかかって窓がまったく開かないという報告が入っていたのです。今朝、修理させることになっていました。警視のおっしゃる泥棒が侵入するために残されたただひとつの手段は、建物の壁を登り――ピカデリー側でも、吹き抜けのある内側でも構いませんが――姿を見られることなく、どなたかのお部屋を突き進み、同じようにして外に出ることです。わたしがこのホテルについて知っていることからすると、かなり考えづらく、不可能に近いと言うほかありません」

「ここまでの質問から、次はどんな疑問が生まれるかわかっているかね？」

「ええ、まあ。わかりますよ」

ハドリーはベッツを振り返った。「では外部の者を除いて、昨夜A棟から出入りした者は誰、かいたのか？」

「客室係だけです。彼女は十一時半に上がりとなってます」

「そうか、でも」ハドリーは手帳をにらみつけた。「ブーツはどうだ？　いるはずだろう？　ほかの呼びかたなのかもしれないな。夜、部屋のドアの外に靴を出しておくと、回収して磨いてくれる係だよ」

ベッツがうなずく。「いますよ、警視。でも、靴磨き《ブーツ》——彼の職種は実際のところポーター助手ですけど——がA棟に足を踏み入れたのは今朝早くでした。殺人の何時間もあとです。夜間に靴を集めるわけではないようです。深夜に到着する客を想定してるんですね。朝の五時まで待ってから、靴を集めてまわり、磨きあげてもどすんですよ。その係は五時にやってきて、エレベーターで働く作業員たちと言葉をかわしました。でも、A棟で靴を出していたのはひとりだけ——ミセス・ケントでした。で、その靴磨きは手違いに気づいたんです」

「手違いだと？」ハドリーの語気が鋭くなる。

「まず、ドアの外にあったのは茶色のスエードの靴でした。スエードは磨けません。次に、一見したところでは揃いの靴に見えなかったそうです。片方がもう片方より薄い茶色で、小さくて平らなバックルがついていた。靴磨きはなにかしらの手違いがあったのだと気づいたので、靴を回収せずに去ったんです」

フェル博士が気まずいくらい好奇心をむきだしにして口をはさんだ。「ちょっと待ってくれ。この砦の仕組みに関心があるぞ。ホテルというのはどんなふうに切り盛りされとるんだね？　夜の問題の時間帯にA棟へ出入りするのはどんな者たちだ？」

「当ホテルには三百人ほどの従業員がおります」ハードウィックが言う。「どう運営しているか説明するのは、かなり時間がかかるでしょう。でも、これは申し上げることができます。夜の十一時三十分をまわってからは、四人いるポーター助手のひとりを除けば、この階に用事のある者は誰もいなかったはずです――ひとりの例外もなく。

ざっと説明しますと、このようになっております。客室係はお客様の呼び出しに応じるなど日中の仕事をこなしまして、夜の十一時三十分で仕事終わりとなります。風紀上の理由からです」支配人は当たり障りのない説明をした。「寝床へ入る時間帯に、女性たちが何人もうろついているのは好ましくありませんので。またその時刻には、昼間のうちに客室へあがる機会のある従業員の給仕や雑用係《ページボーイ》も上がりとなります。客室は夜勤のホール・ポーターの部下である四人のポーター助手たちに任されるのです」

「では、シフトは二交代制なんだね？」ハドリーが訊ねた。

「ええ、そうです。夜勤の者たちは夜八時に仕事を開始し、そのまま翌朝八時まで勤務します。それぞれが客室の稼働状況によって一、二フロアを受けもちます。担当のフロアで呼び出しがあるとそれに応じるのです。荷物を運んだり、お客様がお部屋に鍵を忘れて外出されたり、かなりお酒を召しあがってもどられるのに対応したりと——ありとあらゆる雑用をこなすのですよ。部長刑事がおっしゃったように、朝の五時には靴も集めます」

「肝心なのは」ハドリーがなおも言う。「ゆうべ、その客室係以外は上にあがらなかったかどうかなんだが？」

「あがってません、警視」ベッツが答えた。「それは、はっきりしているようです」

ノックが響いて、返事をする暇もなくドアが開き、ダン・リーパーがずかずかと部屋に入ってきた。そのうしろから後衛を務めるように続いたのは、フランシーン・フォーブズだった。ケントは思わず立ちあがった。フランシーンは彼に目をとめたが、ダンはなにも気づかなかった。ロンドンにいるとなおさらそうなのだが、ダンはアフリカの立体地図のように図体が大きく見え、呼吸するための空間が必要なくらいだとケントは改めて感じた。とは言え、陽気なエネルギーを発散しているのに、ダンは具合が悪いように見える。頭のどこかに、心配でたまらないことがあるのだ。こめかみのあたりが艶《つや》もなく白くなった髪をドイツ人ふうに短くし、煉瓦《れんが》くずのような日焼けはそのままのところ、ひどく淡い色の目の周囲に細かな皺が寄っているから、どっしりした顔はおろし器にかけたナツメグみたいに見える。懐《ふところ》の広さと疑い深いことを同時に表現する口は、下くちびるが見えなくなるほどきつく結ばれていた。

フランシーンは外見こそダンと対照的だったが、性格のいくつかの要素についてはダンの娘といってもいいくらいだった。彼女はダンより落ち着いていて、おそらく決断力は彼を上回るほどだ。会えばクリストファー・ケントといつでも言い争いになるのは、その決断力ゆえだった。彼女はほっそりしてとても色白で、日焼けしたり肌が赤くなったりすることもなく、いつも輝くような肌をしている。ブロンドの無造作なボブヘアと切れ長のダークブラウンの目が肌を際立たせている。温室育ちと表するしかない彼女だが、大切に育てられたことで弱々しくなるどころか、あふれる活気を蓄えることとなったようだ。ブラウンのワンピースが抜群に洒落て見えるのは、すっきりしてごてごてしていないからというより、彼女に完璧に似合っているからだ。

「なあ、ハードウィック」ダンが遠慮会釈もなく声をかけた。デスクに両手のひらを押しつけたところでケントに気づいた。

ダンは口笛を吹いた。

「なんだってここに?」彼は控えめだが大声でそう言いたした。

「どうやら」ハドリーが口をはさむ。「ミスター・ケントとはお知り合いのようですね?」

「そうとも。おれのいちばんの」ダンはそこまで言ってからまた口を閉じ、すばやく顔をきっとあげた。「きみは自分が何者か話したのか、クリス? つまり、もし話したんだったら——」

「わかってるよ。ぼくの負けだ。賭けはもうどうでもいい、ダン。忘れてくれ。そんなことより、ぼくたちはもっと深刻な厄介ごとに巻きこまれている。やあ、フランシーン」

ダンはさっと頬を赤くして、あごの横をさすった。途方に暮れているらしいとケントは考えた。生来の如才《じょさい》なさと、自ら弁明したいという生来の欲求と対立しているからだ。

「不愉快な」ダンが言う。「不愉快極まりない悪夢だよ、こうした経験は初めてだ。おれたちはきみを見つけようとしたんだぞ、クリス。だが、もちろん――まあ、心配いらない。少しも心配いらない。すべて手配したよ。彼はハンプシャーに埋葬された。彼の家族はあそこの出身だからな。なにもかも最高のものにして、おれは五百ポンド以上を負担したが、それだけの価値はあった」このような、さしあたりは必要ともされない情報をしゃべってからは、さすがにダンの強い気持ちもふらついたらしい。不満がましくこう言った。「とにかく南アフリカに帰ってクラブで極上の一杯をのんびり飲みたいと思っていたよ。そしたら今度はジェニーときた。おれたちになにが起こっているのか、きみにはなにかわかるか？」

「いいや」

「だが、ロッドやジェニーを殺害したがる者は誰もいないことは、警察に話せるだろう？」

「話せるし、現にそう話すよ」

ハドリーはそのまま彼らを会話させて、その様子を観察していた。フランシーン・フォーブズはケントの挨拶にわずかに反応したあとは、水風呂からあがってきたばかりのような寒々とした雰囲気で会話が終わるのを待っていた。いつものクールな雰囲気にくわえ、肌が輝いているせいでそう見えるのだろう。でも、彼女は平静ではなかった。切れ長の目は動いていないものの、両手は動いてそわそわとワンピースの脇をこすりつづけている。

「クリスのご立派な行動についての協議が終わったんでしたら」彼女は温かみのない声で言った――それでケントはほんの一瞬だけ頭に血がのぼって怒りを覚えた――「ミスター・ハドリ

ー、たぶんここにやってきた理由をあなたにお話ししたほうがいいですね。わたしたちふたりは一行を代表し、隔離された患者みたいに別々の部屋に閉じこめられたままでいるつもりは絶対にないとお伝えします。なにが起こったのかわかるまでは。ジェニーが死んだことは知っています。でもそれしか知らないんですよ」

ハドリーは精一杯、人当たりのいい態度を取った。彼女に椅子を勧めたが、彼女は手で払う仕草をして断り、目の前の問題以外はどうでもいいのだと身振りで示した。

「残念ながらわたしたち自身もそれしか知らないんですよ、ミス・フォーブズ」警視は彼女に告げた。「殺人がおこなわれた部屋を調べ終えたらただちに、みなさんおひとりおひとりにお会いするつもりでした。ええ、殺人事件です。残念ながらご主人と同じく。ところで、ギディオン・フェル博士を紹介させてください。名前はお聞き及びかと思いますが」

彼女はそっけなくうなずいて博士に挨拶した。博士は、激しくぜいぜい呼吸しながら立ちあがり、シャベル帽をさっと胸にあてて挨拶を返した。さらには眼鏡越しに彼女をしげしげと見つめた。大いに好ましい関心を抱いた表情を浮かべたが、それを彼女は苛立《いらだ》たしいと思ったようだ。けれど、彼女は視線をハドリーからずらさなかった。

「彼女は――首を絞められたんですか？」

「そうです」

「いつだね？」ダンが訊ねる。自己主張したいようだ。

「それはまだわかりません。部屋を調べていませんし、警察医にも会っていないんですよ。お気持ちはわかります」ハドリーはすらすらと話を続けた。「それぞれのお部屋にじっととどまっているのはおつらいでしょう。ですが、騒ぎ立てず、なにがあったかについて、そしてあなたがた自身にも注目が集まらないよう、わたしの助言通りいますぐお部屋にもどってくださることが我々の役に立つのだと、ご理解ください。もちろん、昨夜についてお話しされたい重要な事柄があるのなら別ですが？」

「い、いいや」ダンが咳払いをした。「なにも知っていることなどないぞ！」

「あなたたちは昨夜、十一時十五分頃に劇場からもどられたと聞いていますが？」

「ああ、そのとおりだ」

ハドリーはダンの訝《いぶか》るような視線を気にもとめなかった。「ミスター・リーパー、ホテルにもどられてからほかの部屋を訪ねられましたか、それともまっすぐご自身の部屋にむかわれましたか？」

「まっすぐ自分の部屋に行ったよ。疲れていたんでね」

この頃にはフランシーンが退屈し切った表情になっていて、ケントはこういうときにぴしゃりと叩くのにふさわしい場所をぶってやりたくてたまらなかった。測りかねたのは、彼女が本気で退屈しているのか、それともたくみな見せかけに過ぎないのかだった。

「なるほど。では、昨夜はなにか怪しいものを見たり聞いたりしませんでしたか？」

「いいや」ダンが力強く言う。

「あなたはいかがですか、ミス・フォーブズ？」

「なにも、どうもすみません」フランシーンは飲み食いを勧められて断るような言いかたをした。

「おふたりのうちどちらか、部屋を離れられたことがありましたか?」

「いいや」ダンが答えてから、しばしためらった。「いいや、そう、返事はやはりそれだ。部屋を離れることはなかった。ドアから頭を突きだして廊下を見た、それだけだ」

「廊下を見たですって? なぜです?」

「時計を見るためだよ。廊下の壁に時計がある。フランシーンの部屋のドアの近くに。腕時計がとまっていてね。何時かわかるかと家内に呼びかけたが、あれは浴室にいて湯を流していたから、おれの声が聞こえなかった。それでドアを開けたんだ」ダンはわかりやすく派手なジェスチャーで再現した。「そして時計を見た。それだけだよ」

「それは何時のことでしたか?」

「午前十二時二分だ」ダンがすぐに答えた。「それで腕時計の時間を合わせた」

ベッツ部長刑事が遠慮がちにハドリーの椅子のうしろへまわった。手帳の余白にいくつか言葉を書きつけてハドリーに差しだした。ハドリーはなにも表情に出さず手帳をフェル博士に渡したが、もっとも近くに座っていたケントはそれを読むことができた。〈医師は彼女が十二時頃に死亡したと言っています〉。

「そのときに誰かを見たり、声を聞いたりしましたか、ミスター・リーパー? たとえば、廊下に誰かいたとか?」

「いいや、誰も」そう言ってからダンはつけくわえた。「ただ、ホテルの案内係がひとりいたね。ジェニーの部屋のドアの前で、タオルの山を抱えていたぞ」

5　新時代の拷問器具

ケントに判断できなかったのは、ダンは自分がなにを言ったのか気づいているかどうかということだった。わざと情報を出した、それどころかそもそものためにここへやってきたのかという疑いさえある。ダンのように実務の才覚に恵まれた男ならば、そうしたことをたくらみそうだ。けれど、ダンはそれがまるでまったく大したことではないかのように、彼らしいストレートな積極さをもって気負わない態度でしゃべった。なにかが筆でなでおろしたように部屋の雰囲気が変わった、全員がそう感じた。

「それはない」ハードウィックが突然反論したものの、表情を整えて丁重な態度を保った。「いったん座ってください、ミスター・リーパー」ハドリーは言った。「十二時二分に、タオルを運ぶホテルの案内係を廊下で見たんですか？　男でしたか？」

「ああ」

一変した部屋の雰囲気が今度はダンの肩をなでた。ようやく彼も反応して、自分はなにか言ったらしいと悟った表情になった。

「制服の男ですか?」

「ああ、もちろん。そのはずだ」

「どのような制服でしたか?」

「ここの制服はどんなものだったかな? 濃い青、袖口に赤いストライプ。金か銀のボタン。そんなふうなものだ」ふいにダンの目蓋《まぶた》の垂れた目が一点を見つめ、それから、かなり遠くからなにかを見分けようとする人のようにわずかに見ひらかれた。「ああっ!」

「では、気づかれましたか。ミスター・ケントが殺害された時間帯に、ホテルの案内係の制服を着た男がサー・ジャイルズ・ゲイの家で目撃されています」

ダンは一言で片づけた。「くだらない!」間を置いて話を続けた。「きみが言いたいことはわかるよ、もちろん。ただ、ホテルのなかでホテルの案内係を見て驚くと思うかね? 怪しいと思うとでも? 案内係はいて当たり前じゃなかろうかね? おれは特別その男を気にもとめなかった。ただ廊下を見て――視界の端でその男が見え――ドアを閉めた。そんなふうだったんだ」

ダンは議論をするときジェスチャーを多用する。彼はいま、いくらか熱を帯びて議論していた。彼の立場ではそうする理由がある。

「そこが論点じゃないんですよ、ミスター・リーパー。わたしたちには証拠がある。と言いますか、証拠があると思えるんです。昨夜十一時三十分から今朝五時まで、A棟にホテル従業員は入らなかったというね」

「おや」ダンは取り澄ました〝よそゆき〟の表情を突然まとった。「それは知らなかったよ、警視。おれに話せるのは自分が見たものだけだ。ところで、その証拠とは？」

「エレベーターの作業員たちが、その時間帯には最上階まであがってきた者も、降りていった者もいないと言っています」

「階段は？」

「階段を使った者もおりません」

「なるほど」ダンは急にこんなことを言いだした。「すると、おれはどんな立場になる？」

「重要な目撃者ということになりそうですね」ハドリーは淡々と答えた。「廊下にいたその男ですが、顔を見ましたか？」

「いや。彼はバスタオルを高く積みあげて運んでいた！　そうだ！　バスタオルだ。十数枚はあったに違いない。あれで顔を隠していたんだな」

「では、顔はあなたにむけていたんですね？」

「そうだ、こちらに歩いてくるところで……ちょっと待てよ……そうだ、思いだしたぞ！　わたしはスイートの寝室のドアのところに立ち、左を見た——当然ながら、壁の時計のほうだ。男はわたしのほうに身体をむけていた。繰り返しになるが、彼はジェニーの部屋のドアのすぐ前にいた」

「男はなにをしていたんでしょう？」

「さっきも言ったように」ダンはハドリーの口調と同じように淡々と答えた。「おれは男にほとんど目をとめなかった。ドアを開けていたのは時計を見るだけの、ほんの数秒程度だった。おれのほうに歩いてくるところか、じっと立っていたかのどちらかだろうな」

「どちらでしたか？　印象だけで結構ですよ、ミスター・リーパー」

「では、じっと立っていたと言わせてもらおう」

普通のホテルの廊下で出会うのはさほどおそろしい幽霊ではないが、これは被害者の首を絞めてから顔を叩きつぶすようなしつこいたぐいの幽霊だ。ケントはますます不愉快に感じている自分に気づいた。幽霊がジョセフィーンの部屋のドア近くに〝じっと立っていた〟と表現されたからだ。

「バスタオル」ハドリーが言った。「たくさんのバスタオルが殺人現場の部屋で見つかったと聞いています。あなたのおっしゃる謎の男は少なくとも、その部屋に足を踏み入れたようですね……」

「彼女の顔は？」フランシーンが突然大声をあげた。

「ご想像どおりです。そしてフェイスタオルを使って首を絞められています。もうひとつの事件と同じように」ハドリーは答えた。フランシーンは怯《ひる》むこともなく、大げさな反応をすることもなかったが、目が急にきらめき、その場の者たちは彼女が泣くのだと思った。ハドリーも焦りをみせて、ダンにむきなおった。「その男についてですが、バスタオルを運ぶ男の案内係を見て、妙だとは思わなかったのですか？　それは女の客室係の仕事では？」

「誰の仕事かなど知らんよ」ダンは言い返した。「とにかく、おれには妙だとは思えなかったし、きみが言うようなちょっとした点に気づいたとしても、やはり妙だとは思わなかったはずだ。南アフリカのホテルには、女の客室係がいないも同然でね。そうした仕事はすべて男がやる——たいていはインド人だ。男がタオルを運んでいたのがおかしなことだったというのはわかったが、昨夜おれが妙に思う理由はなかっただろう？」

「その男の姿形を教えてもらえますか？　背は高かったですか、低かったですか？　太っていましたか、痩せていましたか？」

「ごく普通だった」

ここでハードウィックが口を出した。彼は思考の端にいるように一同の輪の端で控えめに立っていたが、しっかりして頼れる雰囲気なのでダンは握手でもするかのように彼にむきなおった。

「制服のことを話されていましたね」ハードウィックはゆっくりと言った。「どのような制服でしたか？　当ホテルにはいくつもあるのですが」

ハドリーがくるりと振り返った。「わたしもその話をするつもりでした。まずは、制服にどのような種類があるか聞かせてください」

「夜のその時間帯となると、多くはございません。先ほど申しましたように、これが昼間であれば、さまざまな種類を使用します。ですが、真夜中という遅い時間ですと、そもそも制服を着用する従業員は三つの職種だけです。そのほかの、配車係からページボーイまですべての従業員は非番になります。まず、夜勤のホール・ポーターであるビリングズ、そして彼のポーター助手が四人。次に、エレベーター・ボーイがふたり。最後に、ラウンジの係がふたりです——深夜にお飲み物を提供する係ですね。以上です」

「それで、どんな制服ですか？」

「ホール・ポーターは」ハードウィックがなかば目を閉じて答える。「フロックコート風の青いダブルの長上着、銀のボタン、詰まり気味の首元、ウイングカラー、黒い蝶ネクタイ。袖口と襟に赤いストライプ。四人のポーター助手は、ダブルの上着、ウイングカラー、プレーンノットの黒いネクタイ、赤い記章といういでたちです。エレベーター・ボーイは詰め襟で丈《たけ》の短いシングルの上着、銀のボタン、肩章がついています。ラウンジの係は青い夜会服のような制服で、銀のボタンに赤い記章です。ですが、エレベーター・ボーイとラウンジ係が客室の廊下を歩くことは考えられません」

「そんなにたくさんの種類があるとは夢にも思ってなかった」ダンがうなった。「まずいな。どんな制服だったか考えつづけると、勝手な思いこみできみたちに誤った情報を伝えかねない。上着とボタンは覚えているが、はっきり言えるのはそれだけだ。タオルの山の下にボタンが見えた。彼は顔の前でタオルを抱えていたのでね」

ハドリーはメモを取りながら顔をしかめた。

「でも、たとえば、上着は長かったか短かったかくらいは言えませんか？　襟は開いたものか閉じたものだったかは？」

「襟は見えなかった。短い上着だった印象がかなり強いが、そこも絶対とは言い切れない」

ハードウィックが突然、威勢よく口をはさんだ。

「これは思ってらっしゃるよりよろしくない事態です。警視、たいしてお役には立ちませんが、お知らせしておいたほうがいいことがあります。数年前、ある夜勤のポーター助手が泥棒だったとわかりました——しかも、わたしが出会ったこともないほど巧妙で斬新な泥棒でした。お客様から盗みを働くその手口は、失敗しようがないほど確実なものだったのです。通例どおり、彼は二フロアを担当しておりました。彼は深夜に呼び出しに応えるか、ポーター助手がしばしばおこなうようにご用がないか〝見回り〟のため、客室フロアへあがります。そこにパジャマとスリッパを隠しておき、ときにはガウンまで用意しておくのです。さて彼はパジャマを制服の上から着ます。当然ながら彼は担当の客室のマスター・キーをもっております。そこで彼は簡単に部屋へ忍びこみ、好きなものを盗みます。お泊まりのお客様が目を覚まされたり、なんらかのじゃまが入ったりしたら、失敗したことのない堂々たる言い訳がありました。〝すみません、部屋をまちがえて入ってしまいました〟と。いずれにしても、彼はお客様だと受けとられます。部屋から出てくるところや、廊下を歩く姿を見られても、まったく疑われません。化粧室へむかうお客様だとかなんとか、都合のいいように相手が解釈してくれます。盗難が発覚すれば、当然、お客様のどなたかが疑われます。とまあ、彼はしばらくこの手口で盗みを続けていたのですが、ついにある被害者が〝部屋をまちがえた〟の言い訳を聞き入れず、彼を捕まえたわけです[*原注]」

ハードウィックは一息入れた。

「どうか」彼はぱっとしない冗談をまじえて言いたした。「追いはぎの巣窟《そうくつ》にいるのだとはけっして思わないでください。ですが、この件についてはお知らせしたほうがいいと思いましたので。そのようなわけで、すべての客室に〈かんぬきをおかけください〉の掲示を貼ることになったのです」

フランシーンがこの挑戦――挑戦だとしてだが――を受けてたった。「いまのお話にはある教訓が含まれているようですけど」彼女は抑揚のない声で言った。「従業員が客のように装《よそお》えるのなら、客も従業員のように装えるという」

重苦しい沈黙が広がる一方、部屋はむっと暑くなったように感じた。

「なにをおっしゃるのですか、ミス・フォーブズ」ハードウィックはほどよい間を置いて言った。「そのようなことはまったく意図しておりませんでした。わたしは、なんと申しますか、ただありのままのことを話に出しただけでございます。いずれにしても、昨夜のすべての従業員の動きについては調べることができますので」

「早速調べていただきたい」ハドリーはそのようにうながし、毅然とした態度で立ちあがった。「そのあいだに、わたしたちは遺体を確認しよう。ああ、もうひとつだけ質問をいいかな。さきほど〝マスター・キー〟の話が出ていたね。すべての部屋に同じ錠が使われているのか?」

「そのようなことはございません。錠は濃淡《グラデーション》をつけた芸術品のように少しずつ異なるものです。原則といたしまして、それぞれの客室係が一定数の部屋を担当します。通常は十二室ですが、それより少ないこともございますね。使う鍵は一本のみで、そちらで担当の客室のドアをすべて開けることができます。また、ひとりの客室係が担当する部屋のグループごとに異なる鍵がついております。もちろん、ホテルの異なる場所で同じ錠が使われていることもありますが、錠には二十近い種類があるのです。ポーター助手は担当の二フロアのどの錠でも開けられるマスター・キーをもっています。そして濃淡《グラデーションズ》が深まって支配人のわたしになりますと、このホテルのすべてのドアでも開けられる鍵をもっています。しかしながら、その原則は新規に増築したこの最上階にはあてはまりません。あらたな試みをおこなっているところでして、おそらく成功したとは言いがたいようですが、すべてのドアにふたつと同じもののないエール錠を取りつけているのです。トラブルが百倍にも増えて多くの混乱を引き起こすことになるでしょう。とはいえ、リネン室でさえも、権限のない者がドアを開けることはまったくもって不可能なのです」

「ありがとう、参考になったよ。では、わたしたちは七〇七号室へむかおう。あなたも一緒にお願いします、ミスター・ケント」ハドリーはフランシーンとダンにむきなおった。「ここで待たれますか、それともそれぞれご自分の部屋へもどられますか?」

返事がわりにフランシーンは先ほどハドリーが勧めた椅子に近づき、仕方ないといった様子で腰を下ろした。ダンは乗り気ではない表情だったが、自分たちはここに残ると言った。

廊下に出るととても暖かい一方、誰かがこの巣箱の窓か天窓かを開け放ったままにしていたので、暖気と冷気が交互に流れ込んでくるさまはまるでシマウマの模様のようだった。開けた窓からこのホテルの運営の実態が垣間見え、くぐもった物音が合わさってその背景となっていた。ぼんやりした声が通風口からいくつも漂ってくる。皿がガチャガチャと鳴る音、掃除機のブーンという音。かすかな人影がちらちらと窓のむこうで視界ぎりぎりを横切っていく。ケントは昼食にローストしたチキンが出るのだと確信した。こうしたものが階下で何層にもなっていて、最上階には切り離された現代的なA棟があった。ベッツ部長刑事をしたがえた三人は、鮮やかな壁画の装飾と曇りガラスを用いた照明のある広い廊下を見渡した。

「さて、どうです?」ハドリーが意見を求めた。

「わしは決定的な手がかりを見つけたぞ」フェル博士が熱心に言う。「ハドリー、秘密にしないで教えてやろう。それはまちがった種類のオバケだ」

「やっぱりだ」警視はいささか苦々しい口調で言った。「いつ始まるかと思っていたんですよ。では、さっさとホラ話を終えてください」

「いや、わしは真剣そのものだぞ。犯人が意図してホテルの案内係の服装をするというのは愚かな行為だ。それゆえに——いいか、それゆえにだぞ——そこにはなにかしらの意味がある」

「犯人が本当にホテルの案内係であるからこそ、ホテルの案内係の服装をしたという、驚くべき仮説を考えているんじゃないでしょうね?」

「考えとるかもしれんぞ。だが、その点をわしは強調したい」博士は力説し、ハドリーの袖を引っ張った。「その場合、事件はますますむずかしいものになる。まちがいなく、この一行を物陰から覗き、つけまわしているオバケ——なんらかの脅威が存在するな。さて、そのような脅威というのは危険か危険でないかにかかわらず、たいていはその場にふさわしいものなんだよ。ふさわしいものでなけりゃ、意味をなさなくなる。最初の殺人については、目の前がサセックスの墓地で、隣近所のない家という舞台がある。ほぼありとあらゆる種類の脅威が潜んでいるにふさわしい舞台だが、隙のない制服姿のホテルの案内係が、名刺受けを手に廊下を忍び歩いておったというのはいただけないね。このホテルで起こったことを考えると、ノースフィールドでの事件を偶然や酔った男のただの幻覚として片づけることはできんと思うよ。いいかね、この二件の殺人は本物のホテルの案内係か、あるいは案内係のような服装をしたリーパーの一行のうちのひとりによっておこなわれた。だが、最初の仮定のほうであれば、犯人が深夜にサセックスのカントリー・ハウスを歩きまわるために、仕事の制服を敢《あ》えて着たのはなぜなのか？　そして第二の仮定のほうであれば、リーパーの一行のひとりがそもそものように忌々《いまいま》しい服装をしなけりゃならんかった理由は？」

ハドリーはこまっていた。

「あの、ちょっと待ってください！」彼は言い返した。「慌てて結論に飛びつこうとしていませんか？　手の込んだ服装の二件の殺人者という考えに取り憑かれているように見えますよ。ベロウズがノースフィールドで目撃したものが幻覚だったとしたらどうします。ここでタオルを運んでいた案内係がなんの罪もないスタッフのひとりであり、最上階にやってきたとき、たまたま誰にも見られなかったのだとしたら」彼はそこで黙りこんだ。自分でもそんなことは信じられなかったからだ。けれどその主張にこだわった。「とにかく、ミスター・ケントかミセス・ケントが、そのような服装の何者かに殺害されたという証拠は現実にはこれっぽちもないんですよ。可能性はありますが、証拠はどこにあります？」

「そうさね」フェル博士は穏やかに言った。「わしたちの友のハードウィックが、ゆうべの真夜中の従業員の動きについては調べられるさ。そうだろ？」

「だと思いますよ」

「ふむ、だったら、全員の居場所が証明できるとしたらどうだね？　そうなれば、変装した何者かがいたということになりそうだ。現実から目をそむけちゃいかん。すなわち、最初は幻覚で、次はたまたま居合わせた、きみのいうところの罪のない人物をどうとらえたらいい？」博士がパイプに火をつけて思い切り何度かふかすと、顔のあたりにねじれた煙が立ちのぼった。

「なあ、ハドリー。なんでまた、この仮説にそこまで反対するんだ？」

「その仮説に反対はしていませんよ。ただ、わたしには全然ナンセンスに思えるんですよ。犯人が誰にしても、そんな服装をする理由がありますか？　ただし、もちろん――」

フェル博士はうめいた。「ああ、そうだな。犯人は特殊な種類の洒落た衣装を身につけて悪事に手を染めたいという、異常心理を抱えたい
かれ人間だと言えば納得はできるだろう。ただし、わしはこの仮説を信じているわけではない。というのも、わしの単純な脳天にはホテルのホール・ポーターの制服は、復讐の天使を始めとするいかなる形の隠れた暴力とも結びつけることはできんからだよ。だが、きみの忌々しい証拠に注目しよう！　二件の犯罪にはまったく動機がないように見える。悪意のある残忍なものだが、犯人がタオルにくるんだ手で被害者を絞め殺すことにこだわった理由はないように思える。この手口はやりづらかろうし、確実に息

の根をとめられたかも判然としない。最後に、あれもあるよ」

一同はプレストン部長刑事が見張りに立つ廊下の角を曲がった。フェル博士は閉じられた部屋のドアノブにまだぶら下がっている〈就寝中につき、お静かにお願いします〉の札を指さした。裏面に死んだ女がいると赤いインクで書いてあるものだ。ここで博士は杖を突きだし、ドアの少し左にある茶色のスエードの靴を示した。

「バラバラの靴」博士はうなるように言う。「いいかね、きみはなんでもかんでも推理に反対すると、そう忠告するしかない。だが、こいつはぜひ注目してくれ——靴がバラバラだ」

ハドリーはプレストン部長刑事を振り返った。「なにかあたらしい情報は？」

「二組の指紋が見つかりました、警視。いま写真を現像しているところです。支配人がホテル内に設置してある暗室を貸してくれたので。医師が警視を待っていますよ」

「よし。下に降りてホール・ポーターを呼んできてくれ。それから昨夜この部屋を担当した客室係も、ここに連れてきてくれ。ただしわたしが呼ぶまで廊下に待たせておくように」

ここでハドリーがドアを開けた。窓のクリーム色のブラインドはいままでは開けてあったから、ケントは最初にやってきたときは薄暗かった部屋をはっきりと確認できた。一、二秒ほどは足を踏み入れる勇気があるかどうか自信がなかった。床になにが横たわっているか知っていて、いまではそれがジェニーであることも知っているだけに、本物の吐き気がこみあげてくるのを感じた。この数時間というもの、ジェニーについても、ロッドについてでさえも、とても近しい者を亡くしてなどいないと、みずから言い聞かせていた。法的にいうと名前は同じであるが、彼の人生の周辺をうろうろしていただけのこの感じのいい若夫婦よりも、ほかの友人たち、とりわけフランシーンのほうが彼の気持ちにはるかに近い存在だった。けれども、部屋に入る気勢を削いだのは、なぜあのふたりがという、この犯罪の意味のなさだった。そのせいで急に自分の書く犯罪小説にも嫌気がさしてきたほどだ。

ハドリーがケントの肘にふれ、ケントは部屋に足を踏み入れた。大きなふたつの窓は吹き抜けにむけて開け放たれ、冷蔵倉庫の壁のような外の白いタイル壁が見えていた。窓台に雪が点点と積もっていた。縦横二十フィート（約六メートル）ほどの部屋で、広さからすると天井がやや低かった。内装は灰色と青で統一され、羽目板の輪郭は明るい色で、なめらかなメープル材の家具は曲がりなりにも流行のものだった。荒らされた形跡はほぼ見当たらない。ケントの左側の二台のベッドは、どちらもその青いシルクのベッドカバーが乱れていなかった。左側の壁には廊下に通じるドアがもうひとつあり、さらにはドレッサーもあった。整理だんす――最初の訪問によってよく知っているもの――はふたつの窓のあいだにある。ここで、右側の壁に、浴室に通じるドアと大型の衣装戸棚があるのに気づいた。部屋を一周ながめる締めくくりとして、バスタオルの山がドアの右の小さなテーブルにまだ置いてあった。

あきらかに、ジェニーがトランクの荷ほどきをしていたときに犯人がやってきたのだ。大型衣装戸棚の扉が少し開いたままで、なかにはドレスが一着だけ収められているのが見え、多くの服はまだトランクにぶら下がったままだった。大型衣装戸棚には数足の靴も収められていた。だが、今朝とは大きく異なる点がひとつあった。トランクの状態の方は変わっていない。ドアに面して、右手の壁から八フィートほど離れた位置で大きく開いた格好だ。それなのに、以前はトランクに頭を突っこむ形で右を下に横たわっていた遺体が、今度は仰向きで手足を大きく広げ、ドアに三、四フィート近づいている。ケントはタオルが顔にかけてあるのを見てほっとした。そのとき、整理だんすの上の鏡に自分の顔が映っているのに気づき、とっさに後ずさった。

「そうか」彼は咳払いしながら言った。「彼女を動かしたんですね」

部屋の奥で床に往診鞄を置いて座っていた眼鏡の中年男が急いで立ちあがった。

「彼女を動かした？」ハドリーが言った。「絶対に動かしていませんし、動かすはずもありませんが。発見されたそのままです――そうだな、ベッツ？」

「はい、警視」部長刑事が答えた。「巡査を別にすると、ここに到着した最初の人間はわたしでした。そしてこの状態の彼女を発見したんです」

「あの、ぼくが発見したときはこの状態じゃありませんでした」ケントはどんなふうだったか説明した。「それはたしかです。ぼくが去ってから、誰かが彼女をここまで引っ張ったに違いない」

ハドリーがベッドにブリーフケースを置いた。「ホール・ポーターに話を聞きたい。いったいどこにいる――ああ、呼びにやらせたんだった。もう一度考えてみてください、ミスター・ケント。じっくりとね。ほかに違って見えるところはありますか？」

「いえ、いまのところはないです。朝方は部屋をじっくり見なかったので。ブラインドは閉まっていましたが、あとはどこも変わりなく見えます。あの大型の衣装戸棚には気づかなかったですね。こんなものが数時間前にここになかったなんて、考えづらいですけど。でも遺体の位置のほかにもう一点、気になるところがありますね。昨日までこの部屋に泊まっていた女が整理だんすに忘れていったとされる謎のブレスレットです。それがあの整理だんすのことなら」彼は指さした。「今朝八時にはそこにブレスレットなんかなかったと、もう一度断言させてもらいますよ。ただ、支配人によると、ぼくが去ってからホール・ポーターが見つけたって話でしたよね。ぼくが部屋をあとにしてから、ホール・ポーターがドアを開けるまでどのくらい時間があったのか知りたいのですが」

「調べてみましょう」ハドリーが言った。「そのあいだに――さて、詳細を聞かせてくれ、ドクター」

ハドリーは遺体の隣に膝をつき、ジェニーの顔からぐいとタオルを引き、抑え気味のうめき声をあげた。ケントは警視の背中で顔が見えないことを喜んだ。警察医が関心を抱いた様子で近づいてきた。

「では、彼女は動かされたんですな」警察医はさっとケントを見て、満足してにこりと笑った。

「驚きはしないね。それで説明がつく。わたしが正しければ、こいつは新手《あらて》の殺害方法だよ」

「新手の殺害方法？　首を絞められたんですよね？」

「そうだとも、首を絞められている。窒息死だね。ただ、それだけじゃない。彼女はおそらくまず気絶させられている。顔と頭を八カ所殴られているが、どの傷が気絶したときのものかはわからないね。ざっと見たところ、彼女は午前十二時頃に亡くなっている——前後に多少の誤差はあるかもしれないが」医師は眼鏡越しに目を凝らしてから、ハドリーの隣に膝をついた。「だが、ここを見てくれ！　この首の前後を」

「へこみがある。まるで」ハドリーがつぶやいた。「紐か針金で締めつけたような。だが——」

「だが、紐も針金もなく、へこみは首の左右までには届いていない」医師がそう指摘した。「タオルの件も含めてすべてに説明がつく。もっとも、犯人はこれよりも厚いバスタオルを使ったのだろうと想像していたよ。なあ、衣装トランクを見てくれ。大型のトランクだ——ドレス類がかかっている側にはたっぷり空間がある——そして彼女は小柄だった。それから、ここに収まっているドレス類が少し皺《しわ》になって乱れているのに気づくだろう。もちろん、これはきみの仕事だ。しかし、彼女の首はまっすぐ立てた状態のトランクの鋭いあごにはさまれたんじゃないか。首にタオルを巻いて、トランクの縁で首が切れないようにして……」

ハドリーは指を鳴らして立ちあがった。

「なるほど。まったくひどい手口だな」ハドリーも同意した。「こういうことか。犯人はタオルを彼女の首に巻き、首をトランクの上の縁にひっかけて、身体をドレスがかけられている側に押しこんで、トランクを立てた。続いてゆっくりとトランクを閉めていき、とうとう彼女は極めて効率的に絞め殺された。その後、彼女が自然と倒れてからたっぷりと殴打した。うまいことを考えるものだ。近頃ではなんでも凶器になるんだな？」

原注：背後から編集的な意見が顔を突きだすのは賢いことではないとわかっているが、わたしが

ほかの小説から盗用していると思われるといけないので念の為、これは実際に起こった事件だと述べておきたい。理由は言うまでもないからホテルの名を記すことはしないが、ブルームズベリーの大きなホテルである――J・D・C

6　十五枚のバスタオル

沈黙が広がってから、ハドリーはタオルを遺体の顔にかけて深呼吸をした。ピンクのドレスが左側の仕切りの端にぶら下がっているにもかかわらず、凶悪な犯行を連想させる大型のトランクに、全員の視線が集まった。

「この犯人は」ハドリーがぐっと両手を握りしめて言った。「なんとしてでも、絞首刑にしてやる。ひとついいかな、ドクター。きみはもうひとりの被害者――彼女の夫――の検死をしたね？　彼はこのような奇術で殺害されていい、いなかった、んだな？」

「そうだ。あちらはタオルでくるんだ両手で首を絞めた単純な事件のようだ。とても力強い手による犯行でもあるね。または」医師は人差し指でこめかみを指し、ジェスチャーで示した。

「事理の弁識ができなくなる病かだな、警視。これまでのところは、全体にそう思える節がある。問題は、にもかかわらずこの事件が理性に基づいて故意に計画したもののように見えることだよ。だが、それもきみの仕事だ。これ以上わたしに用がないのならば、失礼しよう。きみが了承すれば、いつでも遺体を運びだせる」

「ありがとう、ドクター。話はこれで終わりだよ」ハドリーは言った。しばらく円を描いてゆっくりと歩きながら遺体とトランクを見つめて、頭に詳細を刻んだ。「ベッツ！」

「はい、警視」

「ドアの〈お静かに〉の札だが、どこにあったものかわかったか？」

「この部屋にあったものです」部長刑事は答えた。「各部屋に置いてあるんです。客が使いたい場合に備えて、整理だんすの抽斗《ひきだし》に入れてあります。最新の流行みたいですよ。それから赤いインクで書かれた言葉ですが――これです、警視」

部長刑事は部屋を横切り、窓のひとつに近い、部屋の右隅で壁に対して斜めに置かれた小さな書き物机へ近づいた。濃い青の絨毯《じゅうたん》はとても厚く、ハドリーや部長刑事のどちらかが移動しても、足音がまったくしなかった。ケントはこの部屋のあたらしい壁は防音だろうと考えた。ベッツは机の前の椅子を引き、デスクマットを指さした。ホテルのペンとインク壺にくわえ、ペン皿には文房具が入れられており、瑪瑙《めのう》色の小さな万年筆があった。

「おそらく被害者のものです」部長刑事が意見した。「キャップのクリップに被害者のイニシャルが刻まれ、赤いインクが入っています」

「たしかに彼女のものです」ケントは遠くからでもそれを見分けて言った。この部屋はむっとするほど暑く、額に汗が浮かびはじめた。「彼女は万年筆を二本もってましたよ。一本に青いインク、もう一本に赤いインクを入れて。なんと言うか、幸運のお守りのようなものだったんです」

ハドリーは万年筆を見て眉をひそめた。「でも、なぜ赤いインクが必要なんです？」

「有能な女実業家だからです。ヨハネスブルグのプリチャード・ストリートにある婦人服店の経営にかかわってました。もっとも、世間にはそれを伏せてましたが。どうやら、威厳を損ねると思ってたようです」突然、ケントは笑い声をあげたくなった。たくさんのイメージが頭に浮かんだのだ。〝有能な女実業家〟という用語はジェニーを表現するにはなによりふさわしくないと思えた。多くの人々を振りむかせた、純粋に内面のあの途方もない魅力を伝えていない。ハーヴェイ・レイバーンがいつだったたか、彼女は若々しい心の持ち主に訴える魅力があると語ったことがある。そんなことを思いだしていると、ハドリーの声が聞こえた。

「万年筆に指紋は？」

「ありません、警視」

「万年筆を二本もっていたのなら、もう一本はどこにある？」

「きっとトランクのなかですよ」ベッツが言った。「ドレッサーの上のハンドバッグには入ってません」

当惑したハドリーがトランクを調べた。がっしりしているが、古ぼけて擦《す》りきれたトランクだ。結婚前の〝ジョセフィーン・パークス〟の名が片側に白い文字で入っているが、ほぼ褪《あ》せており、くっきりした白い文字であたらしい姓の〝ケント〟に書きかえてあった。トランク右側のいちばん上は浅い仕切り箱のようになっていて、ハンカチやストッキングがきれいにぎっしりと詰まっている。ハドリーは並ぶハンカチに埋もれた第二の万年筆を見つけた。隣には錠に鍵の挿さった小さなゴールドの箱もあり、アクセサリー類が収められていた。ハドリーは二本の万年筆を手のひらで転がしながらつぶやいた。

「おかしいな。あの、フェル博士。これをどう見ますか？　彼女がトランクの荷ほどきをしていたときに、犯人に襲われたのは疑いようがありません。彼女はドレス類から始めたはずです――とにかく、うちの細君はいつもそうしていますよ、皺《しわ》にならないようにです。それなのに彼女はドレスを一着しか取りださず、靴を数足出している。寝室のスリッパを履いていることから、靴を履き替えるつもりだったんでしょうが。ほかにトランクから取りだしたのは、この赤いインクの万年筆だけ。ハンカチの下に埋まっていたらしい品です。ただし、もちろん……」

捜索が続くあいだずっとフェル博士は壁にもたれ、シャベル帽を目の上まで深く引きおろしていた。ここで彼は目覚めたように、パイプを口から離した。

「ただし、もちろん犯人自身がそいつを取りだしたんでなければじゃな。その場合は、万年筆のありかを知っておったということになる。ふうむ、そうだよ」フェル博士は苦労しながらゆっくりぜいぜいと息をした。「だがな、ハドリー。ここでなにが起こったと考えているか、要点をもう一度まとめてくれたら感謝感激なんだが。きちんと整理するのがなにより重要だよ。それに天からの恵みがひとつある。昨夜客たちは自分の部屋におとなしくとどまっていたと見える――犯人を別にすれば。廊下で誰それを見たと言いあう者や、九時四十六分に手紙を投函しようとした者にばったり出会った者などという、込みいった時系列を気にかける必要がない。物証が示すものを読みとるだけでいい。だが、おお、バッカスよ！　こいつはむずかしい事件になりそうな予感がする！　では始めてくれんか？」

「どこからです？」

「犯人登場から」

「真夜中にリーパーが廊下で見かけた〝案内係〟を犯人と仮定して？」

「なんでも好きなように仮定するんだ」

ハドリーは手帳をじっくり読んだ。「あなたのその声色には心当たりがありますからね」疑う口ぶりだ。「これだけは言わせてもらいます。懸命に推理を組みたてたのに、あなたから身振り交じりで小馬鹿にされて、そんなことは全部わかっていたし、ちっとも重要なことじゃない、などと言われるのはもうごめんですからね。絶対にこの事件ではちゃんとやってもらいますからね。あなたが賛成しようと反対しようと知ったこっちゃありません。でもとにかく、人を煙《けむ》に巻くのはやめてくださいよ。それでいいですね？」

「わしを買いかぶりすぎだよ」フェル博士はもったいぶって言った。「よかろう。さあ始めてくれ」

「わたしの見たところ、一点、大きな疑問があります。顔面と頭頂部の前面に八カ所の打撲傷があり、後頭部には打撲傷もアザもない。ですが、そこにある〝鉄の乙女《アイアン・メイデン》〟がわりのトランクに押しこまれたとき、彼女に意識があったはずはないんです。この拷問器具に都合よく収まったんですから。それに彼女が抵抗していたら、その声が聞かれているはずです。部屋の壁はかなり厚いようですが、防音仕様の壁はうるさくないタイプライターのようなものです。くぐもっても音は聞こえます。このことから、犯人はなんらかの鈍器を手に彼女に面とむかって襲いかかり、その正面からの殴打のひとつで彼女は気絶したに違いありません」

「まちがいないな。ただし、きみも覚えておるだろう」フェル博士が顔をしかめて指摘した。「ロドニー・ケントは後頭部を殴られておる」

「そののち犯人が、顔面にこれだけのことをできるほど大きな凶器を使ったのであれば、そいつが襲いかかってくるのを見て、彼女が大声をあげるか、逃げるか、なんらかの抵抗を見せなかったのはなぜでしょう？　それにどうして煌々《こうこう》と明かりのともるホテルで、犯人が誰かに目撃されることなくそのような凶器を運べたのか？」

フェル博士は壁を背中で押して身を起こし、テーブルに高く積まれたバスタオルのもとへよたよたと歩き、急いで一枚ずつ手に取っては振って放りだしていった。六枚目のバスタオルが床に落ちたとき、なにかが低くゴツンという音をたて、ハドリーの足元に転がった。それは長さ二フィート（約六十センチ）ほどの鉄製の火かき棒だった。先端が糸くずに覆われていた。血痕でバスタオルにくっついていたのが剝《は》がれたものだ。

「なあ、お若いの」フェル博士が詫びるようにケントを振り返った。「下に降りて一杯やってきたらどうかね？　こんな状態の被害者を見るのは心苦しかろうし、いまだって」

「ぼくは平気です」ケントは言った。「そいつが急に見つかったもので、ちょっと。では、犯人はこれを使ったわけですね？」

手袋をはめたハドリーが火かき棒を拾ってひっくり返した。

「たしかに、これがわたしたちの探していたものです。凶器の格好の隠し場所というだけではなく、片手で凶器を握ればタオルのおかげで相手に悟られずに、すばやく取りだして攻撃できる。なにをしようとしているのか、相手が気づく前に」

「まさしく。だが、推察できるのはそれだけじゃない。あるひとつの疑問をもつべきなんだよ。つまり、なぜタオルはこんなにたくさんあったんだ？　数えてみたが十五枚だぞ。火かき棒を隠すことだけが目的なら、襲いかかるときにひどく動きが制限されるのに、ここまで何枚も重ねたのはなんでだ？　しかし、十五枚のバスタオルは火かき棒を隠すためだけのものじゃなかったとしたらどうだ。もうひとつ隠すものは」

「顔ですね」ハドリーは言う。

　ここでまたフェル博士はポケットからパイプを取りだし、ぼんやりとそれをながめた。「顔。ごもっとも。そうなると、次はこんな疑問が頭に浮かぶな。犯人が本物のホテルの案内係だったら、廊下でもミセス・ケントの前でも、わざわざ顔を隠した理由は？　廊下は彼がいて当然の場所だ。この部屋に入るところを目撃されないかぎり、疑われたりせんよ。反対に、ここまで山積みのタオルを運んでおったら目立ちかねん。そんなことをせんでも、部屋のドアをノックしてミセス・ケントを呼び出せば、用事のあるホテル従業員として認識されるさ。だが、もしも本人の旅仲間の誰かだったら――よく知る人物だったら――犯人は顔を隠すはずだ。凝った制服まで着ておいて、知られておる顔をさらして歩きまわるのを目撃されるような危険なことはできん。ドアを開けてめかしこんだ服装の友人を見たら、ミセス・ケントは確実に驚くだろうし、おそらく警戒もする。夫が殺害された家で目撃されたのと同じたぐいのめかしこんだ服なんだから、なおさらな。犯行状況から、犯人は彼女に疑われる前に部屋へ入ったはずだ。それにくわえてエレベーターの作業員たちが、昨夜十一時三十分から今朝五時まで、従業員はこの最上階まであがってこなかったと断言している。きみ、そうなるとだな、服装について変わった好みをもった、すこぶる危険な客がロイヤル・スカーレット・ホテルには滞在しておるとわかりはじめるというわけだよ」

間があった。ハドリーが手帳を指先で叩いた。

「わたしはほのめかしていませんよ」彼は言い返す。「彼女が赤の他人に殺害されたとはね。ですがこの場合、犯人が本物の従業員の制服をくすねたのでないかぎり、犯行時に着ていた服は客室のどれかにまだ置いてあるはずじゃありませんか？」

「そういうことになろうて」

「でも、その理由は？　わざわざ衣装をもちあるいて、殺人のためだけに着用したのはなぜです？」

フェル博士は舌打ちした。「チッチッ、おい！　帽子でごまかすような真似をしてはならん（シェイクスピア『マクベス』四幕三場より）。注意をむけるべき点はほかにある。きみが要点をまとめぬのなら、わしがやるぞ。

この部屋では殺人以外にもいくつかのことがおこなわれた。まず、何者かがバラバラの茶色の靴を選んでドアの外に置いた。これを少なくともミセス・ケントがやったとは考えづらい。左右が違う靴だっただけじゃなく、靴磨きなどできんスエードだったからだ。つまり靴を出したのは犯人ということになる。なんでだ？」

「一見したところ」ハドリーが慎重に答えた。「犯人が誰にもじゃまされたくなかったからじゃないですかね。そのおそれはじゅうぶんにありました。犯人の目の前には何足も靴があった。それで、急いでいる男の目には揃いの靴に見えたものを選んでドアの外に出し、ミセス・ケントがもう休んでいるように見せかけたんですよ。だからこそ、ほかにも犯人は――ちょっと待って！」

「それだよ」フェル博士が同意した。「きみはこう言おうとしたな。だからこそ、ほかにも犯人はドアに〈お静かに〉の札を下げた、と。だが、そう考えると頭から落とし穴に飛びこんだようになる。犯人はしまってあった〈お静かに〉の札を整理だんすの抽斗から取りだし、ミセス・ケントのトランクから、これまたしまってあった万年筆を取りだす。そして札にでかでかと〈死んだ女〉と書き、ドアノブに下げる。じゃまをされんようにするには、かなりめずらしいやりかたに思える。なんで犯人はそこまで時間を割《さ》いて、そこまであれこれやらないといけなかったんだ？」

「ヒントをくださいよ？」

「今朝なにがあったのかを指摘して、この件に結論をくだすしかないな。こう仮定しよう」博士はこの議論の引き波によってすっかり脇へと押し流されていたケントに杖をむけた。「このわしたちの友人が真実を語っておると。ふむ。八時頃にこの人はホール・ポーターとここにあがってくる。その時点では、整理だんすには昨日出発したアメリカのご婦人が忘れたブレスレットは入っておらず、遺体は開かれたトランクのあいだに頭を突っこむような格好で横たわっておる。ホール・ポーターを待たせて、わしたちの友人は部屋を抜けだす。ほどなくして、ホール・ポーターがふたたびドアを開ける。そのときには、なかったはずのブレスレットが整理だんすで見つかり、遺体はトランクから数フィート動かされておった。奇術のお楽しみはここまで、紳士淑女のみなさま、ありがとうございました、というわけだよ」

ケントは博士にむけられたハドリーの目つきが、不気味なくらい物思いにふけっているように感じた。

「ぼくが第三者的立場からこの件を判断するなら」ケントは打ち明けた。「ぼくは嘘をついているのだと思うでしょう。でも、嘘なんかついてません。それにブレスレットのことは考えると変ですよね？　ぼくは絶対に、ゆうべここへ来て、会ったこともない女からブレスレットを盗み、今朝になって舞いもどって返してなんかいませんよ。そもそもブレスレットは殺人事件にどうかかわってるんですか？」

「ほかに考えられるのは」ハドリーはケントの質問を無視した。「ホール・ポーターが嘘をついているということかな」

「そうともかぎらんよ」フェル博士が言う。「きみが調べるべきは――」

ノックの音が響いた。プレストンがホール・ポーターと客室係を連れてきた。

客室係はまじめそうなブロンド娘で、糊のきいた青と白の制服のおかげでがっしりして見えた。腰につけた鍵束（すべてエール錠のもの）のように、ジャラジャラと音がしそうなくらい落ち着きがないようだが、しかし怯えているのではなくむしろ興奮しているらしく、片方の目《ま》蓋《ぶた》の端がピクピク動いていた。ホール・ポーターのマイヤーズは対照的な姿でたたずんでいた。今回もケントの視界には先の尖った口ひげと薄く残った吹き出物の跡が飛びこんできたが、なにより注目したのはホール・ポーターの制服だった。目立つダブルの長いフロックコートに銀ボタン。マイヤーズはちらりと一度見てからは、ケントの存在に気づかないふりをした。その視線は喧嘩腰ではなかった。貫禄があって、強烈な非難がこもっている。

ハドリーはまず客室係に顔をむけた。「なにも心配することはない」そう安心させた。「いいかね、質問にいくつか答えてほしいだけだ。名前は？」

「エリナー・ピーターズです」娘は床の遺体から視線を離そうとせずに答えた。彼女からは石鹸のきついにおいがほのかにしているようだった。

「きみはゆうべ、十一時半までここで仕事をしていたね？」

「はい」

「顔をあげてくれないか。そっちは見ないでいい！　よしそうだ。そこにバスタオルがあるね？　もともとどこにあったものか、わかるかな？」

沈黙。「廊下の先のリネン室です」彼女はしぶしぶ警視の指示にしたがって答えた。「とにかく、そのはずです。今朝見たら、あそこから十五枚なくなっていて、すっかりひっかきまわされていたんですよ」

「きみがリネン室の管理をしているのか?」

「はい、わたしがやっています。そしてゆうべは鍵をかけておいたのに、誰かが入りこんで荒らしたんです」

「ほかになくなっているものは?」

「フェイスタオルが一枚だけ。それですよ、きっと」彼女はジェニー・ケントの遺体のほうへ、ひきよせられるようにうなずいてみせた。ハドリーは客室係の視線をさえぎる位置に移動した。

「ほかにリネン室の鍵をもっているのは誰だね?」

「誰もいません、わたしの知るかぎりは」

「今朝出勤したのは何時だい?」

「七時十五分です」

ハドリーはドアに近づいて開け、外の〈お静かに〉の札を外した。部屋のずっと奥に立っているケントの位置から、廊下をはさんで斜め向かいの、見取り図にサー・ジャイルズ・ゲイの居間と書かれた部屋のドアが見えた。少し開いており、警戒しながらもありありと好奇心を浮かべた顔が廊下を覗いている。あれがサー・ジャイルズ・ゲイだとしたら意外すぎた。どんな意図だったかは不明だが、フェル博士が名前に関心があると話していたことを思いだす。陽気《ゲイ》という名前にはありありと騎士党(清教徒革命の頃の王党派の呼び名)めいた響きがあった。テーブルに大ジョッキをドンと置き、傍若無人《ぼうじゃくぶじん》に実業家同士で楽しく歌いだしそうな感じだ。実際の彼は少々しなびていて、万物に関心がある雰囲気と、何事にもまったく動じない様子の哲学者めいた見た目の男だった。ウッドロウ・ウィルソン大統領の肖像画を連想させる愛想があって、どこか大理石みたいな歯を見せた笑みをハドリーにむけてから、頭を引っこめてドアを閉めた。そちら側の壁画のデザインはカクテル・パーティを表現したものだった。ハドリーは七〇七号室のドアを閉めた。

「きみは七時十五分に出勤した」彼は客室係に話しかけた。「このドアの前を通ったね?」

「ええ、お巡りさん。もちろんです」

「ドアにこの札があるのに気づいたかな?」

「はい。でも、なんて書いてあるかは気づきませんでした。そうなんです、気づけなくて」興奮したエリナーはあきらかに気づいていればよかったと思っているようだ。

「きみが出勤したときからこちらの紳士がホール・ポーターとあがってくるまでのあいだに」彼はケントにあごをしゃくった。「この棟に誰か入ってくるのを見たかね?」

「いいえ。ただ、ページボーイは別ですよ。彼は七時半を過ぎた頃にあがってきて、この七〇七号室のドアを見てから、回れ右して引き返しました」

ホール・ポーターのマイヤーズがいまにも口をはさもうとした。自分より前に数人の語り手がいて緊張している演説家のように、これまでも軽く何度も咳払いしていたのだ。ようやく、へりくだった態度で説明を始めた。だが、ハドリーがすぐに黙らせた。

「ちょっと待ってくれ……エリナー、昨夜についてなんだが、ミスター・リーパーの一行が劇場からもどったとき、きみはこの棟にいたのか？」

「七〇一号室のきりっとしたかたですね」客室係は口走ってからはっと黙り、みるみる慌てた表情になってから、急いでつけくわえた。「はい、おりました」

「この人も？」ハドリーは横にずれてジェニーを指さした。

「はい、見かけました。七〇五号室の口ひげのかた以外はみなさん見かけました」

「そのとき、ミセス・ケントはどんな服装だったかね？　覚えているかい？」

「いまお召しになっているものと同じですけど、上からミンクのコートをはおってらっしゃいました。ただ、スリッパではなく靴を履いておいでででした」エリナーはもう一度まじまじと見つめてから言いたした。「女性ですと、太ったお客様は」――疑いようもなくメリッタ・リーパーだ――「ゴールドのローン生地のイヴニング・ドレスに、白い毛皮のショール姿でした。でも、こちらのレディと七〇八号室の取り澄ましたお客様はおふたりとも平服をお召しでした」

マイヤーズはあきらかに怒り狂っていて、威厳のある冷たい態度でこのようなしゃべりかたをやめさせようとしたが、ハドリーはさらに冷たい視線で彼を見やった。

「客たちがどんなことを話していたか聞こえたかね？」

「おやすみ、という挨拶だけだったと思います」

「みんな、それぞれの部屋へまっすぐむかったかね？」

「そうです。みなさんがドアノブに手をかけ、合図でも待っているみたいにあたりを見まわしていました。そこで急に揃って背をむけてそれぞれの部屋に入られたんです」

ハドリーは手帳を読みなおしてから、マイヤーズを振り返った。

「まず、このブレスレットについてだが、この部屋に忘れ物があったと聞いたのはいつかね？」

「今朝の八時でございます、出勤した際に」ホール・ポーターはすぐさま答えた。証言するだけなのに練兵場の兵士のように背筋を伸ばし、意気込んでいた。肩を揺さぶられて発破をかけられでもしたように、きびきびと返事をした。「わたしは日勤のホール・ポーターですので、仕事始めは八時です。けれども、夜勤のビリングズから引き継ぎでブレスレットの件を聞いたのです。昨日までこの部屋に滞在されていたミセス・ジョプリー＝ダンがゆうべブレスレットの件で電話を寄こされたと。ミセス・ジョプリー＝ダンはご友人たちとウィンチェスターで一泊されてから、サウサンプトンへむかい、ディレクトワール号に乗船されるおつもりでした。ですが、電話を頂いたのがたいへん遅い時間でしたので、ビリングズはそのような時間にミセス・ケントをお騒がせすることなどできませんでした」

「それは何時だね？　電話がかかってきたのがいつだったか知っているか？」

「はい、いつも記録を取っておりますので。十一時五十分です」

「十一時五十分？」警視はすぐに訊き返した。「誰かをここに寄こして、訊ねることはしなかったんだね？」

「ええ、お電話をかけることさえしませんでした。先ほども言いましたように、夜勤のホール・ポーターはそのような時間にミセス・ケントをお騒がせすることなどできませんでした」

「ところで、きみはその時刻にはどこにいたんだ？」

「わたしですか？　自宅です。もう休んでいましたけれど」マイヤーズはいままでになく、少しかすれた声になっていた。ジブラルタルの巨大な一枚岩のように大きな驚きを示している。

「今朝のことを続けて」

マイヤーズはもうおなじみの物語をまた語った。「繰り返しになりますが、ビリングズは七時三十分にページボーイをここへ使いにやりました。ページボーイの話ではドアに〈お静かに〉の札があったとのことでした。わたしが出勤してまいりますと、ビリングズから申し送りがあり、そこでハバード（ポーター助手のひとりです）から、七〇七号室の紳士がダイニングルームで朝食をちょうど終えられたところだと話がありました。そこで勝手ながらこちらの紳士にお願いしたのです。当然わたしが考えましたのは――言わなくてもおわかりでしょう。

わたしたちは七階へあがりました。わたしは客室係にドアを開けさせ、こちらの紳士が部屋に入られました。当然ながら、わたしは廊下で待つように言われたのです。二、三分して、部屋からなんの物音もいたしませんので、わたしはドアを軽くノックしました。ブレスレットが見つからないようであれば、あとで結構ですとお伝えするつもりでした。ノックに返事はございませんでした。一分ほどしてわたしはまたノックしました。なにかおかしいと感じはじめておりました。そのとき、わたしの上着かなにかがドアの札にあたってずれました。札は裏返しにされていたので、〈死んだ女〉という文字をそのとき初めて見たのです」マイヤーズは口笛のような音をたて急いで息を吸った。「警視、わたしが責任を負う立場になることは承知しておりましたが、客室係にドアを開けるよう伝えました。そしてお部屋に入ったのです。こちらの紳士は――いらっしゃいませんでした」

「そのとき、遺体はどこに？」

「いまとまったく同じ場所です」

「きみは部屋に入ってまずなにをしたかね？」

「ブレスレットを探しました」

「ブレスレットを探しただって？」

「警視」マイヤーズは突然、高慢な調子で熱く語りだした。「わたしはブレスレットを回収するよう言われていたのですからね。そのとおりにしたまでです。なのに、みなさんがそこまで道を外れたことのように考えるのがどうしてもわかりません。わたしはこのように部屋を横切り」彼は実演した。「整理だんすの右側の抽斗を開けると、そこにブレスレットはありました。底に敷いた紙の下にはさまっていたのです。ポケットに入れてから、支配人に報告しました。ブレスレットを発見したこと、このお部屋でご婦人が亡くなっていることを。行き違いがあったことはわかっておりますし、こちらの紳士がご婦人を殺害したとは申しません。わたしはどのようなことについても、なにも聞いておりません。わたしに申し上げられるのはそれだけです」

ハドリーはケントを振り返った。

「この部屋に入って廊下の角の先に面した別のドアから抜けだすまで、時間にしてどのくらいでしたか？」

「なんとも言えないですね。三分ぐらいでしょうか」

「それで、きみのほうはどう思うね？」警視はマイヤーズに訊ねた。「ミスター・ケントがこの部屋に入り、きみも部屋に入るまでの時間は？」

「そうですね、五分程度かと」

「便宜上、札の下がっているほうを表のドアと呼ぶことにするが、そこできみが待っているあいだ、そのドアから出入りした者は誰もいなかったのかね？」

「このドアは誰も使っておりません！　それははっきり申し上げます！」

「では、ふたりとも真実を話しているのだとしたら、時系列はこうなる。ミスター・ケントがこの部屋に入り、三分後に横のドアから出ていく。五分後にきみが部屋に入る。となると空白の二分のあいだに、何者かが横のドアから忍びこむ――そのはずなんだ、きみが残るもうひとつの入り口に貼りついていたんだから。その何者かは抽斗にブレスレットを入れ、遺体を動かし、同じようにして部屋をあとにする。繰り返すが、これはミスター・ケントが部屋を離れてきみが足を踏み入れるまでの二分間に起こったことだった。それで合っているね？」

マイヤーズは苦悩していた。「わたしはこのかたの擁護はできかねると言うしかございません。ですが、自分の擁護はできますし、わたしのお話ししていることは真実です」

「最後にもうひとつ。表のドアの外にいるあいだに、廊下を曲がった先のこちら側にある部屋のドアはすべて見えたかね？」

「はい、警視」マイヤーズはそう返事をしてから、なにかふと思いだしたらしく、びくりとして口をつぐんだ。

「そのあいだに、部屋から出てきた客はいたかね？　出てきたとしたらきみは気づいただろう？」

「気づいたはずです。そして警視」マイヤーズはあっさりと言った。「誰ひとり部屋を出られたかたはいらっしゃいませんでした。断言できます」

「きみのほうはどうだい？」ハドリーは客室係を振り返って訊ねた。

「ちょっと待ってくださいね！」この若い女子は強い口調でそう言ってから、記憶をたぐった。

「はい、わたしも同意します。わたしも気づいたはずです、絶対。でも、そこからだと見えないドアがひとつあります。角を曲がったところ、七〇五号室の横のドアです。廊下をはさんでこの七〇七号室の横のドアに面したものです」

ハドリーは手帳を閉じた。「協力をありがとう。もう仕事にもどっていいが、ふたりともこの件については口外しないように」ふたりが下がると、ハドリーはどこか嬉しそうにフェル博士を探した。「危ないところで幸運をひとつ拾えたようです。あなたが理にかなった確実な要素と言いそうなことですよ。こちらのかたが嘘をついている」彼はケントの肩に手を置いた。

「わたしはそうは思いません。では、ホール・ポーターと客室係の両方が嘘をついているのか、それも違うと思います。となると残るは、この部屋に侵入した人物は七〇五号室のハーヴェイ・レイバーンしかいなかった、ということになります」

7　四角の黒い宝石

フェル博士は予想された場所にいないという人を面食らわせるトリックをこのときも演じており、実際にいる場所という意味でも、思考の動きという意味でも、これはあてはまった。ハドリーがあたりを見まわすと、博士は部屋の反対側のドレッサーに身をかがめていたから、特大の背中と黒いマントだけが見えた。ここで赤ら顔がくるりとこちらにむけられ、身体は海から現れる怪獣《リヴァイアサン》のようにぬっと浮上し、博士は眼鏡越しにまばたきした。

「ああ、そうかもしれんな」博士はぜいぜい言いながら認めた。「その可能性はますます高くなるぞ、なぜなら」彼は蛇革のハンドバッグを振りまわした。

「早く続きを?」

「なぜなら、鍵が見つからんからだ。この部屋の鍵だよ。わしは部屋中を探した。この階のすべてのドアにはスプリング式のエール錠が取りつけてあるという、たいへん興味深い話を聞いたじゃないか。ふたつとして同じ錠はないとな。ただし、ここみたいにドアがふたつある部屋だったら、話は違うんじゃないか。その場合は同じ鍵で両方のドアが開くだろう。だが、肝心の鍵はどこにある？　二分のあいだに、誰かが横のドアを使ってここに忍びこみ、ブレスレットをもどせたんなら、そいつが鍵をもっておるに違いない。しかしそうは言っても、トランクをじっくり調べてからはなおさらなんだが、気になることがいくつもでてきてな。この殺人の犯人を指し示す手がかりはきみがあげておるレイバーンには合わないんだよ」

　廊下にむけて半びらきになっている表のドアの外から言い争う声が聞こえ、かすかな「フン！」という声でさえぎられた。そしてこの部屋に、落ち着き払った態度のしなびた冷静な顔つきの男が入ってきた。ケントが先ほどむかいの部屋のドアから覗いているのを見た人物だ。平均的な身長なのに、骨張って痩せているためにずっと小柄に見える。小粋《こいき》なほどに隙のない服装で、青いダブルのとても固そうなカラーのスーツ。そのカラーは、入れ歯らしいきれいな歯並び同様、磨きあげた墓石のように彼をとてもつややかに見せている。礼儀作法を守ろうとできるかぎり気を配っていながらも、抑え切れない好奇心が漂っている。丁寧に真ん中分けされた薄い髪は、てっぺんが白くなりかけており、耳の上あたりは鈍い灰色だった。そのなめらかな髪はしなびた顔とは好対照だ。彼は遺体の隣で足をとめたが、まるで儀式のしきたりだからそうするというふうだった。首を振って目を伏せてから、ハドリーを見あげた。

「おはよう、警視」

「おはようございます、サー・ジャイルズ」

「そしてこちらはわたしが思うに」あらたにやってきた男はいかめしく話を続けた。「あの高名なフェル博士だね？　そしてもうひとかたは？」自己紹介がおこなわれるあいだ、サー・ジャイルズの洞察力のありそうな目は博士やケントを値踏みしていた。「諸君、わたしはあなたたちのためにやってきたのだから、引き下がるつもりはない。わたしのスイートにどうしても来てもらわねば——そして中国茶をどうかな」こうして彼の謎めいた眼光の強さに導かれるまま、一同は七〇七号室をあとにした。「あの部屋では話をする気になれなくてね。なぜかはよくわからないが」

落ち着いているものの、彼は少し青い顔をしていた。フェル博士はおもしろい現象でも前にしたかのように、にっこり笑いかけた。

「ハハッ」博士は声をあげた。「これはいい。わしもあんたとぜひ話をしたいものだと思っておったんですよ。被害者の人物像にあらたな視点がほしいといったところかな。一行のほかのみなさんも見事に判断できるということは疑っておらんが、おたがい距離が近すぎて先入観から逃れられないときている」

「お上手だね」サー・ジャイルズが大理石のような歯の先端を見せてほほえむ。「なんなりとお役に立とう」

ハドリーがその場に残ってベッツとプレストンに短い指示をあたえるなか、サー・ジャイルズはケントたちを自分のスイートの居間に案内していった。心地よい部屋には意外なことに十八世紀風の家具が置かれていて、ピカデリーを通る車の音が窓の下から沸き立つように聞こえてくる。この高さからだと、灰色の兵舎のような屋根の斜面から、飾り気がなくどっしりしたセント・ジェームズ宮殿のむこう、裸の木の並ぶセント・ジェームズ・パークまで見渡せた。

小粋な老人はこの風景に溶けこんでいた。窓辺のテーブルに湯気のあがる茶器が置いてある。ほかの者たちは茶を断ったが、部屋主はしっかりした手つきで自分のために茶を注いだ。

「あなたの隣のボックスに葉巻があるのでどうぞ」彼はフェル博士に声をかけた。「さて諸君、事件の話といこう。事件の話と言っても大半は私見を述べるだけになるだろうが。ただし、最初にひとつ言えることがある」彼は威勢よく言った。「なにも知らないんだよ。この忌々《いまいま》しい事件については、わたしの家でお若いのが殺害された事件と同じように。昨夜は自分の部屋を離れなかったし、誰がこんなことをしたのかも知らない。知っているのは、執拗で目的意識の高い人殺しに追いかけられているらしいということだけだ」

「ふうむ」フェル博士はきゃしゃな見た目の椅子を危機に追いこんでいた。「では、よろしいかな。ミスター・リーパーの一行のことを、全体としてどう考えておられるかな？」

サー・ジャイルズは深呼吸をした。痩せこけた顔に喜びの表情を浮かべていたが、それが薄れたところをみると、考えこんでいるらしい。

「ケント青年が殺害されるまでは」彼は重苦しい口調で答えた。「人生であれほど楽しい日々はなかったんだよ」

彼は口をつぐみ、余韻を残した。

「説明しなければならないね。事業において、わたしはおそれられる存在、誰彼構わず搾取する者として知られていた。それに金融街《シティ》での振る舞いはP・G・ウッドハウスの物語にならって言えば、ウォール街で船首楼の海賊たちでも眉をひそめるおこない（『ゴルきちの心情』収録「ヴォスパーとの修交」）

り）だったと白状しよう。それに、わたしは成功した政府職員でもあったから、驚くことにナイト爵位まで賜った。それから鏡は嘘をつかない――鏡が映すのは険しくて皺《しわ》だらけの顔だ。だから、近づきがたいと言われるのも当然だ。だから、わたしの冷たい雰囲気と接する人々は天気の話をするんだ。もう一軒酒を飲みにいこうと最後に誘われたのはいつのことだったか……とにかく、リーパーの一行はそんなことをまったく気にもしなかったし、考えることもしなくてね。わたしの家にやってきた当初だけは品行方正にしていたが、そのうちに羽目を外した。ピアノを騒がしく弾いたり。ゲームを始めた結果、このわたしがいつの間にかうっかり目隠しをして、紙で作ったロバの尻尾をミセス・リーパーのお尻にくっつけていたり。レイバーン青年や、あの堅物《かたぶつ》のリーパー自身でさえも、文学修士であり実業家であることを忘れて、『乗っかれ、カウボーイ！』というあたらしい歌を披露した。ようするに、あの人たちは静まり返った家を音であふれさせたんだ！――わたしはそれを大いに気にいった」

彼は驚くほど野太い歓声で話を締めくくり、同時にぐっと顔をあげ、目をきらめかせて途方もない生気を見せつけた。

「そんなときに殺人が起こったんですな」フェル博士が言う。

サー・ジャイルズは酔いが覚めたような表情になった。「そうだ。あんなに楽しいことは長続きしないとわかっていたよ」

「あんたは知性あるおかただ」フェル博士は相変わらず眠そうな謎めいた態度で話を続ける。

「なにが起こったと考えておられるのかな？」

「いやあ、わからんよ。我が身に起こったことでなければ、意見のひとつも言えただろうに。心理学の本を読んでみるといい。ああした本に書いてある内容は、自分にかかわることには応用できない。けっしてな」

「ロドニー・ケントはそうした浮かれ騒ぎの先頭に立ったのかな？」

サー・ジャイルズはためらった。「いや、彼はそうではなかったね。努力はしていたが。そうした騒ぎは性格になかったようだ。自意識が強すぎた。そういう人間にはあなたも会ったことがあるでしょう。突っ立ってほほえんでいるが自信がなく、楽しむグループの端っこにいて、〝どうやったら自分も人を笑わせられるんだろう？〟とくよくよ考えているうちに、突拍子もないことをしてしまう。しかし、成功したためしがないときている」

いまのはロッドを完璧に表現した言葉だったとクリストファー・ケントは思った。掘り返すべき事実があるときだけ、彼は水を得た魚《うお》のようになった。

「だが、彼は殺されてしまった」サー・ジャイルズが言う。

「ミス・フォーブズはどうですかな？」

「ああ、ミス・フォーブズね」彼はそっけなく言い、またもや大理石の歯の先端を見せて笑った。「あなたは彼女を誤解していると思うがね、フェル博士。我を忘れたときの彼女を見るべきだった。ピアノの隣に立ち、ここでわたしが歌詞を再現する必要のないバラッドを歌って」彼はケントにむきなおってこう言いたした。「彼女はきみに惚れているな」

ケントは二回連続でみぞおちを殴られでもしたようにびっくり仰天して、身体を起こした。

「彼女が――あなたはどうしてそう思われたんですか？」

「秘密だよ」サー・ジャイルズは考えこみながら言った。「この二週間でわたしが打ち明けられた秘密の数を知ったら驚くだろうね。わたしに話したところで残念ながら毒にも薬にもならないのだが、驚き、喜び、そして少々感動したさ。光栄なことだ。昔はわたしに秘密を打ち明けようと思う者などいなかった。秘密を漏らした者は、わたしに奥歯かカラースタッド・ボタンを引っこ抜くのに利用されると心配しただろう。その懸念は正しかったんじゃないかと思うね。だが、先ほどの秘密を口にしたのは、それで薬になればと願ったからだよ」彼は思案した。「さて、ここで話題を変えるが、まあ聞いてくれ。あとでまとめるから。今日の南アフリカには、自治党と呼ばれる少数派の政党がある。すばらしい連中だが、政権を握る可能性はわずかもない。政府は八十パーセントがアフリカーナー（オランダ、フランス、ドイツからの移民を中心とする。ボーア人とも呼ばれた）だ。しかし、自治党の者たちはイギリスの伝統を守ろうとしている――イギリス人の慎みという、まったくの神話でしかないものも含めてな。リーパーの一行はほとんど自治党側だ。リーパー自身もだが、表だっては統一党（当時の政党のなかではリベラルよりだった）支持だと表明している」彼はケントを見やった。「きみもそうらしい。だが、ミス・フォーブズは、昨今ではかならずしも体面にこだわることはないと気づいていないようだ。なにかほかの――どんな機会だったか忘れたよ――やはり体面を保つのを失敗したせいで、罰として受け皿からシェリーをぴちゃぴちゃ飲むわたしを見れば、意固地な考えは修正できただろうに。あなたは理解できるね、フェル博士？」

博士はくすくす笑いながらも、この部屋の主を探るように見つめつづけた。

「果たして理解できたか」博士は轟《とどろ》く声で言った。「なにかをわしたちに伝えようとしておられるのかな？　そうした政治の駆け引きにはねじ曲がったものが潜んでおる、つまり殺人の形を取る抑圧や神経症があるというほのめかしだと推察してよいのかね？」

サー・ジャイルズの表情は変わらなかったが、返事をするまでに一、二秒の間があった。

「率直に言えばだね」彼はさばさばとした態度で答えた。「自分がなにを言いたいのか、さっぱりわからないよ」

「ふうむ。ところで、まだあんたから話を聞いていない人物がひとりおりますな。ミセス・ジョセフィーン・ケントのことです」

サー・ジャイルズは立ちあがり、小粋に歩いて上等な葉巻の詰まったケースをふたりにまわした。それぞれ一本ずつ受けとった。どう考えていいかわからずに、ケントは雪がところどころに積もった灰色の屋根を見やった。マッチを擦《す》って葉巻に火をつける儀式で目が覚めた。部屋主はふたたび椅子に浅く腰掛けたが、表情は険しくなっていた。

「忘れているね。わたしはあのご婦人とは昨夜初めて会ったのだし、こんなことになるまでに接触したのはほんの数時間だった。もうひとつの事件のあいだは、彼女は叔母たちのもとに滞在していて、ロンドンで合流したからね。とにかく、彼女がどんな人物だったか話そう――危険な女だった」

「まさか！」ケントは大声をあげた。「ロッドのあの妻が？」

サー・ジャイルズ・ゲイの顔は大いなる喜びで生き生きと輝いていた。まるでおもちゃを見つけて輝いているように。

「きみは気づいていなかったのかね？」

「気づいておりましたよ」フェル博士がかわりに答えた。「だが、話を続けてください」

「別に」サー・ジャイルズはすばやく鋭い視線を博士にむけた。「ひねくれているとか、性悪だとか言いたいのじゃない――ついでにいうと、彼女は見た目よりずっと年をとっているに違いない――意識して頭のなかにひねくれた考えを浮かべたことさえなかっただろう。なにより始末に負えない、人に影響を与える、みずからの思考を、ひねくれていると認識したこともなかったかもしれない。実際にそうした思考をもっていてもな。ただ、〝危険な〟という表現には異議を唱えられるだろうから、違うふうに説明してみよう。彼女はわたしにとって理想の妻になっただろうね。本人もそれをわかっていた」

ケントは思わずにやりとした。「それが彼女の危険な理由だったんですか？」

「まだわかっていないな。彼女の性格はありふれたものだったが、つかみどころがなく、説明しがたいものだ。だから、簡単に事実を話すことにしよう。彼女とは昨夜初めて会った。十五分後にはわたしに言い寄ってきた。目的は結婚。わたしの金ほしさに」

間を空けてケントは言った。「サー・ジャイルズ。フェル博士が言ったように、あなたはとても知性のある人です。でも、それはちょっと血迷った物言いではないでしょうか？」

サー・ジャイルズは立腹した様子もなく、目をきらりと光らせた。逆に、自説をさらに主張する機会ができて喜んでいるようだ。葉巻を数回深々とふかして煙を味わってから、身を乗りだした。

彼は力説した。「わたしは彼女になびいていたところだった。そうさ。わたしは彼女に惹かれたか？　そうだとも！　わかっていたよ、この歳で――うむ、彼女を表現する言いまわしを見つけたぞ。彼女は理想の〈老いぼれの愛妻〉（結婚について、若い男の奴隷になるより、老人に大切にされる存在のほうがいいということわざより）だった。彼女のそうした部分にまったく気づいていなかったのかね？」彼がこの点について悠然と自信をもっていることから、ケントは突然多少は信じる気になり、居心地の悪さを感じた。

「ほかの点について、わたしが彼女の性格を正しく読みとっているかどうか教えてほしい。彼女は優秀な女実業家だったろう。おそらく自分で事業を経営し、それはきっと服か婦人帽子にかんするものだろう。それからこんなふうにも思っている。これまで誰も彼女が取り乱したり、慌てた姿を見たりしたことがなく、誰も本当の彼女を知る者はいなかったろうと。彼女はうまく世渡りしてきた。あのかわいい、いやその、おちびさん《ハーフパイント》は（ビール以外にもそういう使いかたをするそうだね、この言葉は）じつは何事にも感情を抱くことができなかったんだな。諸君、わたしたち男というものは、そんな性格の女に夢中になってしまうものだよ。それに彼女には独特の魅力があった。〈祝福されし乙女〉（ダンテ・ゲイブリエル・ロセッティの詩・絵画より）のような慎みと気軽にキッスしてと言ってきそうな雰囲気をあわせもち、一目で多くの男を振り返らせる。もちろん、彼女はロドニー・ケントのような善人と結婚していたかもしれない。もちろん彼女は愛らしく、ありとあらゆる頼みごとを叶えてくれると期待して、ロドニーを手に入れていたかもしれない。だが、もっといい縁組みの可能性を見て取れば、あるいはただ相手に退屈しただけでも、夫はあまりに野暮ったいとかなんとか言いだしただろう。自分は夫に束縛されているだとか、この結婚は身売りしたようなものだとか、魂が奪われたとかと言いだすんだよ。そして同情の囁《ささや》きが広まるなかで自分の望みを伝えることだろう。彼女が威厳をもっていたことは疑わない――なにかよくわからない理由から、この国の者たちは威厳をもっているのが正しい人間だという信念にこだわっているようだし」

ずばりと深く切りこんだ考察で、ケントはまたもや身じろぎした。ジェニーが顔にタオルをかけられて横たわっているのではなく、この部屋に歩いて入ってきたような気がしたからだ。フェル博士はまどろみかけているようだったが、目を見れば熱意は衰えずきらめいているのがわかった。

「長々と弁をふるって申し訳ない」サー・ジャイルズがふいに話を締めくくった。

フェル博士は葉巻の先を見つめた。「いやいや」彼はそっけなくも温かみのある声で答えた。「彼女のそんな性格がこの殺人事件に関係していると思われますかな?」

「わたしは殺人事件についてはなにもしゃべらなかったよ。彼女の人物像について訊ねられたんだからね」

「ほう、これは! つまり、人の性格は殺害の経緯とは無関係だと?」

「疑いようもなくね。だが、わたしはこの殺人事件について系統だって検討する機会をまだもてていないのでね。どのような状況だったかさえ聞いていない。だから自分の知っていることを頼りにするほかはないんだよ」

詳細を引きだそうとするこの誘いにも、フェル博士は片目を開けただけだった。「そうですな、しかしその前に」彼は頑固な調子で言った。「教えてくださらんか。なにかご存じのことか、筋道をたどれることがないかな？　ミセス・ケントが見たとおりの人物ではなかったと疑うことになった理由は？」

「見たとおりの人物ではなかっただって？　どういうことかね」

「では、この質問はやめておきましょう。ハドリーもこうした繊細なのは苦手なんですわ。〝控えめにうなずきと合図で会話するのがよき教会の法なれば〟（オウィディウス『転身物語』の一節が引用されたスコットランドの婚姻法をユーモラスに綴った詩 The Tourist's Matrimonial Guide Through Scotland より）と言うがね。うなずいたって目配せしたって目の見えない馬には無駄という言葉もある。そっちはわしのことでしょうけどな。だから単刀直入にいきましょう。つまりあんたはミセス・ケントを、色を塗ったローマ人の石膏像のようなもので、中身はからっぽだと思っていたんですな？」

「そのとおりだよ。ノックしてみれば、石膏像と同じ音がしただろうね。コンコンと」サー・ジャイルズはなにかに興味を惹かれた表情になって口をつぐんだ。機敏な脳はあらたな考えを追っているらしい。「コホン！　ところで博士、わたしはこの歳になって工夫しがいのあるゲームを知ったんだ。さまざまな言葉を選び、本来の応答とは異なる形にひねりをくわえる。たとえばこうだ！　わたしがあなたに〝コンコン〟と言うと、あなたはこう答える。〝どちら様？〟」

「やってみましょう。〝どちら様？〟」フェル博士は興味を惹かれてそう言った。

「〝ベルゼブブの姓は？〟」

「魔王《ベルゼブブ》。ここでこう言ってほしい。〝ベルゼブブの姓は？〟」フェル博士は言われたとおりにそう言った。

どんなおかしなことがおこなわれようとしているのか、ケントには皆目見当もつかなかったが、ふたりのまじめな理論家たちがこんな遊びをしている光景には関心をもった。まさにこの瞬間にドアをノックする音がして、ハドリーがやってきた。どうなるのかとあれこれ考えていたことは消散した。ケントは警視がドアの前で話を聞いていたのかもしれないと思った。不思議なほどに立腹した表情だったからだ。

「レイバーンが」彼はフェル博士に話しかけた。「すぐにわたしたちと会うそうです。起きたばかりのようで」ここでハドリーはサー・ジャイルズを見やった。「あなたはそのあいだにいくつか質問に答えてくださらないでしょうか？　それから、このスイートを捜索することに異論はございますか？」

「捜索だと？　ちっとも構わない。どうぞやってくれ。だが、なにを探すのか訊いてもいいかね？」

「ホテル従業員の制服です」ハドリーは反応を待ち、サー・ジャイルズは葉巻を受け皿の端に置いた。あてこするように大理石の歯の笑みをちらりと見せようとしたが、ここで初めて不安の色をのぞかせた。

「そうだと思ったよ。わかっていたんだ。あの幽霊がまた歩きまわっているのか。わたしはあえて黙って、フェル博士から情報を引きだそうとした。しかし、実業家や法をもたない下層の者（ラドヤード・キップリング の詩「退場の歌」より）だけでなく、この人のような元校長のたぐいにも効果がないようだ」

ハドリーがベッツ部長刑事に合図して寝室へむかわせた。「さらに、できれば鍵も見つけたいと思っています」

「鍵？　どんな鍵だね？」

中央の艶光《つやびか》りする丸テーブルに鍵が一本置いてある。エール錠の鍵で、穴には七〇三と部屋番号がふってある小さなクロームのタグが結んであった。ハドリーはそれを手に取った。

「このような鍵ですよ。当然、こちらはあなたのものですね？」

「そうだ。このスイートの鍵だよ。なぜだね？」

ハドリーはいつにも増してぶっきらぼうだった。「犯人とおぼしき何者かがミセス・ケントの部屋の鍵を盗んだもので。現時点でこの棟のどこかにあるはずなんですよ。仮に——たとえば、窓から放り投げられていなければ」最後のほうの口調は挑発しているようだったが、楽しんでいる表情だ。「あなたはその鍵を見かけてはいないですよね？」

この部屋の主は考えこんだ。「警視、腰を下ろしてくつろいでくれたまえ。いや、わたしは見ていないね。昨夜以降はということだが」

「昨夜以降は？」

「そうだよ。ミセス・ケントがその鍵で部屋のドアを開けているのを目にとめたからね」

「どんな状況でしたか？」

「説明するまでもないだろう」サー・ジャイルズは怒りをにじませた冷たい口ぶりで言った。「鍵でドアを開けるのは」彼はフェル博士に対応したときより、ハドリーに対しては警戒感が増していた。「いいだろう——このような経緯だった。あなたがすでに聞き及んでいるかどうかは知らんが、まあ聞いているだろうね。昨夜わたしたちは全員で観劇し、ホテルへもどってきてからただちに部屋へ引き取った。おやすみの挨拶をする軍事教練のように、それぞれが部屋のドアの前に立った。ミセス・ケントの部屋は廊下の真向かいだ。彼女は鍵でドアを開け、ドアのすぐ内側の明かりのスイッチを押した。それからすぐに部屋へ入ったが、そのときハンドバッグに鍵を入れていたのを覚えている」

フェル博士はぱちりと目覚めた。「いいですかな、それはたしかですか？」興奮気味に博士は訊ねた。「鍵をハンドバッグに入れたんですな？」

「そうだ、絶対にまちがいない」サー・ジャイルズはまたもや気になって訊いた。「なぜそんなことを訊くんだね？　当然ながら彼女はわたしに背を見せて立っていたが、少し左をむいていたから、彼女の左腕が見えたんだ。右の膝でドアを押さえていたと思う。毛皮のコートを着て、ハンドバッグは蛇革だった。彼女は左から振り返ってわたしにおやすみと言ってから、部屋に入った——細かく思いだしているからな——このとき、ハンドバッグは左の手でもっていた。鍵を入れてからバッグの口を閉じた。左手だったのを覚えているのは、そちらの手首にホワイト・ゴールドのブレスレットをはめていたからだよ。四角の黒い宝石がはめこまれたもので、コートの袖がずれたときに見えたんだ」

彼はふいに口をつぐんだ。その場の者たちが浮かべた表情に気づいたからだ。

8　窓から降ってきたカード

「きみたちを驚かせたようだね」サー・ジャイルズが葉巻を手に取って言った。「なにかおかしなことでも？」

ハドリーは平然としたままではあったが、表情は先ほどより重々しくなっていた。「ホワイト・ゴールドのブレスレットで四角の——あなたはミセス・ケントがミセス・ジョプリー＝ダンのブレスレットをつけていたと言われるのですか？」

「なにを言っているんだね、警視。ミセス・ジョプリー＝ダンなど聞いたことがないし、言わせてもらえば、好ましい名前ではないな。わたしはミセス・ケントがブレスレットをはめていたと言っただけで、誰のものだなどとは言っていない。石にはラテン語の銘刻文が彫ってあったと思うが、近くで見ることはできなかったから詳しくはわからない。彼女が劇場であれをつけていたことは絶対だ。彼女の友人の誰かが確認できるはずだよ」

フェル博士はチョッキの縁に葉巻の灰をまき散らしてから、うつろな声をあげた。「これで捜査の方針は崩れてしまったな、ハドリー。最初っからやりなおしだ。やれやれ、わしの聖なる帽子よ！　わしたちは魂の深淵を探るように推理した。それというのもすべて、ホテルの泊まり客にはありがちな思考でもって、ミセス・ジョプリー＝ダンもうっかりやらかしたからだ。心理学者が束になって考慮するに足る興味深い事実じゃないか、自宅を離れた者がなにかを置き忘れるといつでも、男だろうが女だろうが、〝ホテルに忘れ物をした〟とかならず思いこむというのは。なんとも始末の悪いことが浮き彫りになったとわからんか？　とらえどころのないミセス・ジョプリー＝ダンはブレスレットを忘れてはおらんかった。彼女のブレスレットでもなんでもなかった。ミセス・ケントのものだったんだよ……この部屋にはどこかに内線電話があるだろう。ハードウィックを捕まえて、問題のブレスレットをここへ運ばせ、リーパーとミス・フォーブズ、ついでにミセス・リーパーも呼ぶことを強くお勧めする。その上で、誰もブレスレットがミセス・ケントのものだと確認できんかったら、わしはにぶちんボイオーティア人（テーバイを擁した古代ギリシャの一地方の人々）だわい」

「でも、全員の話によると、ミセス・ジョプリー＝ダンがブレスレットを忘れたのにまちがいないようですが」ハドリーがぼそりと言った。「それに、どうしてそんなに興奮しているんですか？　たとえいまの話が本当だとしても、事件解決の役に立ちますか？」

「役に立ちますかだと？」フェル博士は轟《とどろ》く声を出し、身じろぎして火山の精のように火花と葉巻の灰を散らした。「今朝わしが耳にした言葉でこれほどひらめきと刺激をあたえてくれるものはなかったぞ。わしたちの難題の多くをすぱっと解決してくれるさ。ブレスレットがミセス・ケントのものだと確認させてくれたら、この濃い霧に覆われた道をちょっとだけ先に連れていってやろう」

「どうやってです？」

「これだけ教えてくれ、ハドリー。ゆうべ、あの部屋でなにが起こった？」

「わたしが知るわけないでしょう？　そんなことは――」

「違う違う」フェル博士はつんけんして言った。「この件をきみに話す機会は前にもあった。きみは殺人事件だけに集中するあまり、あそこで殺人以外のなにが起こったのか自分に問いかけてみなかった。しばらく前に訊ねたじゃないか、犯人はなぜあの部屋でそれほど時間を必要としたんだ？　かなり長い時間、じゃまが入らんようにする必要があったのはなぜだ？　犯人はあそこでなにをしていたんだ？」

「いいでしょう。犯人はなにをしていたんですか？」

「犯人はあの部屋を隅から隅まで、徹底的に調べていたんだよ」フェル博士はそう答え、見ているほうにはぞっとするような表情を作って、いまの言葉を強調した。「どうやら、目的のものを見つけることも、なにかくすねることもできなかったようだ。以下の点を考えてくれ。犯人はトランクの仕切り箱のハンカチの山の下に隠された万年筆を見つけた。それゆえに、少なくともトランクのその箇所は調べたことになる。犯人は整理だんすの抽斗《ひきだし》に隠された〈お静かに〉の札を見つけた。それゆえに、整理だんすもしっかり見たことになる。犯人はミセス・ケントのハンドバッグから鍵を手に入れた。それゆえに、ハンドバッグも調べたことになる。ここまでは導きだすのに脳みそをほとんど使わずにすむ簡単なことだから、犯人が家捜《やさが》しをしていたことを前提としてまず問題ない。わしの見るかぎり、問題はなにも紛失したようには思えんことだよ。仮にブレスレットがミセス・ケントのもので、なんらかの理由でゆうべ犯人がそいつをちょろまかす理由があったと証明できたら」

ハドリーは博士を見つめていた。「その後、犯人は今朝になって現場に舞いもどり、ブレスレットを返したんですか？　あなたはそれを捜査の霧をいくらか晴らす行為だと呼ぶんですか？　それにですね、ブレスレットのなにがそこまで気になるんです？　古代において特に創意工夫に富んだ発明品だとかなんとか、ナンセンスなことで大騒ぎしていましたね。でも、結局それがなんなのかはっきりした説明がまだですよ」

「そりゃそうだが」フェル博士は落胆した口調だ。「とは言ってもな――うん、やっぱり内線電話を使ったほうがいいと思うよ」

「そこのテーブルの上にあるが」サー・ジャイルズが指さした。

ハドリーは我に返り、自分が証人たちの前で軽率に話をしていたと気づいた。支配人室への取り次ぎを依頼したのち、四フィート離れていたら聞こえない新聞記者めいた小技を使って電話で話した。ほかの者たちは居心地の悪い思いで身じろぎしていたが、警視はようやく受話器をもどした。

「ハードウィックがミセス・ジョプリー＝ダンに電話で確認してみるとのことです」彼は言った。「それからリーパーとミス・フォーブズを呼んでここに来るそうです。いっそ全員に集まってもらったほうがよさそうだ。ミスター・ケント、あなたはミセス・リーパーをご存じですね。夫妻のスイートへ行ってここへ来るよう頼んでもらえませんか？」ケントは突然、警視はメリッタがむずかしい立場になったのに気づいたのだと知った。「そのあいだに、サー・ジャイルズ、質問があります」

「なんなりと」彼はかくしゃくとした調子で許可をあたえた。「ただし、フェル博士に話したように、残念ながら役には立たないよ。わたしの知るかぎり、昨夜は怪しいことは起きなかった。すぐに部屋にもどり午前十二時半までベッドで読書をしていたが、気の散るようなことはなにもなく……」

なめらかなしっかりした声をそこまで聞いてから、ケントは廊下に出た。だが、すぐにはダン夫妻のスイートへむかわなかった。暖房でむっとする廊下にしばらくたたずみ、短くなった熱い葉巻で危うく手を焦がしそうになりながら、自分の考えをまとめなおそうとした。

いま、ふたつのことがあきらかになりつつある。自分でも意外なことに、サー・ジャイルズによる極めて鋭いジェニーの分析を評価しはじめていた。ケントはいつも、人間の観察力がないと評価されてきた。あるときのジェニーの漠然としか覚えていない姿、仕草、声の調子といったものが脳裏によみがえって、つい考えこんでしまう。本のなかの一節や引用を思いだそうとしているときと同じだ。本の見た目や、その一節が登場したページも、一節がページのどのあたりに登場するかさえも思いだせるのだが、肝心の文言そのものが思いだせない。でも、サー・ジャイルズが話したことをすべて受け入れても、ジェニーが殺されたことに説明はつかなかった。ロッドが殺されねばならなかったことの理由にだって、これっぽっちも役に立たない。

次に、ハーヴェイ・レイバーンがまずい立場になっているようだ。この廊下を見るだけでそれがわかる。客室係とホール・ポーターがひとつのドアの前にいた。ふたりは誰もあの部屋から逃げだすことはできなかったと証言できる立場で、レイバーンの部屋の横のドアだけが、ふたりから見えない唯一のドアだった。でも、どうしてだ？　理由は？　どうなってる？　レイバーンのことを思い浮かべた。なでつけた口ひげ、弾むような活気、全然役に立たない話題にものすごく詳しい人物。笑っているとも言い切れない〈笑う騎士〉（フランス・ハルスによる肖像画）に少し似た顔。それに、レイバーンが朝の十一時になってもまだ寝ているというおかしな事態。ケントに思いだせるかぎりでは、レイバーンがそんな真似をしたことは一度もなかった。

謎のホテルの案内係、ブレスレット、〝鉄の乙女〟のトランク、すべてが一緒くたになって疑問符だらけの沼に沈んでいた。ケントはゆっくりと廊下を歩いていき、ダン夫妻のスイートのドアをノックする寸前までいったが、まずはリネン室を調べようと考えなおした。ドアはいま半びらきになっている。少し開いている曇りガラスの窓から鈍い光が入っているため、シーツやタオルがきれいに並んだ棚があるほかに、ここはもうひとつの目的がある部屋だとわかった。別の棚に茶器のセットが収納されている。朝食前に早朝のお茶を飲みたい客のためのようだ。たいした収穫もなく、ケントはむっつりとして茶器を調べた。それからダン夫妻のスイートの居間のドアをノックすると、入るように言うメリッタの声が響いた。

殺人事件に巻きこまれても、メリッタがひどくまごつくことなどない。というのも、メリッタは常日頃から穏やかかつ抑え気味にまごついた状態で暮らしているからだ。まるで一杯やっているせいでいつでも不穏な状態を保っているようだったし、声のほうもやはり一本調子ときている。二十年前の彼女はたいへんな美人だった。柔らかな肉がついてでっぷりしたことや、ある種の表情——全身を上からぎゅっと押されでもしたように悲しく垂れて見える顔の線が作っている——がなければ、いまでも美人だったことだろう。

だが、今朝の彼女の目蓋《まぶた》は赤かった。テーブルの前の座面の深い椅子に腰を下ろしている。テーブルにはたっぷりの朝食を済ませた跡とチョコレートの箱が置いてあった。けれど、彼女はほとんどチョコレートに手をつけていなかった。スフィンクスのように背筋をまっすぐにして、両手は肘掛けにぺたりと置いている。少々慌てて着替えをした節はあったが、大きな身体は落ち着き払っていた。その声は親しみやすい歌のように思えた。彼女はケントを見ても驚いた様子もなく、五分前に中断された会話を続けるようにあっさり話しかけてきて、澄んだ青い目をケントの顔から離さなかった。

「ほんと、これはとてもひどいことね。もちろん、あなたにとってどれだけひどいことかわかっているし、心から同情もする。でも、言わせてもらいますけどね、礼儀知らずにもほどがあるじゃありませんか。わたしたちが素敵な休暇を楽しみにしているとき、こんなことになるなんて。でも、わたしが行くところ、どこでもこうなるように思えてしまうわね。あなた、いい旅だったの?」

「メリッタ」ケントは声をかけた。「なにがあったか知ってるんですか?　警視があなたに会いたいそうですよ」

彼女の一本調子の口ぶりは、話題を変えられたことに気づいてもいないように思わせた。ただ話題の変化を受け入れて、ずっとそれについて会話していたかのように、いともたやすくその話題に移っていく。もっとも、ぼんやりとケントを見ているようでありながらも、いつもの彼女らしい、人をしばしば困惑させてしまう鋭さはそのままだった。

「純真なクリストファー。少し前に客室係から全部聞いて、お駄賃として一シリングあげておいたわ。別に一シリングを出し惜しみするというのじゃありませんよ、当たり前じゃないの、でもイギリスはあれこれ高すぎると思います。店の商品についた値段を見るだけで息がとまるし、みんながあんな高価なものを買えるのが理解できない。南アフリカなら同じ帽子が二十七ポンド六シリングで買えるのにね。かわいそうなジェニー、あの人の店のほうがずっとよかったし、パリの流行の形も置いていたわ。かわいそうなジェニーを思うとわたしの胸は張り裂けそうよ、ええ本当に」それは疑いようがない。「でも、ダンが彼らにあんなでたらめを言わせたままにしなければいいのにと思うのよ。でもね、ダンは特にそうだけれど、男というのは誰とでも丸くつきあいたがるものですからね」

　メリッタと会話するときの最善の方針は、自分の理解できる思考の流れを見つけ、その曲がりくねった先にある大本までたどってもどることだとケントは知っていた。話の出発点にならば、たいていは聞く価値のあるものが見つかる。

「でたらめ？　なんについてのでたらめですか？」

「クリストファー、よくわかっているくせに。わたしたちの誰かがあんなことをロッドやジェニーにする理由がありますか？　わたしたちは南アフリカでそんなことはしていないでしょ？

前にも言ったことがあるし、また言わせてもらいますけど、他言は無用よ。わたしはあのサー・ジャイルズ・ゲイを信頼しちゃいませんから。いくら爵位をもっている人でもね。南アフリカであの人については噂を聞いたんですよ。ダンは耳を貸そうとしなかったけれど、商売の世界ではいかさま師でしかないという評判があるの。でも、ダンときたら騙されやすくて頭がやわですからね」それはケント自身はダンに使おうとは思えない表現だった。「ダンは人に会えば、いい奴だと思う。ええ、あなたがなにを言おうとしているかわかっていますよ、でも男はみんなそうなんだから。サー・ジャイルズがわたしを笑わせてくれることは認めますよ。でも、うちの祖父の口癖のように、笑わせてくれる人間には注意しないといけないんです、たいていよからぬことを考えているから」

「そこまで皮肉な意見は」ケントは少々たじたじとなって言った。「初めて聞きました。でも、それってジェニーやロッドに関係する話ですか?」

「わたしにわかるはずないわ」彼女は穏やかに言う。「でも、ロッドの知っていたことはジェニーも知っていたはず。それはたしかでしょ」

「どういう意味です? 理屈がおかしいようですけど」

「もう、くだらないこと言って!」メリッタが叫ぶと沈痛な面持ちが少し薄らいで、ダン・リーパーがいまでも自慢に思って笑みを浮かべるだろう、若かりし頃の火花の片鱗《へんりん》がいくらか覗いた。「理屈を必要とする人なんかいる? わたしはその気があるふりをせずにきたわ、ありがたいことに。ただ、わたしはたいていの人よりも常識的ですし、あなたたちの誰よりもはるかに賢いの。なにが起こったのか知りたければ、どんなことが起こりえたかを全部考えればいいんです。そのなかのひとつが正しい説明ですよ。そうでしょう」

ケントは敬意めいたものを抱いて彼女を見た。その瞬間に彼女がほんの二杯でもシャンペンを飲めば、その顔からも内面からも暗い陰が消え失せて、正真正銘の美人になったことだろう。

「そうするのが捜査活動の正しい原則でしょうね」彼は認めた。「あなたは何事も疑ってかかるたちですし、捜査について内密にすることはなくなっているみたいですから、思い切って訊いてしまいますね。どんなふうにジェニーはあなたを印象《ストライク》づけましたか？」

「わたしを攻撃《ストライク》した？」彼女はすばやく訊き返した。

「ぼくが言いたいのは、あなたは彼女の性格をどう解釈しているか、ということですよ」

「解釈だなんて馬鹿らしい。家族のなかでは性格について解釈する必要なんてありません。ライオネル伯父さんの口癖だったように、ありのままに受けとるだけでいいし、ありがたいことにそれで悪いほうに傾くことはないの。そんなふうにつまらない物言いをしちゃだめですよ、クリストファー。言わせてもらえば、小説のなかならばとても映えるんでしょうけど。ジェニーはいい子だった、ちょっとお目にかからないほどのね」

「いいですか、ハドリー警視やフェル博士に会う前に、ちゃんと考えたほうがいいですよ」メリッタがこんなふうに話すと、ケントはいつも一言かけてやりたくなる。「あなたが思っているよりも、物事には裏があるみたいですからね。古い友人としてずばり言いますけど、メリッタ、あなたはまだ五十歳なんですから。お祖母《ばあ》さんが使っていたような言いまわしばかり使わないことですよ」

彼はそう言った直後に後悔した。痛いところを突いてしまった。でも、言ってしまったものは仕方がない。サー・ジャイルズの部屋に彼女を案内しながら、もうひとつだけ質問した。

「ジェニーの持ち物にホワイト・ゴールドのブレスレットがあったのを覚えていますか？　黒曜石みたいな黒い石がひとつあしらってあるんですけど」

「いえ」メリッタが初めてしゃべった短い言葉だった。

サー・ジャイルズの部屋に到着するとハドリーの質問も終わりに差しかかっているところだった。メリッタは上機嫌に、感じもよろしく、陽気にさえ見えた。サー・ジャイルズが彼女をとても慇懃《いんぎん》に扱ってフェル博士に紹介する頃には、彼女も感情を抑え切れなかった。ハドリーは膝に手帳を置き、軍用トラック並みに力強く質問を進めていた。

「そしてサー・ジャイルズ、あなたは今朝の九時半まで目覚めなかったのですね？」

「そのとおりだ」訊かれたほうは真剣そのもので同意した。

「事件のことはどうやって知りましたか？」

「あなたの部下のひとりからだよ。なんとかいう部長刑事だ。わたしは紅茶用の湯がほしくて客室係に連絡した」彼はテーブルにあごをしゃくった。「客室係は呼び出しに応じたものの、部長刑事が同行してきた。彼はミセス・ケントが殺害されたと言い、わたしはスイートにとどまるようにと頼まれた。その指示にしたがったよ」

「最後の質問です。これはどこでも同じなのではないかと思いますが、このホテルにチェックインすると、ホテルは部屋番号や料金などを記載した小型の折りたたまれたカードを発行しますね？」

サー・ジャイルズは顔をしかめた。「どうかな。多くのホテルではたしかにそうするな。ただ、わたしがここに宿泊したのは初めてなので」

「でも、あなたはそのようなカードを受けとらなかったと？」

「ああ」

ハドリーの鉛筆がとまった。「こんなことを訊ねた理由をお話ししましょう。ここにいるミスター・ケントが今朝の七時二十分から三十分のあいだ、このホテルの前に立っていました。するといま話したようなカードが――見せてもらえますか？――窓から落ちてきました。どの部屋からか、どうしてなのか」彼はケントが差しだしたカードを受けとった。「これですよ。七〇七号室、ミセス・ケントの部屋のものです。けれど、彼女の部屋は吹き抜けに面しています。どうやらこのカードの出所《でどころ》はあなたのスイートかミスター・リーパーのところか、そのどちらかしかあり得ないようなのですよ。そこでわたしたちが知りたいのは、七〇七号室のカードがこの部屋にあったいきさつと、なぜ朝の七時半に窓から落とされたかということです」

間が空いた。サー・ジャイルズはまたもや警戒する表情になった。

「わからないよ、警視。わたしの知るかぎり、カードはこの部屋からは落とされていない」

「ミセス・リーパー、なにか話せることがありませんか？」

「そうしたことはすべて、夫の担当ですからね」メリッタは曖昧な言いかたをした。なにやら不服らしく顔はふたたび皺《しわ》だらけになり、表情が読めなくなっていた。彼女とハドリーはおたがいにそりが合わないようだとケントは察した。「その手の小さなカードが何枚もあったのは、よく覚えていますよ。当然、ホテル側はそのカードをひとまとめにして夫に渡しました。もちろん、夫がこの旅の招待主ですべての部屋の料金を払ったからです。夫がカードの束をわたしたちの部屋の整理だんすの上に置いたのは確実です。わたしはこの件で意見を求められていませんし、またたいしたことは言えませんけどね、単純なことだと考えるしかないでしょう。飛んだんです」

「飛んだ?」

「カードは飛んだんですよ」メリッタは我慢している様子で警視に言った。「窓から。夫は休むときにどの窓も大きく開けたがりますし、整理だんすというものは窓と窓のあいだにあるものと決まっているでしょ、吹き飛んだからと言って驚きはしませんよ。今朝は風が強かったに違いないわ」風に吹かれて立ち尽くしていると、カードが旋回しながら落ちてきたのだから、たしかにそのとおりだとケントは思いだした。「というのも、何時だったか夫が起きあがって窓を閉めたとき、整理だんすの上のものが風で吹き飛ばされていたのを覚えているからですよ」

ハドリーは内心、罰当たりな言葉をつぶやいている顔つきだった。この魅力ある手がかりが突風のいたずらでしかないとすれば、こんなに腹立たしいこともないだろう。

「七〇七号室のカードがそのなかに交じっていたのはたしかですか?」

「たしかじゃないですよ。詳しいことはなにも知らないんですからね。わたしが知っているのは、自分がちらりとカードを見て、室料について夫がわたしに本当のことを言っているのか確認したことだけです。部屋番号については全然気にもしなかった。生憎ですけど、いつものように詳しいことは夫に訊いてもらわないといけませんね」

その人物に訊く機会が訪れた。ちょうどここで、ダンがドアを肩で押すようにしてやってきたのだ。ぴたりと足をとめ、妻がいるのを見てとまどったようだった。背後に続くのはフランシーン、そして紙切れを手にした不安な表情のハードウィックだ。

「あのブレスレットは」ダンが怒鳴った。「いや。きみから話してくれ、ハードウィック。さっさとな」

支配人は全員にうやうやしく丁寧に挨拶をしてから、あまり嬉しく思っていないらしい仕事に取りかかった。白髪まじりの事務員が帳簿を調べて鉛筆を構えるのを連想させる。

「ミスター・リーパーの言われたブレスレットの件ですが、あれはミセス・ケントのものでございました。ミス・フォーブズが先ほど確認してくださいまして。ですが、もうひとつのブレスレットの問題は片づいておりません。わたしは電話でミセス・ジョプリー＝ダンとお話ししました。あのかたのブレスレットは銀に小さなダイアモンドをいくつもあしらったものです。三千ドルの価値があり、夫人はまちがいなくあの整理だんすに忘れたとおっしゃっています」

彼は顔をあげた。「本気でそう思っておられるようです、ミスター・ハドリー。あのかたは、その、当ホテルの責任を追及することはできませんが、それでも当方といたしましても、このように不快なことは望ましくございませんし、どうにかしてブレスレットを見つけたいと思っております」

フェル博士が身体を起こした。「おい！」博士が轟く声をあげた。「確認させてくれ。整理だんすにふたつのブレスレットがあったと言うのかね？」

「そのようです」ハードウィックが認める。

「ふたつのブレスレットか。どちらも盗まれ、その後ひとつは返ってきた。もどされたのはミセス・ケントのブレスレットで、この事件になんらかの関連がある可能性が極めて高い。そして盗まれてもどってこなかったのはミセス・ジョプリー＝ダンのブレスレットだった。本件にはまったく関係のない女の所持品。これが逆であったんなら、推理も成り立っただろうに。だが、現実はそうではなかったんだから、推理はできん。やれやれ、まいったな、ハドリー！こいつはまずいぞ」

ハドリーは鋭い視線を返した。

「そんなにすぐ決めつけないでください」彼はぴしゃりと言い返す。「ほかになにかあるかね、ミスター・ハードウィック？」

「はい。夜勤のスタッフに確認しました」ハードウィックは訊ねた。「たしか警視がもっとも関心をおもちなのは午前十二時前後の状況についてでしたね？　ミスター・リーパーが十二時二分に廊下にいる〝ホテルの案内係〟を目撃されたとか？」

「そのとおりだよ。それで？」

支配人は眼鏡の縁越しに目を凝らした。「その時刻、夜勤の従業員にはひとり残らず、警視がおっしゃる完璧なアリバイがありました。説明しますと長くなりますので、確認が容易なようにすべてここに書いてまいりました。夜勤明けで寝ているところをできるだけ急いで起こし、それぞれに行動を説明させました。声に出してお読みしますか?」

「いいだろう」ダンがそっけなく言った。「それで従業員への疑いが晴れればなによりだ。ただ、おれがいちばん関心を抱いているのは、おれ自身のささやかな友人たちだから――おれたち全員についても、アリバイを証明できるからくりはないのか?」

「じつは、おひとりについては証明できます」ハードウィックは我を忘れて鉛筆を耳にはさんだ。「一階のデスクにいた夜勤のホール・ポーター、ビリングズのアリバイに関係しています。この階からちょうど十二時に内線電話がかかってきて、ビリングズが応答しました。そのお客様からお訊ねがありまして、会話は十二時三分まで続いたのです。ビリングズは自分が話したお客様の声がどなたのものか喜んで証言できると申しておりますし、ポーター助手のひとりがビリングズの隣で会話を聞いてもおります。ですから、これは警視が判断されることではございますが、ふたりとも容疑からは外れるかと思われますので」

「その客とは誰だったんだ?」ハドリーが問いただした。

「ミスター・レイバーンです。七〇五号室の」

9　事件の関係者たち

ハドリーは返事をしなかった。短いあいだではあったが、その言葉をまるで聞いていなかったように見えた。けれどフェル博士の視線を避け、無表情だったり興味津々だったりする一同の顔をしげしげと見つめた。いまや登場人物一覧のひとりを除く全員が集まっている。そのひとりはとても利口な人間で、このときハドリーは知るよしもなかったのだが、彼らの声が聞こえる範囲にいた。

「その件はあとで調べる」ハドリーは言った。「とにかく情報をありがとう。それで、ブレスレットは持参してもらえたかな？　ああ、よかった！　ミス・フォーブズ、これがミセス・ケントのものか確認してもらえますか？」

ケントはフランシーンが部屋にやってきて以来ずっと彼女を見つめ、サー・ジャイルズのとりとめのない話は本当なのか、そしてふたりの仲がどうしてここまでこじれたのか、あれこれ考えていた。彼女がブレスレットを目にしたときの表情に、ケントは当惑した。いままで見たことのない表情だったのだ。

「そうです。彼女はゆうべこれを身につけてました」

「ほかに確認できるかたはいますか？　ミセス・リーパーとミスター・リーパーはいかがで

す？」

「わたしは以前に見たことはないと断言しますよ」メリッタが言う。

「おれもだ」ダンがきっぱりと言い、意外そうに周囲の者を見まわした。「妙なこともあるものだ。銘刻文やら変わった造りやら、こんな特徴のある品は目につきそうなものなのに。ロンドンに上陸してから買ったのだろうか？」

ハドリーはすばやくフェル博士を見たが、博士は反応しなかった。「ドーセットで買えるようなものには見えませんね。博士の話によると、ロンドンでもおそらくは無理です。しかしですよ！　彼女は昨夜、劇場でこれを身につけていたのですね？」

「そうです」フランシーンの冷静な口調は逆に、真実を口にしているのかどうか疑わしい印象をあたえた。「たぶん、ほかの人たちが気づかなかったのは、彼女がゆうべはずっと毛皮のコートを着ていたからです。でも、わたしは前に見ていたので。わたしは――」

「あなたを疑ってはいませんよ、ミス・フォーブズ」ハドリーはわざと彼女を刺激でもするように不自然な口調で言った。「前にと言われましたが、いつのことですか？」

「劇場にむかう前、夕食に出かける直前ですね。夜会服で出かけるかどうか訊ねようと、彼女の部屋に行きました」

「時刻は？」

「七時頃です」

「続きを聞かせてください」

「彼女はこう言いました。とても疲れているし、胃腸の調子もよくないから、夜会服を着る気にはなれない。みんなにくっついていなくていいのだったら、本音では観劇そのものにも行きたくないと。それにこんなときに慎みがある行動には思えないとも」フランシーンはそこで口をつぐんだ。切れ長の目蓋《まぶた》の下のダークブラウンの目は、あまりに色白な顔に活気をあたえているのだが、それが懸念するようにハドリーへさっとむけられた。「彼女が言ったことですよ」

「ちょっといいですか。彼女は〝みんなにくっついて〟と言ったのですね。ひとりになることを警戒していたか、怯えていたという意味だと思いますか？」

「いいえ、そうは思いません。彼女は相当のことがないと怯える人ではありませんでした」またもや間が空いた。フランシーンの口調にはほとんど感情が窺えず、それをケントはおかしなことだと思った。「わたしが部屋に入ったとき トランクは開いていましたが、荷ほどきはまだでした。観劇からもどって荷ほどきをすると彼女は言いました。ドレッサーの前に立ち、手首を突きだしてブレスレットの位置を確認していました。わたしはそれを褒めて、あたらしく買ったのかと訊ねました。彼女は人からもらったものだと言いました。それからこんなことも言いました。〝もしもわたしの身に予想もしていないことが起こったら、これはあなたがもらって〟と」

ハドリーはさっと顔をあげた。

「彼女はあなたと親しかったのですか？」

「いいえ。彼女がわたしを好きだったかどうかはよくわかりません。でも、わたしを信頼していたと思います」

フランシーンの口から出たにしては妙な言葉だった。ダンもメリッタ・リーパーもそれに気づいたようで、もぞもぞしたりつぶやいたりしている。

「ほかにはなにかありますか、ミス・フォーブズ？」

「そうですね、わたしの主観ですけど、彼女はわたしをとても鋭い目で見て、前にもこのようなブレスレットを見たことがあるかと訊きました。わたしは見たことがないと答え、さらにじっくりながめました。銘刻文になにか意味があるのかと訊ねました。自分だけのモットーだとか信念だとか、そうしたものかと。彼女はこう言いました。〝これを読めさえすればね。これは秘密そのものなの〟と」

またもやハドリーがフェル博士を一瞥《いちべつ》すると、博士はすっかり引きこまれて自嘲《じちょう》気味に笑っていた。「〝これを読めさえすればね。これは秘密そのものなの〟か。待てよ！」警視はつぶやいた。「このラテン語の銘刻文は、全体か一部かが暗号か判じ物のたぐいなのか？　まいったな、それでなくても謎はたくさんあるのに」

「早まるな、ハドリー」フェル博士が警告した。「わしはそうは思わんぞ。ほかになにかあるかね、ミス・フォーブズ？」

「いえ、それだけです。彼女の言いたかったことはわかりません。含みのあるようなことを言う人だなんて思ったこともないですし。それでわたしは自分の部屋へもどり、彼女もその後ブレスレットのことを口には出しませんでした。では、もらっていいですか？」

「なにをです?」

「そのブレスレットです。彼女が約束した」

フランシーンらしくもない露骨であからさまな態度で、声さえもいつもと違うように聞こえた。彼女は少しかすれた咳払いをして気を取りなおし、さきほどの人間味のない雰囲気をふたたび醸《かも》しだそうとした。ハドリーは爽《さわ》やかとはいえない笑みを浮かべて手帳を閉じ、我慢の限界という表情で椅子にもたれた。

「さて教えてくださいよ、ミス・フォーブズ。なにを隠しているんですか?」

「どういうことかわかりません」

「いや、わかっているはずですよ」ハドリーは辛抱強く言う。「どうなるか自覚されたほうがいい。わたしはここにじっと座ってあなたに怒鳴りちらすつもりはありません。あなたがなにか隠していると仮定してわたしは行動していく、そう警告しておきますよ。このホテルではあまりにむごい事件が起こったのですから、わたしは真相を突きとめてやります。あなたのご友人にいくつか質問をしてから、またあなたに質問しますよ。ほら、わたしに話すことがあるでしょう」

「あら、そう?」フランシーンは甲高い声になった。「そんな脅しには乗りません。それに、やっぱりわたしには話すことなんかないですし」

ハドリーはこれを無視した。「みなさん全員に質問したいことがあります。みなさんにお集まりいただいたのは、これまでわかっていることにどなたかなにかつけくわえることができないか知りたいからです。二週間前、みなさん全員がわたしに、ミスター・ケント――ミスター・ロドニー・ケント――が殺害される理由などないと断言されました。しかし今度は彼の妻が殺害された。なにか理由があるはずだと、よくおわかりのはずです。ミスター・リーパー！」

ダンはメリッタのむかいの椅子に座っていて、ふたりのあいだには審判のようにサー・ジャイルズ・ゲイがいた。ダンはパイプを取りだして油布の煙草入れを開き、しっかりと親指で煙草を詰めはじめた。まるで銃に弾を込めているようだった――十二番径の散弾銃あたりに。

「質問をぶっ放してくれ」彼は身体を揺さぶり催促した。

「ロドニー・ケント夫妻はヨハネスブルグのあなたの家にお住まいだったと言われましたね？」

「そうだ。ふたりには最上階をあてがっていた」

「では、あなたとミセス・リーパーは誰よりもよくミセス・ケントを知っていたのではありませんか？」

「ああ、たしかに」

「彼女をよく知る人は誰もいなかったというみなさんの共通認識をあなたもおもちですか？」

「どうかな」ダンはそう言ってから口をつぐんだ。「考えたこともなかった。とにかく、彼女を〝知っている〟というのはどういう意味かね？　言葉の選びかたがあやふやだ。おれは彼女が夜にはベッドに入って朝には起きだすのを見張っていたわけではないしな」

サー・ジャイルズ・ゲイがチェシャ猫のようににんまりして口をはさんだ。「だが、警視はほかの誰かが見ていたのじゃないかと思っているんではないかな。はは、種が根を伸ばしていくようだね」

「その種をまいたのはあなたですよ」ハドリーが切り返す。「ミスター・リーパー、わたしが言いたいのはこういうことです。ミセス・ケントの恋愛事情についてなにか知りませんか。結婚前のものでも、あるいは結婚後のことでも」

「いやはや、まさか！」ダンは心底ショックを受けた様子で、記憶を掘り返していた。「ジェニーにかぎってそんなことはない。結婚後に、ということだが。ロッドが亡くなったあとも、警視はそのようなことをほのめかしていたな。だが、本気だとは思っていなかった。彼女はそういう女ではなかったぞ。そう、妹のような存在だった。そうじゃなかったかね、メル？」

とても熱心にうなずくので、メリッタは中国の首振り人形のように見えた。

「離婚について彼女はどう考えていましたか、ミスター・リーパー？」

「離婚？」ダンはぽかんとして訊き返した。

「あの人は絶対に頑として反対していましたよ」メリッタが突然割って入った。「何度もそう聞かされたわ。離婚なんてショッキングなことは許せないハリウッドの流行で、床に靴を片方置きっぱなしだとかなんとか、そんなことに我慢できないからって理由でするものだって」

「だが、警視はなにを狙ってそんなことを訊くんだ？」ダンは質問した。

「多くの殺人犯は世間体《せけんてい》についての価値観がおそろしく歪《ゆが》んでいるからさ」サー・ジャイルズ・ゲイが猛禽類《もうきんるい》の急襲のようにその言葉を投げかけた。「せっかく警察官と対峙しているのだから、その件について本音を聞きたいものだね。わたしが殺人犯について不思議に思うのはその点だけだ。一般的に犯罪を引き起こす原因の類型として、医者たちがうるさく論議している、内分泌腺の太さだの耳たぶの薄さだのそんなことは知るものか。わたしは率直な考えかたをするので、ほとんどの犯罪は簡単に説明できる。なにかをほしいと考えた者が単純にそれをつかみ取ろうとするわけだよ」

ダンが同意して低い声でうなった。ハドリーはこの演説をとめずに一同を観察していた。サー・ジャイルズは皺《しわ》だらけの小柄な少年のように嬉しそうな表情で話を続けた。

「だが、ある種の犯罪はまったくナンセンスなものだ。たとえばこうだよ。AとミセスBが深い仲になる。そこでミセスBは夫Bと別れるなど理性ある行動を取るかわりに、Aと共謀して夫Bを殺害する。わたしには世間体を気にしすぎた行動に見えるんだよ。この説を唱えるのはわたしが初めてではないのはわかっているさ。だが、要素をさらにあげてみせよう。確実にマスコミで大々的に取りあげられるのはこの手の犯罪だけだよ。誰もが熱心に続報を期待して記事を読み、何年ものあいだ一般大衆に記憶される事件だ。百万長者が射殺され、コーラスガールがガスで殺され、既婚の婦人がバラバラ死体になってトランクに詰められる。そうした事件は大きな注目を浴びることも、浴びないこともある。だがAとミセスBの事件なら、かならず浴びる。自分が真っ先に思い浮かべる事件をあげていけば、十のうち七つはそうした事件だよ。さて、このことはなにが人の心を打つのか示しているようだ。わたしがあげたのは偉大なる大英帝国の家庭生活に大いに関係する事件だ。それはわたしたちに影を落とす――悩ましい考えを。AとミセスBはわたしたちが考えているよりも、わたしたちの家にずっと近いところをうろついているかもしれない。ミセスBは別居も離婚もせず、家を出てAと暮らすこともない。単純にAに夫を殺害させる。その理由は？」

フランシーンが黙っていられなくなった。「その理由は」そっけない口ぶりだ。「たいていの人間は裕福ではなく、気持ちに余裕がないからですよ。まともな社会を実現できれば、そうしたことも変わります。現在の状況下では、貧乏人にひねりだせるただひとつの気持ちの余裕が殺人なのです」

「そういう人たちって、本気でそんなおそろしいことをするつもりじゃないんですよ」メリッタがまた突然言いだした。「でも、たいていの女はそのようなことを一度や二度は考えたことがあるでしょ。ショッキングな手紙を書いていたあのひどい女みたいに（愛人バイウォーターズに大量の手紙を送り、共謀して夫を殺害したとされるトンプスン夫人を指す）。そういうのは本のなかの話であってほしいもんですよ。でも、そういう人はいきなり酔っ払ったり、理性をなくしたりして、自分がなにをしているか気づく前にやっちゃったりしてるわけです。不倫とかね」

「きみに不倫が語れるとでも？」ダンが感情を抑え気味に言った。妻を見てまばたきしてから、にやりと笑う。「さて！　警句の羅列が終わったんなら、いまのがジェニーにどう関係しているのか知りたいんだが。彼女は——なんと言うか——理性をなくすことなどなかったぞ」

腕組みしたフランシーンはハドリーを正面から見据えたが、話しかけた相手はダンだった。

「なにをほのめかされているのか理解できないわけ？　警視の言いたいのは、ジェニーが誰かと不倫したけれど、彼女はロッドがどんな状況であっても離婚してくれないと知っていたのではないか、ということよ。とりわけ、彼女はスキャンダルに巻きこまれるわけにはいかなかった。そんなことを考えただけで彼女は怯えるわよ。だから彼女はロッドを殺すよう相手の男をそそのかす。そうだとしたら、彼女は犯行中にサー・ジャイルズの家に滞在するわけにはいかない。だから、叔母さんたちのもとにとどまる。気が弱かったのかもしれないし、用心したからかもしれない。そのあとで、彼女は相手の男と関係を続けられないと悟る。やはり良心が許さないとか、ロッドを殺したかったのはほかに理由があったんだとか、たぶんそのようなことを告げる。もう目的を達成しているから、人殺しのご機嫌を取る必要ないもの――それで相手の男には自分ひとりの人生を送ってもらおうとする。でも、男は彼女を殺す」

「ジェニーがそんなことをすると信じられるのかい?」ダンが問いかけた。「ロッドのいい妻だったじゃないか?」

「もう、叔父さんったら」フランシーンが言う。「さっきのはわたしの仮説じゃなくて、警視の思っていること。でも、最後のジェニーが殺された経緯についてはわたしの意見。彼女がロッドのいい妻だったのはこの目で見ていたけど、正直に言うと、吐き気がした。本当はわたしがランプ・シェードのことを気にする程度にしか、彼女はロッドのことを気にしてなかった」

「わたしは嬉しいね」輝くばかりの喜びを発散してあごをあげたサー・ジャイルズが言う。「自分の判断が外部の証人によって確認されて。わたしはフェル博士に、そのあとでミスター・ハドリーに、彼女は魅力的で威厳のある女性だがとても危険で油断ならないと警告したのでね」

「ちょっと待ってくれ」ダンが言う。「だったら、きみはどんな女ならいいんだ？　意地悪で威厳がなけりゃいいのか？」

「おい！」フェル博士が大声をあげた。

　雷のような一声のあとはふいに沈黙が訪れた。フェル博士は杖で床を小突いたが、鼻で斜めにずれた眼鏡の縁越しに目がきらめいていた。続いて咳払いをして、大神官のように語った。

「じゃまをするのは本意ではないが、話しあいが結婚についての議論に移ってしまったようだよ。わしはいつでも結婚についての議論を歓迎するし、じつを言えば、ほかの話題だってなんでも歓迎だ。ほかの機会なら、いつだって喜んで受け入れる。殺人も結婚も、刺激があって血湧き肉躍るものさ。実際、そのふたつは人の関心をかきたてる点で似ておるね。オッホン！　ハハッ！　だが、ミス・フォーブズは少なくともひとついい指摘をした。ある事実についてな。とても優れた指摘だから、拾わぬわけにはいかんよ。なあ、ハドリー？」

「それはどうも」フランシーンが言った。凍えるような態度は、先ほど話していたときの熱意とは対照的だったが、フェル博士の満面の笑みにつりこまれて彼女も思わずほほえんだ。「さっきのはわたしの仮説じゃないですけど」

「うむ、そうだな。忌《い》まわしい仮説をこしらえた責任はどこかよそにあるんだろうて。だが、その仮説にブレスレットはどうかかわってくるかね？」博士はブレスレットが置いてあるテーブルに杖をむけた。「被疑者X、この不詳の男からミセス・ケントにあたえられた誓いの品ということかね？」

「それは――はい」

「本気で先ほどの仮説を信じておるのかね？」

「はい。でも――やっぱりわかりません！　本当のところ、わたしはなにも知らないの！　思っていたより何倍もしゃべりすぎました……」

「そうでしょうね」ハドリーが淡々と同意した。「あなたはしゃべるつもりのなかったことまで口にされたようだ」だが、彼は次にフランシーンを無視して一本取った形になったようだ。

「ミスター・リーパー、この件を突き詰める前に最初の話題にもどりましょう。ミセス・ケントについてどんなことをご存じですか？　わたしは彼女に一度しか会ったことがなく、そのとき彼女は伏せっていたのです。あるいはそのふりをしていたのかもしれませんが。ですから、彼女からはほとんど話が聞けなかった。たとえば、彼女の出身はどこでしたか？　ヨハネスブルグですか？」

「いや、彼女はもっと内陸のローデシア（現在のジンバブエとザンビア）出身だ。おれは両親と親しくしていた。彼女が巻き毛の子供だった頃からね。古風でしっかりした人たちだったよ。趣味で畑も手がける大地主だ。あまり進取的ではなかったが」

「両親は健在ですか？」

「いいや。何年も前に連絡が途絶えてしまっていた。娘にかなりの財産を残していたよ。もっとも、驚くことではないがね。ジェニーは三年ほど前にヨハネスブルグにやってきた。ロッドと結婚して二年になる」

フェル博士が口をはさんで寝ぼけたような質問をした。「あの、ミセス・ケントは旅が好きだったかね？　たくさん旅をしていたんだろうか？」

「いいや」ダンはパイプをくゆらしながら博士を見つめた。「おかしなことを訊くね。ジェニーは旅が大嫌いだった。旅などしたことがなかったよ。列車や船で気分が悪くなるだとかいうことだった。ソールズベリー（ジンバブエの首都ハラレの旧称）からヨハネスブルグへの移動さえも嫌でたまらなかったようだ。この旅にも来たがらなかった。こうなってしまうと」ここで彼はとまどって重苦しくむっつりとしたが、煙草入れを見おろして言いたした。「彼女が来なければよかったと思う。誰も来なければよかった」彼は静かに言った。「本題にもどるか。警視、あなたはこの事件がAとミセスBのようなたぐいのものだと本気で思っているのか？」

「それはサー・ジャイルズが言いだされたことでした」まだ人を煽《あお》ってみているハドリーは、ダンが急に疑《うたぐ》り深くなって横目でサー・ジャイルズを見ているのに気づいた。「わたしは真実を見つけようとしているだけです。ですが、あなたはご一行のなかに殺人嗜好《しこう》の頭のおかしい人がいるとお考えなので？」

「いや、まさか！」

「では、動機を探すことにしましょう。一緒にこの点について考えてみてください。何者かがケント夫妻を殺害しなければならない理由は一つでもあったか？　もうみなさんすでに現実を直視されているはずです。これは部外者やホテル従業員の仕業《しわざ》ではなかったとね。では、なにかしら理由はあったでしょうか？　金？　復讐？　首を振ってらっしゃいますね——ひとり残らず。では、ミセス・ケントがみなさんの一部が考えているような人物だったとしたら、情事が原因でロドニー・ケントはミセス・ケントと共謀した被疑者Xに殺害され、その後、Xがミセス・ケント自身を殺害した、それがわたしたちのたどりつく唯一の可能性です。もしも」ここでハドリーの口調は鋭くなった。「ミス・フォーブズが知っていることを話そうとしないなら、それしかない……」

「やっぱり話すことなんてないですけど」フランシーンが言う。「結論はこうよ。わたしは実際のところ、確定した事実は一言だって口にしなかった。ジェニーの話しぶりから推測しただけ。彼女がとても関心を寄せるどこかの男があのブレスレットを彼女にあげたんだなと。彼女が愛してる男か、そうでないなら」

「そうでないなら？」

「おそれている男、と言おうとしました。そのくらいのことです。言い渋ったのは、馬鹿だと思われたくなかったからよ」彼女は鋭く息を呑んだ。「クリスのメロドラマ小説みたいだもの。たぶん、全部わたしの想像だったんでしょうよ。ちょっとメロドラマっぽすぎて本当のはずがないって思えるから。でも、あのブレスレットをしっかり調べたら、なにかわかるはずよ」

「なにがわかるとお思いです？　ブレスレットを彼女にあたえた人物についてですか？」

「そうよ」

「だから、先ほどはわたしにブレスレットを催促したんですか？」

「ええ」

ハドリーはブレスレットを手に取ると裏返した。「このとおり、本体には文字が書かれてもいないし、文字のスペースもなく、秘密の仕掛けもありません。宝石にラテン語の銘刻文があるだけです。これに秘密が隠されていると言うのですか？　言葉のなかのある文字だけを並べると別の言葉が浮かびあがるとか？〈歌うのはやめよ、若人たち。楽しみは存分に味わった〉とか。これはあなたの得意分野ですね、フェル博士」

「わたしは思うのだが」サー・ジャイルズが割って入った。「警視は小さなことを重視しすぎている。わたしの意見を言わせてもらえば、捜査にはもっと広い視野が必要ではないかな。容疑者の男がいるのならば、そいつの跡をたどるべきだよ。その男を見つければ、犯人発見に大きく近づくというものだ」

「いや、近づかないね」あらたな声が言った。

廊下に面したドアが開いてハーヴェイ・レイバーンが部屋に入ってきた。いつものせわしなく弾む感じがない。外見は小太りで目立たないのだが、なにかに夢中になると活気にあふれる――しかも頻繁にそうなるのだ。そうなったときの彼の赤い髪と口ひげ、突きでた額の下のすばしこい目には強烈な自信がみなぎり、そんな彼を信じない人はまずいなかった。古びた灰色のウーステッド織りのスーツを着るのを好み、上着のポケットに両の拳《こぶし》を突っこむ癖があるので、上着はいつも膨らんで長くなったように見える。いまも自信こそあるものの、目のまわりが緊張しているようだった。いまにもスピーチをぶちかまそうとしているらしく、マイクの前に立たされ、あと〇・五秒で開始の赤いライトがともると言われでもしたようだった。

「この五分というもの」レイバーンは言った。「ドアの外で話を聞いていたよ。そりゃそうするだろう?」彼は少し頭を高くあげてつけくわえた。「問題は、我らが友のハドリーとこっそり対峙して説明すべきか、それとも、みんなの前ですべてを話して胸の重荷を下ろして片づけちまうかだった。で、胸の重荷を下ろすと決めた。いいですか。あんたたちが求めている男はわたしだ」

ハドリーは飛びあがった。「ミスター・レイバーン。自白してもらっても構いませんが、発言は証拠になると警告しておき――」

「いや、わたしは彼女を殺してない」レイバーンは見せ場を奪われでもしたように、かなりいらついた口調で言った。「わたしは彼女と結婚するつもりだった。あるいは彼女がわたしと結婚するつもりだった。あんたたちの壮大なる事件の再構築は、別の点でも大外れだ。あのブレスレットのことさ。わたしは彼女にブレスレットをあげなかった。彼女がわたしにくれたんだ」

10 船旅のロマンス

レイバーンの続く言葉はいささか異なる調子だった。「ああ気が楽になった」彼は意外そうに言ったのだ。「風船玉も動脈瘤も破裂しなかったようだね。みんな表情が変わらない。やれやれ」

彼は思い切り息を吐きだすと、教室の生徒たちに話をするようにテーブルの端にひょいと腰を預けて先を続けた。

「証拠を隠すと罰を受けるのは知ってる。それに、重要な手がかりをポケットに突っこみ、知ってることをしゃべろうとしないで、誰彼構わず面倒なことに引きずりこむ間抜けな奴は大嫌いだ。奴っていうが、たいていは女かな。しかも、なにを隠していたかあきらかになってみると、まったく無意味なことだったりする。わたしは逃げも隠れもしない。これがあんたの手がかりだよ」

彼はチョッキのポケットから七〇七号室のクロームのタグがついたエール錠を取りだし、ハドリーに放り投げた。

「つまり」ダンが言う。「きみとジェニーはそんな仲だったのか」

「そんな仲？　キス六回だけだよ」レイバーンはどんよりと語った。「しっかり数えてた。最後のは幸運を祈ってだと彼女は言ったよ」

ハドリーがとげとげしく口をはさんだ。

「一から話してもらったほうがいい」立腹しているというより納得していないようだ。「ミスター・ロドニー・ケントが殺害されたとき、あなたはその件についていっさい口にしなかったですね」

「ああ、もちろん言わなかったさ。言うわけないだろ？　わたしは彼を殺してないんだから」

「それでも、彼女と結婚するつもりなら、夫が亡くなればいろいろな面倒が省けたに違いないでしょう？」

「期待したように簡単にはいかなかっただろうけどね」レイバーンはハドリーをちらりと見てから、暗い表情でドアノブを見つめた。「考えてみてくれよ。ロッドが殺害されて面倒が省けたなんて思わなかった。あのベロウズという男が酔ってやらかした非道で恥ずべきこと、意味のない残酷な行為だと思った。そう思っただけさ。あれで——目が覚めた」

「いつからだったんですか？　ミセス・ケントとの仲は」

「そうだね——船の上で始まったことだったんだ。まったく、あの手の船ときたら。空模様がひどく悪くて、船に酔わないのはジェニーとわたし、そしてたまに元気になるダンくらいのものだった。そうすると、どうしたって男と女ってやつで、あとは察してくれよ」

「ミセス・ケントは船酔いしなかったので？」

「ちっともね」

「いましがた、彼女は船には耐えられなかったと聞いたばかりですが」

レイバーンは振り返った。いつもならば、スポットライトを浴びるのを好む男だが、中央のテーブルに腰を預けたことを後悔しているようだとケントは感じた。

「だったら、わたしに言えるのは」彼は愚痴っぽく言い返した。「誰かが誤解してるってことだね。船の上の彼女を見せたかったよ。あのおんぼろ船はルーレットの上を転がるボールみたいに飛び跳ねてたが、ジェニーは居間を歩いてるみたいに平然としていられた。あんなに人間らしい彼女を見たことはなかった。船が揺れてあれこれ割れるのを見て、どれだけはしゃいでいたか！　一度なんか船がひどく縦揺れして、ラウンジで枝編み細工の家具、蓄音機、その他ありとあらゆる品が動いた。部屋を滑っていき、盛大な見世物みたいにぶっ壊れた。ジェニーが心から笑ったのを見たのは、じつにめずらしいことだったよ」

重苦しい沈黙が広がり、一同のなかには椅子に座ったまま身じろぎをする者もいた。フェル博士が最初に口を開いた。

「自覚しておいたほうがいい、ミスター・レイバーン。あんたの印象はかなり悪いですぞ。そのハドリーの表情は、わしの見たことのあるものだ。言いかえると、あんたには胸を痛めた恋人らしい兆候がまったくない」

「胸を痛めた恋人じゃないからさ」レイバーンがテーブルを離れた。「次にその話をしようじゃないか」

彼は一同を見まわした。

「あんたがフェル博士に違いない。わたしに説明できなくても、あんたがしてくれますかね？あの船ではなんであんなことになったか、自分でもよくわかってないんだ。ジェニーのような男たらしで厄介なのは、そういう評判がたつだけですでに半ば勝ってるようなものだという点だよ。そういう女は魅力がある。それはわかってるが、こちらとしては虜《とりこ》になるつもりはない。そこで、それとなく知らせてくる――こっちにどれだけ関心があるかをね。そうなるとカモみたいにおだてられてしまって、惚れたらどうなるだろうと想像する。そうして、結局は惚れてしまうんだ。以上。しばらくのあいだ、麻痺したようになるんだよ」

「そんなに打ちのめされた顔をせんでもいい」フェル博士は轟《とどろ》く陽気な声をあげた。「よくあることだな。で、目が覚めたきっかけは?」

博士の態度に深い意図はなさそうだったから、レイバーンも警戒をといて歩きまわるのをやめた。

「〝きっかけ〟ね。うん、それはぴったりの言葉だ」彼は認め、いつものように上着のポケットに両手を突っこんだ。派手な動きがなくなった途端に、彼はふたたび目立たなくなった。「考えてみましょう。あれは——たぶん船が港に到着した直後だ。そう、彼女にサセックスには行かないと言われたときだな。わたしと一緒にいたら自制心をなくしそうだからって。あのとき突然なにかおかしいと気づいた。ピーン!ときたんだよ。彼女を見ると、嘘をついているとわかった。決定的なきっかけは、たぶんロッドが死んだことだ」

ダンがずっと片手を振ってレイバーンに黙れと要求していた。

「誰かジェニーの〝評判〟とやらについて説明してくれないか?」彼はそう言い張った。「どんな評判なんだ? おれにはまったくの初耳だぞ」

「そうでしょうよ」メリッタが言う。

「きみは知ってたということか?」

メリッタの細い声は単調なままだった。「そうですよ、あなた。あなたという人は誰の話にも耳を貸そうとしませんからね。そして全部が全部噂だと言うの、たいていはそのとおりなんですけど。それに自分の意見を曲げようとしない——あなたと、そしてクリスもそうね——だから当然、誰もあなたにはなにも話しませんよ」メリッタはじれったくてたまらないようだった。「それでも、わたしは自分の意見にこだわりますし、変えるつもりはないの。ジェニーは本当に優しい子だった。もちろん、いくらか噂があったのは知っていますし、祖父の口癖のように、たいていの噂はおそらく本当のこと。それは人間が実際に行動に移すことはなくても本心ではやってみたいと思っていることだから。でも、ジェニーの場合、あの子に悪いところは絶対になかったし、愚かなことなんかしないと、心から信頼できてましたよ。だから、わたしはなにが起こったのかどうしても知りたかったの」

「起こったのは殺人です」ハドリーが言う。

激怒した警視は、この途切れることのない話に口をはさむチャンスを窺っていた。

「ミスター・レイバーン、あなたの立場を説明する必要はないでしょう。あなたの行動のみを話すようにしてください。昨夜、ミセス・ケントの部屋にいましたか？」

「いたよ」

「よろしい。では、細かい点をはっきりさせましょう。部屋に行ったのは何時ですか？」

「十一時三十五分くらいだ。客室係が帰った直後かな」

「部屋をあとにしたのは何時ですか？」

「午前十二時だ——それから今朝の七時、そして八時にも、もう一度行った」

「それなのに殺人をおかしていないとでも?」

「やってない」

十秒ほど緊張の間があって、レイバーンはハドリーの目を見つめた。そこでハドリーはきびきびと振り返り、フェル博士やケントに合図した。

「そうですか。では、わたしと廊下のむかいの七〇七号室に来て、どのように行動したのか説明してください。だめです! このふたり以外のみなさんはここに残ってください」

ハドリーは抗議する者たちをあっという間に黙らせた。ドアを開け、同行する三人を先に行かせてバタンとドアを閉める。レイバーンの呼吸は荒く、足取りもこわばっていて、ホテルの一室ではなく邪悪な家にでも足を踏み入れるかのようだった。廊下でハドリーはリーパーのスイートから現れたばかりのプレストン部長刑事を手招きした。七〇七号室から遺体は運びだされており、床にいくらか血痕が残っているだけだった。

「捜索はもうじき終わります、警視」プレストンが報告した。「これまでのところ影も形も見当たりませんよ、証拠の制――」

「速記を頼む」ハドリーは言った。「ミスター・レイバーン、あなたの供述は書きとめますので、あとで頭文字で署名をもらいます。さあ、ここでなにがあったか聞かせてもらいましょう」

すばやくあたりを見まわしてから、レイバーンは手近なほうのツインベッドのフットボードに軽く腰かけた。口ひげはもう、実際にもイメージとしてもピンと跳ねあがってはいない。彼はどんよりして、少々くたびれたように見えた。

「ええと、じつはこういうことなんだ。素に戻ったと言っても、どうしようもないかね。さっきのカラ元気は、その場しのぎのようなものだったんだよ、あの人たちの前だったから」彼は廊下のむかいにぐっと頭を振った。「自分は船で愚かなことをしたかもしれない、そう思いはじめてた。それに、サー・ジャイルズの家ではたいそう楽しく過ごしたし」

「待ってください。あなたとミセス・ケントのあいだで、実際に結婚の話が出たことはあったんですか?」

「いや、あのときはまだ。彼女は話題にしようとしなかったし、わたしも口にしなかった。わかるだろう、いつもロッドがいたんだから」彼はケントを見やった。「誓うよ、クリス。わたしはロッドを傷つけるつもりなんかなかった」

「話を続けて」

「だから、ジェニーとはゆうべ久しぶりに再会した。サー・ジャイルズの家で起こったことを考えると当然だが、彼女が感激して抱きついてくれるなんてことは期待してなかったよ。彼女にどうしてほしいのか、わからなくなりはじめていた。彼女を信頼してなかったんだな。だが、ふたりきりで話す機会がもてなかったんだ。彼女は妙な様子だった。劇場で彼女は画策して、わたしたちが一列並びの席の両端に座るようにして、幕間《まくあい》はサー・ジャイルズをひとりじめしていた。あれほどほがらかな表情の彼女は見たことがなかったよ。

わかってくれるだろうが、彼女とふたりきりで会えるただひとつの機会は、ほかの者たちが休んだあとだけだった。みんながそれぞれの部屋のドアを閉めてから、わたしは十五分から二十分待った。それから急いで廊下を横切りあそこに行った」彼は横のドアを指さした。「そしてノックしたんだ」

「それで？」レイバーンが言いよどむと、ハドリーはうながした。

「このことだけは言える。彼女はなにかに怯えてた。ノックしてから一、二秒は返事がなかった。それから、ドアのすぐ近くで彼女の声がして、誰かと訊かれた。わたしに二度も名前を言わせてから、彼女はドアを開けた」

「昨夜の早い時間も、彼女は怯えたように見えましたか？」

「いいや。とにかく、目につく範囲ではそんなふうじゃなかった。なにか人目を忍んでいる雰囲気があった、そうとしか表現できないよ。その後、横のドアにはかんぬきが下ろされた──彼女がドアを閉めたとき、かんぬきの音がしたのを覚えてる。

彼女は靴をスリッパに履き替えていて、トランクの荷ほどきを始めたところだった。トランクも、ほかのものも全部、いまあるのと同じ場所にあったかな。わたしは必要以上に自分の心証を悪くしたくない。だが、彼女と再会しても、どんな言葉をかければいいかわからなかった。ただ突っ立って彼女を見つめた。胸が痛んだよ。こんなことを認めるのは気恥ずかしいが、事実そうだった。彼女は椅子に腰を下ろし、わたしのほうからしゃべりだすのを待っていた。彼女はあれに座ってた、書き物机の近くのその椅子に」

彼はそちらにあごをしゃくった。午後早い時間だが薄暗いためいまの部屋は灰色で、メープル材の椅子がかすかに光って見えた。

「そこでわたしは話しはじめた――おもにロッドのこと、それがどれだけむごい事件だったかを。自分たちのことは一言だってなしさ。わたしのほうから、わたしたちふたりのことについて切りだすのを彼女が待ってるのはわかってた。彼女のほうは、冷静な表情で耳を傾けてたな。まるで写真を撮ってもらうのを待ってるみたいに。平然とね。口の端が少し下がってた。彼女は黒い宝石と銘刻文のあるブレスレットをはめていた。そのとき、初めて目にしたものだった。さっきも言ったが、わたしが彼女にあげたんじゃない。やがて、彼女がわたしにくれることになるんだが。

ほかにも話さないといけないことがある。事件に関係あることだからね。わたしは愚にもつかないことをしゃべりつづけ、そもそもなんで話をしているのかとさえ思った。そのあいだに彼女は一、二度立ちあがったよ。ドレッサーに近づいてハンドバッグからハンカチを取りだしたな。彼女がバッグのなかを探ったとき、部屋の鍵が――クロームのタグのついた鍵が入っているのが見えたよ。

冗談でも言ったほうがいいのかと思いはじめた頃、彼女は決心した。見ればすぐにわかった。表情が少し柔らかくなったんだ。彼女らしく、ずばりとわたしに訊いてきた。自分を愛しているかと。それでふたりのあいだの壁が崩れた。わたしは愛《あか》しているると答えた。とても愛していると言った。そうしたら彼女は記念の品だか約束の証《あかし》だか、そのようなものをくれると言う。そしてブレスレットを外してわたしに差しだした。そのとき彼女が言ったことはそっくりそのまま思いだせる。〝いつもこれをもっていて。そうしたら、誰も死者をよみがえらせようとしないから〟だった。意味を訊ねないでくれよ。ずいぶん大げさなことを言うんだなと思ったものさ。だってそんなときでも、わたしの知性は一部は目覚めてたんだからね。あんなロマンチックな瞬間に――嫌になる！――あんたの隣でチクタクいってる時計程度にしか彼女と親密には感じないんだからな。彼女はそのあとすぐ、すがすがしい表情になった。彼女はこう言った。もう遅いし、こんな時間にわたしがそこにいるのが見つかったらどう思われるかと。

わたしはまだのぼせていて、もっといい感じのことを続けたかった。そこでロマンチックなことを思いついたんだ。ほかの者たちが合流できないくらい早起きして一緒に朝食を取り、ふたりだけで街に繰りだして観光しないかと誘ったんだよ。そうするにはかなり早起きしないといけない。だってわたしがぐっすり寝ていたいと思うような時間にはいつも、ダン・リーパーが起きだして大声を出して歩きまわるからね。だから、無鉄砲にも七時でどうかと提案したよ。わかるだろ。本当は七時に起きたいというわけじゃない。朝の七時に起きだし、ベールを外した天女と地上の天国を散歩したくなんかないよ。なのに、わたしは突っ立ってそんな馬鹿なことを言ってしまった。彼女はもう出ていってくれという表情を浮かべてその提案を喜んで受けてくれた。最後に、彼女はおやすみのキスをするつもりはないのかと訊ね、わたしはもちろんその気はあるよと答えた。ほかの女にするみたいにやたらと抱きつかず、慎み深い優しい挨拶を二回ほどしてやって……そんなに照れた顔をするなよ、お巡りさんたち。本当のことを知りたがったじゃないか――そして身体を離した。そこで彼女は白鳥のような首を伸ばして言ったんだ。〝幸運を祈ってもうひとつ〟と。そのときのことだ。彼女の視線が肩越しにわたしの背後へ滑ったようになった。特に何かを語っているわけではなくて、ロビーでエレベーターを待つ女のような表情だった。うつろでビー玉みたいに青い目。その瞬間、呪縛が解けた。ようするに、わたしが見たのは――」

カチリと音がして、ベッド上の壁付けの照明がともった。薄暗くて速記のメモの取りづらいことに、プレストン部長刑事がもはや耐えられなくなったのだ。すべて記録されているのに、これだけのことを打ち明けられる神経の太さをもっているのはレイバーンくらいだろう、ケントはそう思った。いまは意地の悪いすかした態度でケントたちを見つめており、両手を上着のポケットにぐっと突っこんでいる。曇りガラスのシェードに包まれた壁付けのランプがなめらかで劇場のような部屋に、同じくなめらかで劇場のような光を投げかけていた。

「そうなんだよ」レイバーンは自己満足しながら一同にうなずいてみせた。「悪賢い小さな悪魔だった！　そのときわたしはわかったんだ。感じたんだよ。なにをたくらんでいるのかまでは想像もできなかったが。状況が耐えがたくなってきたから、そのときに追及してもよかったんだ。でも、できなかった――そこでドアをノックする音が聞こえたからだよ」

ハドリーがさっと顔をあげた。

「ドアをノックする音？　どのドアですか？」

「あんたたちが表のドアと呼んでるらしきものだ。あとになって、札がぶら下げられたほうだよ」

「何時の話ですか？　おわかりになりますか？」

「ああ。あと数秒で午前十二時だった。ジェニーにおやすみと言われたとき、わたしは自分の時計を見たからな」

「ノックを聞いたとき、あなたはまだこの部屋にいましたか？」

「いたともさ」口調がとげとげしくなってきたレイバーンはそこで口をつぐみ、初めて目の色を変えた。低い声でこうつけくわえる。「おい、そんな！　あれがまさか――誰からもそんな話は聞いてなかった」

「話を続けてください。ノックを聞いてからどうなりましたか？」

「ジェニーは見つかったらまずいから帰ってくれと、わたしに囁《ささや》いた。だから、〝約束の証〟をポケットに入れて横のドアからこっそり廊下に出たんだよ。ジェニーがそのあとでかんぬきを下ろしたと思う。わたしはまっすぐに自分の部屋の横のドアにむかって、部屋にもどった」

「時刻は？」

「ああ、変わらず十二時だよ。十秒もかかってないはずだ。正直に言うと、少々複雑な気持ちであまり機嫌がよくもなかったけれど、約束は守るつもりだったよ。うっかり寝過ごしたときのために、ホール・ポーターに電話した。電話を手にしたら一階のホール・ポーターにつながって、翌朝六時四十五分に起こしてくれと伝えた。それからあまりロマンチックじゃないもやもやする問題をいくつか考えたんだ。そんな時間にどこで朝食を取って、そんな時間帯にどこを観光するのが常識的かって。たいていの者は二十代になる頃までに、初心《うぶ》な恋を卒業してる。

わたしは三十代になって初めて、そんな短くもつらい通過儀礼を持ったことになる。雪のなかでバスに乗る自分たちを思い描いたかな。とにかく、わたしはホール・ポーターにたくさん質問をしたので、電話で三、四分は話したに違いない」

気づけばケントは、ひとつひとつの証拠をパズルのように組みあわせていた。レイバーンの話は彼自身の行動に限れば、確定された事実と確定されうる事実にぴったり符合している。彼はハードウィックの記録によれば、午前十二時から十二時三分まで、電話で話をしていた。そんな夜更けにホール・ポーターと三分も話す理由を疑問に思っていたとしても、いまではその背後に強い説得力のある動機があったとわかった。レイバーンのうんざりしているが真剣な話しぶりも、疑いづらかった。となると、問題はこの証言がダンの証言とどこまで符合するかだ。ダンが廊下であの悪鬼を、すなわちバスタオルを抱えた人物を目撃したのは十二時二分。ジェニーの部屋のドアの前に立っているところだった。ダンの供述を受け入れられるならば――そして疑問を呈した者はいない――レイバーンが制服姿の謎の人物だったということはなさそうだ。

けれど、もうひとつ疑問が残っている。おそらく制服姿の何者かが、表のドアをノックしたのはあと数秒で十二時というところだった。最初のノックからたっぷり二分もそこにとどまっていたのか？　部屋に入ることも、入室を許されることもなく？　なぜだ？　少なくともケントはそんなことを考えながら、ハドリーとフェル博士を見つめていた。

ハドリーは手帳に絵のようなものを描いていた。

「ドアをノックした人物が少しでも見えませんでしたか?」

「いや」レイバーンは手短に答えた。「余計な情報は出さない。なんでも訊かれたことには返事をするが、もうペラペラしゃべらない。これ以上はね」

「あなたの時計はたしかに時間があっていましたか?」

「ああ。こいつは優秀な時間記録係だし、夜の早い時間に時刻合わせもしておいた。この部屋の表にある大きな掛け時計で」

ダンが見たのと同じ時計か。つまりどういうことだ?

「話の続きを聞かせてください」ハドリーが言う。「あなたは十二時に、ミセス・ケントのブレスレットをもってこの部屋をあとにして——」

「それから眠らなかった。眠れなかったんだよ。モーニングコールは必要なかった。七時になるずっと前から起きてたからね。すっきりしない気持ちで着替えた。七時にジェニーの部屋のドアをノックした。返事がなく、もっと強くノックしても同じだった。だいぶ頭にきてしまったよ。彼女はツインベッドの表のドアに近いほうで寝ているのだと思い、そっちをノックしたほうがよく聞こえるだろうとひらめいた。それで表のドアにまわってみた。外に靴が出してあり、ドアノブには〈お静かに〉の札が下がってた。ここからわたしの怠慢の物語が始まる。札を見たら、〈死んだ女〉と書き殴ってあった。もっとよく見ようと札を手に取ったら、見えたんだよ。札の裏に隠れて、表のドアの錠に鍵が挿さったままなのが」

フェル博士が頰を膨らませた。窓のひとつのながめをさえぎっていたのだが、どしどしと前進してきた。

「鍵はドアの表の錠に挿さっておった。ハドリー、頼むからそこに着目するんだぞ。ゆうべはミセス・ケントのハンドバッグに入っておった鍵だ。それからどうしたね？」

「鍵をまわしてドアを開けたよ」レイバーンはおとなしくそう答えた。「そして錠から鍵を抜いた。どうやら無意識のうちにね。そして頭を部屋に突っこんでみたら彼女が見えた」

「では、ドアの内側からかんぬきはかかっておらんかったんだね？」

「当然そうだよ。そうでなけりゃ、わたしは部屋に入れなかった。部屋のなかは重苦しいむっとするにおいがしたので、こう思った。〝あの愛らしい何某《なにがし》は夜に窓を開けないのか？〟って。そのとき彼女が見えたんだ。トランクに頭を突っこんで床に横たわってた。近づいて彼女にふれた。冷たかった。それ以上は調べなかったし、調べたくもなかった。でも、この話でいちばん言いづらいのはこれからなんだ。わたしは来たとおりに戻って、鍵をもって部屋をあとにすると、廊下に立ち尽くした。当然最初にやろうと思ったのは、人を呼ぶことだったよ。ダンを起こすか、とにかく誰かを起こすか。でも、告白しよう。怖くなった。わたしはいつも先がどうなるか知りたがって、それがわかるまでは行動しないという厄介なたちなんだよ。誰にもなにも言わず、自分の部屋にもどって考えようとした。これが七時五分頃のことだった。

七時十五分に、客室係が仕事に出てきた音がした。鍵束がジャラジャラと音をたてたんだ。わたしはまだ脳みそを振り絞って考えてた。誰かがジェニーを殺した。ゆうべ妙なことが起こったのはわかったが、自分が遺体を発見するつもりはなかった。最後に彼女とふたりきりで会ったのはわたしだから――その先は言わないでもわかるね。なにより頭を悩ませ、いつまでも悩ませつづけたのは、どうやって彼女が殺されたかだ。なんだってわたしは部屋にとどまってしっかり調べなかったのか。彼女は顔になにかされていた。わたしはそれしかわからない。早朝で部屋は真っ暗に近かったからだよ。なんとしても知る必要があると感じたが、あの部屋にもどる勇気がどうしても出せなかった。

八時近くになって、悪魔のいたずらのようなことを思いだした。わたしはジェニーのブレスレットをもっている。特徴のある品だし、まちがいなく高価なものだ。紛失していると気づかれるはずで、わたしが持っているのが見つかったら――

まずいと思ったんだよ。そのうえ、男がふたり、七〇七号室がどうのと言いながら近づいてくるのが聞こえた。自分の部屋のドアを細く開けると、ふたりが廊下の角を曲がって、七〇七号室の表のドアの前でマスター・キーがどうのこうの言っているのが聞こえた。ひとりがきみだなんて知るはずないだろ?」彼はケントを振り返って問い詰めた。「七〇七号室のドアが開いてから閉じる音がして、静まり返った。もうひとりの男――ホール・ポーター――はまだ廊下にいて、客室係と話してた。そうするうちに、七〇七号室の横のドアが開いて、最初の男――きみのことだ――がコートの襟に顔をうずめるようにしてそっと現れた。こちらに気づきもせず、そのまま廊下を急いで消えてしまった」

フェル博士がまた口をはさみ、今度はケントにむきなおった。

「待て！　ミスター・ケント。横のドアから外に出たとき、内側からかんぬきがかかっていたか否か、覚えているかね?」

「かかってました」ケントは答えた。「かんぬきを開けたことをはっきり覚えてます」

「ふうむ、そうか。先を続けて、ミスター・レイバーン」

「どんな気がしたか、そっくりそのまま話すよ」考えこんでいた彼は先ほどはあんなことを言っていたが、饒舌《じょうぜつ》を抑えることができなかった。「往来の激しい道に突っ立って、むこう側に渡ろうとしてるみたいだった。いまなら間隔がたっぷりあって車に轢かれずに渡れるぞと思っても、やっぱりためらってしまう。そうして、もう遅すぎるというときになって、急に決意してダッシュするんだ。で、結局、危うく車に轢き殺されそうになってしまう。わたしがやったのはそういうことだった。片手にジェニーのブレスレット、もう片方の手に鍵をもった。その男——きみのことだ——がいなくなった瞬間に、わたしはとっくにやっておくべきだったことを決意した。その鍵でジェニーの部屋の表のドアを開けられるなら、横のドアも開けられるはずだ。わたし自身の鍵がそうなんだから。廊下を横切り、横のドアの前に立った。ホール・ポーターはまだ表のドアの前にいる。いいか、わたしだって少しは常識を保ってたんだ。どこかにさわるときは、かならずハンカチを使った。わたしはブレスレットを始末したいだけだから、あっさり整理だんすの抽斗《ひきだし》にもどしたよ。ほんの数秒しかかからなかった。次は床に横たわるジェニーだ。なにがあったのかたしかめないといけない気がして、わたしは勇気を出して問題を片づけることにした。外はすっかり明るくなっていたが、ブラインドが下ろされてた。彼女の顔を見たかったけれど、頭はまだトランクのなかだから見えなかった。彼女を引っ張りだした。顔を一目見て――逃げだした。ふたたび自分の部屋にもどってドアを閉めた頃に、ホール・ポーターが七〇七号室に突入した。もちろん、わたしは結局のところ忌々《いまいま》しい鍵をもったままだった。話はこれで終わりだよ。

以上がわたしのやったことのすべてだ。なんとでも好きなように言ってくれ。人間らしい自然な行動だとわたしは主張するぞ。問題はわたしが犯罪者になるには小心者だってことさ。昔、劇場のロビーの床に落ちていた一ポンド紙幣を拾ったことがあったんだが、そのあと、あの場にいた全員に目撃されていて糾弾されるに違いないと思った。今日もそんなふうに感じたよ。隠すことはできなかった。だから決心したんだ。みんなお気に入りの映画スターふうに言えば、すっかり白状するために。もうすっかり吐きだして、脱水機にまでかけられた気分だ。ツァラトゥストラかく語りき、いろいろやってみて悟ったよ」

彼は最後に深呼吸をすると、ベッドにドンと腰を下ろした。ベッドがきしむほどの勢いだった。彼は自分の人柄を完璧に描写してみせたなとケントは考えた。

フェル博士とハドリーは顔を見合わせた。

「訊ねるのは早すぎるかな?」レイバーンが言う。「わたしを信じてくれるかどうか。それとも手錠をかけられてパンと水の生活を送ることになるのかな? やれやれ!」

ハドリーは彼をにらんだ。「たしかに事実はすべて符合します」そう認めて話を続けた。「そして白状したのは、率直に言わせてもらいますが、とても賢明でした。さて、ミスター・レイバーン。十二時の電話についての話が確認できれば、あなたはそれほど心配する必要はなさそうです。ただ、もうひとつ質問がありましてね。この部屋にいらしたどのタイミングでも結構ですが、ダイアモンドがはめられた銀のブレスレットを見かけませんでしたか？　ミセス・ジョプリー＝ダンという人のものなのですが」

「は？　いいや。そんなブレスレットのことも、その女のことも聞いたことがないよ」

「では、いまのところは以上です。みなさんのいる部屋でお待ちを」

レイバーンが去ると、ハドリーは低い口笛を吹いた。「ふたたび現れたブレスレットの謎はこういうことだったんですね。犯人がブレスレットを見つけようとこの部屋を徹底的に探したのに、疑問の余地はないようです。ただし、ブレスレットはここになかった。それゆえに、おそらくは――？」

「犯人はミセス・ジョプリー＝ダンのブレスレットをくすねた。求めていた品に偽装が施《ほどこ》されたものかもしれんと思って」フェル博士が言う。「そうだろう？　どちらも、いわば骨子は似ている。どちらも環のブレスレットで、銀はホワイト・ゴールドそっくりに見える。ふうむ。犯人は黒い宝石のブレスレットを探しておったと。だが、そこはこの話の本当に重要な点じゃなさそうだ。そしておお、バッカスよ！　ハドリー、本当に注目すべき重要な点とはこれだ！　ドアに挿したままだった鍵だよ」

「あれがなにかの謎を解くと考えているんですか？」

「そうだとも。ほら考えるんだ！　思いつかんのか、その謎とは？」

ドアがノックされ、ベッツ部長刑事が部屋に入ってきた。

「終わりました、警視」彼はハドリーに報告した。「成果はゼロです。このA棟のすべての部屋、戸棚、ひび、ネズミの穴にいたるまで調べましたが、どこにも制服は隠されてません」

11　小説の謎解きならば

冬の夜は、窓ガラスのむこうにうまい料理があり、ポケットには金があり、雪を照らす温かな明かりを見ることができるならば、議論にはもってこいだと思える。その夜の七時、ライル・ストリートのレストラン・デ・エピキュールに足を踏み入れたクリストファー・ケントは、そのすべてに対応できる心構えができていた。長い一日だった――彼にとっては、ハドリーとフェル博士がロイヤル・スカーレット・ホテルでの事情聴取を終えたときに、ようやく始まったのだ。

なにより重要なのは昨夜の彼自身のアリバイを証明すること、そしてふたたび世間へ浮上するために小切手を現金化することだった。最初の使命はむずかしくなかった。第二の使命を果たすことで、アリバイを証言してくれる例のコーヒー店の客たちに大盤振る舞いすることができき、コマーシャル・ロード東の下宿のおかみからスーツケースを取りもどすことができた。アリバイに疑問をはさむ余地がなくなるとすぐ、ハドリー警視はケントに対して温和で、おしゃべりなくらいになった。

ケントは事実を次々と積み重ねていった。そんな自分にやや驚きを感じていた。いままで事実を重視したことなどなかったからだ。けれど、床屋に手入れをしてもらいながら肩の力を抜き、インペリアル・ホテルのトルコ式の風呂で蒸される極上の一時間を過ごすと、彼はわかったことを比較しようと表を作りはじめた。

1〈お静かに〉の札にある赤いインクの活字体の手書きの文字は、とても有望な手がかりに思えたが、結局なんにもならなかった。あの文字では、筆跡が特定できることはなさそうだ。

2　客室で発見された二組の指紋は彼自身のと、ジェニーのものだった。客室係が清掃に入って拭き掃除を終えた直後にジェニーがチェックインしたから、古い指紋はほぼなかったし、あったとしてもぼんやりしていた。レイバーンはどうやら最初の訪問は偶然に、二度目のときは意図して指紋をまったく残していなかった。

3　レイバーンは午前十二時から十二時三分まで電話で話していたことが証明された。何事にも徹底することが信条のハドリーは、六名の人間に匿名で夜勤のホール・ポーターのビリングズに電話をかけさせたところ、ビリングズはレイバーンの声をたちどころに確認した。

4　ホテル内の時計はどこも故障しておらず、手をくわえられた形跡もなかった。すべてが電気式でガラスのカバーは外せず、中央管理式のスイッチひとつでグリニッジ標準時に合わせられていた。ダンが十二時二分にジェニーの部屋のドアの前にいる制服姿の人物を見たのであれば、時刻はまさに十二時二分にほかならず、ほかの可能性はない。

5　これまで確認が取れているかぎりは、ジェニーの所持品から消えているものはなかった。メリッタ・リーパーが所持品を調べ、そのことを確認した。ジェニーのトランクには立派なアクセサリーが複数、ハンドバッグには紙幣で三十ポンドやキャピタル＆カウンティーズ銀行の四百ポンドのトラベラーズ・チェックがあった。だが、バッグのなかには銀貨も小銭もまったく入っていなかった。

6　それぞれの客の部屋番号を記載し、折りたたまれた小さなカードの束は、たしかにダンに手渡されていた。彼はそのなかに七〇七号室のカードがあったかどうか、ろくに見なかったためにはっきり覚えていなかった。だが、彼は寝室の整理だんすの上に置いたというメリッタの供述を裏づけている。

7　十二時二分頃にどこにいたかという各自の細かな証言は、次のようになっていた。サー・ジャイルズ・ゲイはベッドで読書をしていた。メリッタ・リーパーはスイートの専用の浴室で入浴中。フランシーン・フォーブズは自分の部屋で〝髪のことをしていた〟。レイバーンとダンはすでに証言したとおり。ホテル支配人のケネス・ハードウィックは客たち同様に供述を取られ、やはりアリバイを証明していた。十二時から十二時十分までは自室で、翌日のメニューをロイヤル・スカーレットのダイニングルームの給仕頭と確認していた。

このように事実が判明し、クリストファー・ケントは小説を書くときのように事実をいじくりまわしていた。ダンの一行の近くにいようと、A棟に残るただひとつの空室を予約したものの、たくさんの事柄について頭を悩ませていた。そしてフランシーン、フェル博士、ハドリーをその夜の夕食に誘った。ハドリーは、いつもそうらしいが、スコットランド・ヤードから離れられそうにないという返事だったが、フェル博士は心から喜んで、フランシーンはしばらく考えてから、誘いを受けた。

七時にレストラン・デ・エピキュールにやってくると、すでにフランシーンが彼を待っていた。大勢の客のなかにいるのにどこか寂しげに見えて、急に守ってやりたい気持ちになった。ふたりは黄色いシェードのランプをはさんで、雪に覆われた窓の隣のテーブルに座った。彼はカクテルを注文したが、せっかくのロマンチックな雰囲気を活かさず、「それで?」と言った。あきらかにムードをぶち壊したらしい。

「それで、ってなにが言いたいのよ?」彼女はすぐ反応してグラスを置いた。

ケントとしてはなんの気なしの言葉であり、ぎこちなくても会話のとっかかりを作ろうとしただけだった。それがまったくの裏目に出てしまった。それは認めざるを得ない。

「あのさ、ぼくたちはなんでこう、うまくいかないんだ?」彼は少しばかり捨て鉢になって訊ねた。「ぼくはきみの最悪の敵じゃない、絶対に。きみをかつごうとも、騙そうともしてない。それなのに」

一瞬、間を置いてから、彼女は考えこむような口調で言った。「ああ、クリス。あなたがこんなに心が狭くなかったらよかったのに！」

彼もグラスを置くと、グラスはテーブルの上を滑った。

「心が狭いだって？　このぼくが？」

「いまの口調を自分で聞けたらわかるのにね」フランシーンはそう言って茶化した。「ねえ、逃げないできちんとむきあってよ。心が狭いというのは、モラルとか信仰とかの理由で人の意見を受けつけないとか、労働者階級やフィッシュ＆チップスなんかを好まないというだけのことだと思ってるでしょ。でも、そうじゃない。そうじゃないんだから！」彼女の口調は激しかった。「楽な我が道を押しとおして、視野に入らないものには全然注意を払わないという意味。あなたはモラルという点では心が広い。たいていの違法行為に共感する作家だもの。それに信仰という点でも心が広い。自分が信仰をいっさいもたないから。労働者階級にも心が広い。西部劇やバンドの音楽や回転木馬が好きなんですからね、あなたは。でも、自分の視野に入らないもの、たとえば本当に世の中のためになることをするとか――いえ、この例だとあなたには通じない。あなたの専門からたとえ話をするわね。偉大な作家の作品があっても、あなたはその作家の信念に賛同できなければ、軽蔑する価値もないと議論そのものをしない。まったく！あなたにとって寛大とは、お金に対してとんでもないほど寛大という意味でしかない。つまりそういうことよ」

「ちょっと待ってくれ」彼は言った。「いまの本当のことかい？　よかろう、心からこう思うよ。もしそれできみがもっとしあわせになれるなら、ぼくは何某《なにがし》や某氏が偉大な作家だと認めてもいいくらいだけど、本音は――」

「ほうら、言ったとおりじゃない？」

「それにもし、いまの告発の最後できみがほのめかしているのは、きみがぼくの顔に投げ返したも同然の贈り物の数々のことなら」

「男を信頼していると」フランシーンは氷のような口調で言う。「議論をすぐに個人の問題にすげ替えられる。あなたたち男っていつもそうよ、それなのにわたしたち女がすげ替えると言って非難する」彼女はしばし口をつぐんだ。「でも、いまのままだと、あなたはいろんなことに気づかずおいままでと違う口調で叫んだ。「まあ、そんなことはどうでもいいか！」彼女はいいい仕舞いになるわよ、クリス。楽な我が道だけを使って世間を渡り、なにも見ないなら！　たとえば、ジェニーのことよ」

不吉な話題がもどってきた。どうしてもその話をせずにはいられなかった。フランシーンがぞんざいな口調で言う。

「彼女から誘惑されていたのに気づいてなかったでしょ？」

「馬鹿言うなよ」

「彼女、誘惑してたってば！」フランシーンはいきり立って叫んだ。

ケントは椅子にもたれて彼女を見つめた。フランシーンがなぜ怒っているのか、言葉の裏に潜む意味を考えると、自信はないが頭のなかに一条の光が射した。それと同時に全身が騒がしいしあわせの歌で満たされた。ふたりは見つめあい、おたがいに気持ちが通じたと知った。

「きみを説得できたらいいんだけどね」彼は言った。「ぼくこそは金髪の掘り出し物だって——ほかの女たちがそう思っているときみが信じているように。ジェニーが？　あり得ないよ！　ぼくはそんなこと一度だって」

「考えたことがない、でしょ？　まずまずまともで、かわいそうなハーヴェイ・レイバーンもそうだった。長い航海のあいだ、ジェニーに追いかけられるようになるまでは。彼女は本当に悪い女だったのよ、クリス。退屈しのぎの楽しみのためだけにそんなことをした。わたしがもどかしいのは、彼女がどうやって誘惑したか、どうやってコツを身につけたかわからないことよ。でも、彼女は絶対にあなたを誘惑しようとしていた」

「でも、ぼくがなびいたなんて思わないでほしいんだけどな。まず、彼女はロッドの妻だろう」

「あなたの従兄弟《いとこ》の妻。ええそうね。で、あなたは友人の妻とベッドを共にしようとは考えもしないでしょ？　もっと言えば、こっちの考えのほうがショックなくらいじゃない？」

「はっきり言って、そうだ」彼は認め、威厳を口調に出せたことを願った。「友人の妻というのは、なんと言うか」

「〝そんなことを考えてはいけない対象〟ってやつ」フランシーンが言う。「ねえ、クリス。あなたって時代遅れの堅物《かたぶつ》ね！」

「たいへん興味深い」彼は冷たく言い放った。「ぼくが思うにロシアでは——」

「ロシアのことなんかなにも言わないで！」

「ぼくはただ指摘しようとしただけで――」

「わからないの、クリス」彼女は大いにまじめになって力説した。「その場合のモラルの問題というのは、その女があなたの友人の妻でも、赤の他人の妻でもまったく同じよ？　あなたはロッドの妻とベッドを共にするつもりはなかったけれど、たとえば週給二ポンドで朝から晩まで工場で働かないといけないから余暇ももてない貧乏人の妻とベッドを共にすることには良心の呵責《かしやく》なんかもたない。あなたはそういう人よ！」

「ちょっと待ってくれ」彼は目眩《めまい》がしてきて言った。「ぼくの記憶にあるかぎり、ほかの男の妻たちを追いかけて国中を闊歩《かっぽ》したなんて一言も口にしてないぞ。家庭を崩壊させる脅威としてぼくの実績はゼロだ。それはいいから、説明してくれないか。政治やら経済やらに触れないでは、どんな話もできないのはなぜなんだい？　きみも世界も海の悪霊までもが、声高に政治のことばかり話すようになってるようだぞ」

「そりゃあね」フランシーンは愛らしくも獰猛な口調で言った。「とても快適に違いないし、とても刺激的でしょうよ、あなたはギリシャの神々みたいにオリュンポス山のてっぺんに腰を下ろして、取るに足りない愚か者たちが谷を這いずりまわっているのをながめているんだから。わたしは小学生でもわかるように説明しようとしていたのに。この国をこれだけ混乱させたのは、あなたのような人たちが信じている、いまはすたれてしまったくだらない社会の慣例やしきたりだって」

「だったら、ぼくが友人の妻と工場労働者の妻の両方とベッドを共にしたら、きみはもっと喜んでくれるのか？　そうすれば、ぼくたちはもっとしあわせになれると思うかい？」

「なにを言ってるの、クリス・ケント。たまにあなたを殺したいと思うときがある。誰とでも好きな人とベッドを共にすればいい！　あなたって――」

「よし、実行してみるよ。ただし――」

「コホン」フェル博士が咳払いをした。

　ふたりは喧嘩をやめた。フェル博士の巨体がテーブルの隣にそびえ立っている。彼は怪訝《けげん》には思っているようだが、それでも善意にあふれた関心を示す笑顔をむけ、テニスの観戦でボールの動きを追うときのように首を左右にぐいと振った。ここで咳払いをもうひとつ。冷静を保ちながらもカンカンになっていたフランシーンは、取り繕おうとくちびるにハンカチをあてた。それなのに、思わず笑い声をあげてしまった。

「うん、そのほうがいい」フェル博士はにっこりした。「ハハハッ。わしもじゃまはしたくないんだが、給仕がこの五分というもの、オードブルのワゴンを押してテーブルのまわりをうろうろしておってな。個人的な問題に立ち入りたくなくて〝サーディンはいかがですか？〟と言えずにいたよ」

「この人ったら強情なんです」フランシーンがこぼす。

「わしもそれは疑わん」フェル博士は陽気に返答した。「でもいいかね、そいつはとてもいい兆候だよ。夫を強情だと思わん女は、すでに一方的に尻に敷きはじめておるということで、それはよろしくなかろう。差しでがましいことを言ってすまんな。結婚において夫と妻が平等であるべきか不平等であるべきか議論を始めるつもりなどないんだ。フランス人が口説《くど》きについて言うように、〝魚料理の前は厳禁！〟だよ。しかし、ひとつ提案するなら、きみたちは結婚するといい。そうすれば、自己弁護しないでよくなり、ふたりで楽しくやれるよ」

「ジェニーは結婚しましたが、こうなりました」フランシーンが言った。

「いまはやめなさい」フェル博士が出し抜けに、したがわずにはいられない強い口調で言った。「いまはその話題を避けよう」

会食は鎧をゆるめたか、脱いでしまったようなものとなった。テーブルのワインボトルの列が延びていくにつれて、博士の顔はますます赤くなり、彼の大笑いがさらに炸裂するようになった。彼の逸話がどれだけ信じられないものになっても、彼が立てつづけに繰りだす辻褄《つじつま》の合わない話が、聞き手にはセドリッツの粉の緩下剤を二杯飲んでから超特急のジェットコースターに乗せられたみたいな印象をあたえたとしても、それはすべてひとつの目的のためだった。ふたりをくつろがせること。博士が社交の達人であることをケントがはっきり悟ったのは、あとになってからだった。ただ、ブランデーを飲んでいるうちに夜も更けてきて、休む時間が近づいて初めて、あの話題がふたたび口にされた。

「ハーヴェイにあの話を聞かせておきたかった」フランシーンが切りだした。

フェル博士は葉巻の灰を落とし、まばたきして彼女を横目で見た。

「もうその話題に入ってもいい。この事件をどう見ておるのかね、ミス・フォーブズ？」

「お答えできますよ。わたしが考えているのは――近くにいる者がやっている、ということです」彼女は静かな口調で告げた。「ずっと前から知っている者だけど、じつは頭のおかしな者。でも、もう心配はいらないと思ってる。すべて終わったんじゃないでしょうか」

「なんでだね？」

「今度は火かき棒が現場に残されていたからです」彼女は煙草を深々と吸い、相変わらず淡々とした口調でしゃべった。「また使うつもりなら、積み重ねたバスタオルにはさんだままにするはずはないです。もちろん、その何者かが血を好むようになっていれば別ですけど。でも、それは想像がすぎますね。先ほどは、わたしが思っていることをクリスに伝えようとしていたんです」

彼女は考えこんだ。

「なかにはジェニーのやりかたを軽く受けとめられる人もいたでしょう。たとえば、わたしもそうでした。おそらく、たいていの人はそうです。でも、十人にひとりは彼女のことを油断して見ることはできなかった。ロッドは彼女のことをどう思っているんだろうと、わたしはよく考えていました。彼女はロッドを操縦してましたし、見事に献身的な妻を演じていましたよ。あまりにたくみだったから、当時は多くの人が信じたこんな噂があったのをご存じですか？ロッド、が、ジェニーの財産めあてで彼女と結婚したんだって」

フェル博士の鼻先から危うく眼鏡が滑り落ちそうになった。その鼻からふんと息を吹いてから博士は言った。

「もう一度言ってくれんかね」

「本当ですってば！　南アフリカの知人に広まっている噂です。それにわたしたちがこの国にやってきて、サー・ジャイルズ・ゲイが真っ先にロッドをからかったのも、その噂についてでした。もちろん、ぼかして言われてましたけど。だから噂はここまで広がって尾ひれのついたものになっていた。そのせいでロッドは深く傷つきましたが、彼はなにも言わず、敢《あ》えて否定することもなかった。噂を真に受けている知人もいると思いますよ」

「ミセス・ケントは裕福だったんだね？」

「とにかく恵まれてはいたみたいです」

「金の出所《でどころ》は？」

「彼女の両親だとわたしたちは思っていました。ただ、石だらけの草原の農園があまりお金になったとは思えません。ということは、彼女の婦人服の商売から大きな利益があがっていたのね。彼女は服の趣味がとてもよくて、その点は否定できないもの」

「でも、きみはどうしてそんなゴシップにそこまで関心をもってるんだ？」ケントは問いただした。

「きみの従兄弟のロドニーが殺害された動機はそれしかないからだよ」フェル博士が口をはさんでうめく。「なんたることだ、わしときたらまったくもって耄碌《もうろく》じじいだ！　話にならんトンマだ！　手がかりがなかったとはいえ！」彼は拳《こぶし》で自分のこめかみをコツコツ叩いた。「いいかね、最初の殺人は理性ある計画がまったくなさそうなものだった。理性はなかった。理性ある狂気でさえ存在しなかった。だが、ロドニーが財産めあてで彼女と結婚したんなら。決定的でまっとうな説明がつくぞ」

「どうやってですか？　なにか知っているのなら」フランシーンがせっつく。彼女の透きとおった白い肌はワインで紅潮し、身構えたところがなくなって、ケントが見たこともないほど美しく見えた。「または、なにか知っていると思うのなら、どうか話してくれません？　好奇心からだけじゃないんです。悪を寄せつけないためです」

「当然の思考だね」ケントは言った。

フェル博士が答えるまでに少々間があった。

「だめだ！」彼は怒鳴った。「エレウシス（ギリシャの現エレフシナ）の神殿にかけて、だめだ！　そしてまだ明かせない大きな理由がひとつある。わたしが思うに——思うに、というのを忘れないでくれよ——事件の真相を半分はつかんでおる。運があれば、残りの半分もつかまえられるだろう。だが目下のところ、わしははっきり結論を出しかねていて、解釈がわしの考えとまったく反対になる可能性が大いにある。その理由があるからこそ、ハドリーにだって全部は説明する気がないよ。それにハドリーはいくつかあたらしい情報を手に入れた。きみたちに期待させて警戒をとかせたくはないが」

「エレウシスか」ケントはフェル博士が話の途中で口をつぐんだので、先ほど博士の言った言葉を繰り返した。「もしレイバーンがここにいたら、あいつは役に立たない神話の宝庫ですから、説明してくれるだろうに。エレウシスの密儀はハデスの花嫁ペルセポネーが冥界に下りる数カ月を経て、ふたたび日光の降り注ぐ地上にもどることを祝うものじゃなかったですか？つまり痛み分けですよね」彼は言いたした。「こうすることでペルセポネーは——死者はよみがえる」

フェル博士はくすくす笑った。「〝張り出し屋根とはいりぐちの奥ではかなげに、枯れた葉をかんむりとしていただき彼女はたたずむ〟か。いまのはスウィンバーンの風変わりな詩（「ペルセポネーの庭園」より）だが、耐えられないほど悲痛な詩であればあるほど、暗唱すると豊かな楽しみをもたらしてくれるよ。〝つめたい不死の双手で、つぶさに死をたばねる者——〟」

「それって誰のことなの？」現実重視のフランシーンが問いかけた。「いったいなんの話をしているんですか？」

「そうだな、このへんでやめておくとしよう。しかし、ミセス・ケントの性格ははっきりするほどに引きこまれるね。こんなことになる前に会っていさえすれば、あるいはロドニー・ケントが殺害されたあとに、いまわしたちが知っていることを知ってさえいたら、ミセス・ケントの死を防げたかもしれん」フェル博士はふさぎこんだ。「いや果たしてそうかな？　わからん。無理だったかもな」

「まだあると思っているんですか——危険が？」

「もう危険はない」フェル博士は言う。「夜にドアの鍵をかけておけば。ヨブ（旧約聖書の苦難多き信仰厚い人物）を慰めようとして逆にがっかりさせた人物のような振る舞いに見えたらすまんが、すべての可能性を頭にとめておかんとな。きみたち、どっちでもいいから手伝ってくれんか？　なにか仮説があるはずだよ。どこに目をつけるね？」

ケントは表を書きつけた紙のことを思い浮かべた。

「ぼくのこまった点は」彼はしょげかえって答えた。「いまだに、人間の心の動きという観点から物事を見られないことなんです。ぼくに考えられるのは、自分が小説を書いているとしたらどんなふうに展開させるか、ということだけ。物書きにつきものの病気ですよ。いいですか、小説の法則にしたがえば、あり得る真相はひとつしかなく、あり得る犯人はひとりだけなんです！　でも、小説っぽく技巧を凝らした真相を推理に使えるだけじゃなく、これは事実にたどり着くためのとても強力な方法でもあるんですよ。そうは言っても」

フェル博士は関心の色を浮かべて彼を見た。「わかるよ」博士は後ろめたそうに言う。「わしも同じことを考えておった」

「と言われると？」

上着の胸ポケットから、フェル博士はさまざまな古い紙切れやら封筒やらを次々と取りだしていき（ゴミ箱ひとつがいっぱいになるくらいの量だ）、ついにちびた鉛筆を見つけた。比較的きれいな紙にいくつか言葉を書きつけた。続いてその紙を裏返してケントに押しやった。

「書いてくれんか」博士は提案した。「犯人を問われて、きみの頭にすぐ浮かんだ人物の名を。そうそう。ありがとう。では、ミス・フォーブズ。この紙を手にとって、裏表を両方見て」

フランシーンは紙を見つめた。

「でも、あなたたちは同じ名前を書いてますけど！」

「もちろんだよ」フェル博士は暗い表情で賛成した。「ケネス・ハードウィック。ロイヤル・スカーレット・ホテル支配人の」

12　あなたは誰を疑う？

フランシーンはふたりが冗談を言っているのか、それともフェル博士のむっつり顔のとおりに真剣なのか、決めかねているようだった。

「あなたたち、本気じゃないのよね？　それとも、これってまたクリスの無謀な作り話とか。ねえ、あの物静かな人が？」

「その言いかたでは、きみも内心あの支配人を疑っておるようだな」フェル博士はうめいた。「支配人が疑わしい根拠を聞かせてもらおうか」

「真っ先にあがるのは鍵の問題です」ケントは答えた。「何者かがリネン室に入り、十五枚のバスタオルと一枚のフェイスタオルを取りだしました。つまり、何者かがリネン室のドアを開けたことになります、客室係がゆうべ鍵をかけるのを忘れていなければ。こじ開けて侵入した形跡はありませんから、ドアは鍵を使って開けられたに違いない。ですが、あの棟のあたらしい施錠システムから——ハードウィック本人の言葉を引用しますね——リネン室でさえも権限のない者がドアを開けることはまったくもって不可能です。いま思いだしましたよ、彼はそこで〝リネン室〟という言葉を使いましたよね。一方、ふたたび彼の言葉を引用しますが、このホテルのどのドアでも開けられる鍵をもっているのは、彼だけだ。そこから推理を始めるのが手っ取り早くて簡単ですよ」

「いいぞ」フェル博士が言う。「先を続けて」

「次に考えるべきは変装の問題です。自分自身の部下である案内係の制服ほど、好ましい変装はなかったでしょう。本人が話していた、パジャマを着て客のふりをしたポーター助手と似たようなことですよ。もしもハードウィックが本物の客の誰かに見られ、顔をちらりと目撃されたとしても、正体を見破られることなんかなかったでしょう。制服にはみんな騙されます。それから、部下の誰かに目撃される危険もまずなかった。十一時三十分をまわれば、最上階にあがれる従業員はポーター助手のひとりだけで、あれだけ広いフロアですから、ポーター助手がやってくるのが見えたら、どこかに隠れるのはむずかしくなかったはずです。さらに二点つけくわえるならば、彼の私室が七階にあること、どの種類の制服でも好きなものを選んで着ることができたことに言及しておきますね。謎の衣装が発見されてないのはわかってますよ。でも、それがこのホテルの本物の制服だったら、見つかるはずないじゃありませんか？」

「クリス、名推理ね」フランシーンが言う。「それが真相だと思ってるの？」

彼は考えこんだ。

「わからない。こんなことがあり得ると言ってるだけだから。ただ、いまの仮説で厄介なのはアリバイの存在だ」

「時計だ！」フェル博士が大いに喜んでぜいぜいしながら言った。

「そうです。あのホテルじゅうにある何十個もの壁掛け時計を思い浮かべてください。中央制御スイッチひとつですべてが動きます。一度の操作でできるんです。学校でも同じような仕組みだったのを覚えてます。ある日の教室で、いっせいに歓声があがりました。壁の時計がおかしくなったからですよ。針がぐるぐるまわりだして、パントマイムみたいに次々と時刻を指し示して。なにがあったかというと――校長が仕方なく教えてくれたんですが――建物内のすべての時計がとまっていて、校長の書斎にある制御盤でリセットしたそうなんです。

さあ、この装置の優れたところがわかりますよね。仮に犯人がアリバイのために十五分ほしくて、親時計に近づけるとしましょう。まず、のちに彼と一緒にいたと誓ってくれる間抜けを確保します。そいつと、たとえば十一時五十五分から十二時十分のあいだに話をします。続いて、その証人と別れる。そして親時計のもとに行き、時刻を十一時五十五分にもどす。そうすることで、ホテル内のすべての時計の時刻を変える。それから殺人に取りかかるんですよ。自分の姿をわざと目撃させるかもしれませんね。オフィスにもどってから、時計の時刻をもとにもどす。彼は十分から十五分の空白の時間を作り、例の間抜けが殺人のあった時間のアリバイを証言してくれる。この計画のすばらしいところは、捕まる心配も、誰かが時間の食い違いに気づくこともない点です。誰かがどれかの時計も見たとしても、すべてがまったく同じ時刻です。ではロイヤル・スカーレット・ホテルで親時計の管理をするのは誰でしょう？　五ポンドかけてもいいですが、支配人ですよ。このやりかたで、ハードウィックは犯行時間のアリバイを手に入れたんです」

ケントはいささか自信がもてずに口をつぐみ、挑戦を受けてたつという気持ちでブランデーを飲み干した。

「とてもいい出来ね」フランシーンが打ち明けた。「斬新すぎて一言だって信じられないけど」

「残念ながら、それがたいていの人の印象だろうて」フェル博士がにっこり笑った。「ただ、わし自身はその考えが気に入ったよ。たまたま誰か客が時計に目をやったそのとき、針が急に前からうしろへ十五分飛ぶのを見たら注目を浴びてしまうだろうがね」

「十二時にですか？　そんな時間に何人が廊下をうろちょろしてますか？」ケントは肩をすくめた。「まだ説明のつかない部分がたくさん残ってるのは認めますよ」白髪まじりで感じのよいハードウィックの姿が脳裏に浮かんだ。「動機はなにかとか。支配人がジェニーの暗い過去にかかわっているのなら別ですが。博士は彼女にそういうのがあると考えてらっしゃるようですね。それに、靴や〈死んだ女〉の札といった小細工はなんのためのものなのか？　部屋に入ったあとでジェニーの鍵を奪い、ドアの廊下側の錠に挿した理由は？」

「ふむ、それだよ。重要な点だとわしも指摘しておる」

「そして最後に、と言っても時系列では最初ですが、サセックスのサー・ジャイルズの屋敷でも同じ制服を着た理由は？　博士が今朝言われていたように、この事件にどんな説明をつけようとしても、夜中の二時のカントリー・ハウスで最初の制服姿が現れたせいで、派手にこけてしまいます。考えられるのは――なんだろう」

「がんばれ！」フェル博士がうながす。「きみならやれる。わしがとにかく知恵を貸してほしいのもその点なんだよ。考えられる理由は？」

「制服に象徴として意味をもたせたかったから？」

「ケホケホ――うむ。かもしれんな」

「わたし、わかった」フランシーンが煙草を灰皿に置き、はっとした表情でランプを見つめた。「ダンがわたしたちのためにロイヤル・スカーレットの部屋を全部予約したことを、ハードウィックは知っていたのよね？」

「うん、もちろんさ。ダンはずっと前に手配をしてたよ。まだ、ぼくらが南アフリカを出発する前に」

「制服姿の犯人が」彼女が言う。「ノースフィールドで目撃されたのは、見られたかったから。それが理由だった！　犯人は制服に注目を集めたかった。ソファの酔っ払いに見られることがなかったら、誰かにワッとか声をかけたんじゃないの。犯人があの廊下をまっすぐ歩いているところを想像して。まるで舞台でライトを浴びる役者みたいによ？　簡単なことだった。犯人は酔っ払いの肩を揺さぶって、あからさまに自分の姿を見せる。でも、それはどういうことかって――いいえ、なにも言わないで、クリス！　後日、制服姿を見てもみんなに意外だと思わせないためだったの。ジェニーを手にかけるとき、意外と思わせないため。でも、ただの上着とズボンにどんな含みがあるんだろう？」彼女は一瞬口を閉じた。「わたしはがんばってもそのくらいしか考えられないな」

フェル博士は妙なしかめ面《つら》をして彼女を見つめた。「驚いてはいかんね」彼は言った。「いまの意見が、わしたちの耳にしたどんな意見より真実に近づいたとしても」

「どういうことです？」ケントは訊ねた。

「どういうことかって、ハドリーとわしは遠征の計画を立てておるということさ。明日、ノースフィールドへ行くんだ。わしたちは、まあその、きみたちにも来てほしいと頼むつもりだよ。まず、サー・ジャイルズ・ゲイの家にわしは興味を惹かれている。次に、留置場に行ってミスター・リッチー・ベロウズに会いたい。なによりも、彼が本当はなにを見るはずだったのか突きとめたくてな」

「見るはずだったのか、と言われました？」

「そうだよ。至極はっきりしておるじゃないかね？」フェル博士は目を見ひらいて訊ねた。「ミス・フォーブズ、お嬢さんはある一点において極めて正しいと思うよ。廊下を歩く制服姿の人物を目撃する証人が必要だったという点だ。リッチー・ベロウズが敢《あ》えて選ばれたことについて、なにか仮説はないかね？」

「待ってくださいよ」ケントは反論した。「ついていけません。敢えて選ばれた、というのはどういう意味です？　犯人は村の飲んだくれがまさに殺人の夜、都合よくふらふらとやってくるなんて、わからなかったはずだ」

「いやいや、わかったとも」フェル博士が言う。「村の飲んだくれは呼び寄せられたんだ」

しばらく博士は目をなかばつぶってぜいぜいと息をしていた。それから謎めいた口調で話を続けた。

「よかろう、ヒントをあたえよう。そうしたら、どういうことかきみもわかる。わしが思うに、最初の殺人にはそれほど注意が払われておらん。まず、この問いに答えてもらおう。あの夜、ベロウズが家で発見される前から、一行の誰かひとりでも彼とつきあいはあったかね？」

「いいえ、会ったことはありましたが、つきあいというのとは少し違った」フランシーンが言う。「わたしたちの愉快な招待主が、到着した最初の週に彼を連れてきたんです。雇われ芸人のようなものとして、記憶力を使った芸をわたしたちに見せるためです。彼の目の前でカードを二組に分けて左右からぱらぱらと合わせていくと、彼は見た順番どおりにカードをあげていく。それとか、テーブルの上にいろんな種類の何十個もの品を乱雑に置くと、彼はほんの一秒見ただけで、なにが置いてあったか全部当てる、そういう芸です。背が高く、目のくぼんだ人で、とても感じのいい話しかたでした。彼はわたしたちに気さくにしゃべりかけてましたよ。その後、家のあるじは彼を台所に連れていき、ウイスキーをたっぷりもたせて帰しました。わたし、サー・ジャイルズはちょっとひどいと思ったな。だってあそこはベロウズの家だったんですもの。それだから、ロッドが殺されたとき、わたしたちが最初に思ったのは――」

フェル博士はなにか言いたそうにして激しく首を振った。

「では、次の指摘を考えてくれ！　今朝わしはハドリーに、この事件におけるベロウズの重要性を指摘した。いいかね、なんとも残酷な殺人のまさにその夜、現場に彼がいたことは偶然にしては少々できすぎだよ。本人は疑問をはさむ余地もなく泥酔しており、悪事を働くことなどできんかった。彼の存在はなるほど偶然かもしれん。悲痛で胸を引き裂かれるような偶然かもしれん。だが、そうじゃないというたしかな指摘があるんだよ。

まず、思いだしてほしい。夜中の二時にソファで彼が発見されたとき、ポケットにはその家の鍵が入っておった。それはつまり、何者かが彼に鍵をあたえたか、彼自身の古い鍵だったかだ。しかし、いずれにしても、彼は何時間も前に下宿をあとにするときから、昔の家に行くつもりだったということになる。しかも、まだ一滴も飲まないうちにそう考えておったということに！　そうすると、いわば伝書鳩が迷うことなく巣にもどるように本能的にもどったんだという説はどうなる？

次に、彼はパブでの夜の締めくくりに、習慣に反してウイスキーを飲み、一パイントを買って引きあげておる。きみたちが村のパブというもののならわしに親しみがあるかどうかは知らんが、このわしは嬉しいことになじみ深い。酒はビールと決まっておる。蒸留酒は高すぎるからだよ。ウイスキーはめったにない気まぐれを起こしたときにとっておく贅沢品。ベロウズが無一文同然なのはわかっておる。いつもの酒はビールだ。それなのに、ポケットにあの家の鍵を入れたこの機会に、彼はウイスキーを注文した。何者かが彼の懐《ふところ》が豊かになる金を渡したように見えるな。なんでだ？

続いて、ロドニー・ケントの殺害された部屋で、ベロウズの指紋が実際に発見されたことを思いだしてくれ。ベロウズにとって旗色が悪く見える事実だ。だが、彼は部屋に入ったことをきっぱりと否定しているな。少なくともなかを覗いてはおるんだよ、指紋は明かりのスイッチ付近にあったんだから。だが、彼はそれを覚えておらん。

仮に、ベロウズが特定の時間にあの家へ呼び寄せられたか、招待されたとしよう。だが、理由は？　まちがいなく、真犯人の身代わりにするためじゃない。そんな意図があるのなら、もっと徹底的に偽の証拠を並べたてて、隙のない身代わりに仕立てたはずだよ。火かき棒は不可解にもあの家から消えるかわりに、彼の手に握らされて発見されただろう。返り血を浴びてもいただろう。指紋は照明のスイッチの付近だけでなく、もっと確実に有罪の証拠となる場所にあったはずだよ。それにだな、真犯人は知っておったはずだ――いや、確信はもてなかったかもしれんが――ベロウズの左腕はほぼ麻痺しており、今回の手口のように両手を使ってロドニー・ケントを絞め殺すことなど不可能だろうとな。

だから考えれば考えるほど、ベロウズがあの家に招かれたことはたしかだとわしには思えた。ようするに狙いは彼を目撃者にするためで、事実そうなった。さらなる狙いはしらふとはほど遠い目撃者、好奇心などもたない目撃者、映像記憶をもつ目撃者にすることで、事実そうなった。最終的な狙いは、違う人物に疑いをむけるために仕組まれた殺人のたくみで邪悪な計画の完璧な目撃者にすることだが、ああ！　残念ながらそうはならなかった。彼は酒が入りすぎておったんだ。ロドニー・ケントが殺害された部屋をベロウズは覗いて、なにを見るはずだったのか？　言いかえれば、第二の殺人よりたちの悪い、第一の殺人の表面のすぐ下に横たわっているものはなにか？　ベロウズは彼が見るはずだったものの一部は見た。だが、ほかにもなにか見るはずだったのか？　ああ、アテネの執行官よ！　わしは知りたい！　だからそれを見つけだすためにサセックスへ行く」

なんだか野獣のように吠えて説明を終えると、フェル博士は大きな赤いバンダナを取りだして額の汗を拭い、バンダナの下からふたりを見てまばたきして、言いたした。

「わしの言いたいことは伝わったようだね？」

「でも、何者かがベロウズをあの家に招待したのなら」ケントはつぶやいた。「それは犯人だったはずです。そうなると、ベロウズは犯人が誰か知っているはずでは？」

フェル博士はバンダナを片づけた。「そのように単純なことを祈るよ。だが、そうではなかろう。いいかね、ベロウズは自分自身が危うい立場なんだから、金をもらったとしても黙っておるはずがないさ。ベロウズは自分を家に誘った者をまったく疑ってないんだろう。疑っているとしたら、たぶん留置場にいるのが安全ということになるな。もうわかっただろうが、わしが突きとめようとしているのは、一月十四日の夜に彼がなにを見るはずだったのかだ。わしは彼の潜在意識を掘り返してみるよ。最新の科学の主張によればそれをやると、悪夢を見ることが避けられんらしいが。ではブランデーを最後にもう一杯いかがかな？」


彼らのタクシーがピカデリーをゆっくり進み、タイヤのチェーンがかすかにカタカタと音をたてた。あれからぐっと口数を減らしたフェル博士はすでに帰宅していた。ケントはこのまま走って適当なところで曲がってくれと運転手に伝えておいた。タクシーのなかは快適な暖かさだった。薄明かりの街灯が彼らを照らした。路面は雪が半解けでぬかるんでいたが、どこまでも続く薄暗いハイドパークが目の前に広がる頃には、窓の外の芝生は雪で覆われ、裸の木は婦人物の帽子をかぶったようになっていた。毛皮にしっかりくるまれ、金色の髪のカールがコートに落ちかかるフランシーンは、ケントの肩にもたれ、まっすぐに前を見ていた。彼がその冷たい手に自分の手を重ねた途端、彼女が口を開いた。

「クリス、博士が誰を疑っているのか知ってるの？」

「誰って？」一瞬、ケントはとまどった。こんなときにふさわしくない話題に思えた。それでも、彼女は手を握り返したが、顔はむけなかった。「わからないよ」ケントは正直に言った。「ハーヴェイ・レイバーンは論外みたいだし、ハードウィックに対するぼくの細かな推理も、一瞬の花火でしかなかったと認めるしかない。ほかの人については考えたくないよ」

「彼はメリッタ・リーパーを疑ってる」

あまりに突然のことに驚いたので、ケントは彼女の手を放してしまった。顔については鼻先しか見えない。すると彼女は顔を動かしてまっすぐに彼を見た。

「メリ――馬鹿げてる！」

「馬鹿げてないわよ、クリス。わたしにはわかる。そういうのは勘でわかるんだから」熱のこもった口調だ。「あなたもちょっと考えれば、そうだと気づくから。覚えていないの？　わたしはとりとめのないことを話して、何者かが制服を着る理由を見つけようとしてたでしょ。自分がなにを言ってるかよくわからないままに話していたけれど、彼の目を見たの。わたしが〝でも、ただの上着とズボンにどんな含みがあるんだろう？〟と言ったとき。ズボンよ、クリス。うっかり口を滑らせたみたいにね。でも彼は怒鳴らなかった。いまの意見がどんな意見より真実に近づいたと言ってた。あのとき肌が粟立《あわだ》ってしまった。わたしには見えたからよ。犯人はどうして、ことあるごとにわたしたちの頭に男の姿を描かせようと必死なの？　しかも制服で男っぽさを強調したりして。わかる？　なぜなら犯人は女だからよ」

ケントは毛皮の上の白い顔を見た。大きな切れ長の茶色の目がかすかに揺れている。並木のあいだを走り交錯する車のライトも彼女の目のように揺れていた。タイヤが大きくガツンガツンと路面を叩いているようだった。

「でも、そんなのはぼくのどの推理よりどうかしてるよ！　信じてはいないよね？」

「信じてない。本当だなんて思えない、でも」

「でも？」

「クリス、わたしはひどい女でね。これから頭にある考えを全部あなたに言うわ。とにかく言いたいの。でも、じつはずっとお腹のなかで思っていたことよ」この数週間の緊張した生活で混乱しているように思えたが、彼女はまた顔をあげ、静かな声でしゃべりだした。「もしも、ダンその人がジェニーと関係していたら？　大いにあり得る話なのよ。同じ家で暮らしてるうえに、ジェニーはああいう人だったから。ダンは大富豪と言っても差し支えないのは事実だし。今日のダンがどれだけ妙だったか見たでしょ？　ジェニーの本性についてわたしたちが話していたときよ。それにメリッタがやけにすぐジェニーをかばって、わたしの優しい子だとかなんとか心にもないことをベラベラしゃべるなんて全然あの人らしくない行動を取ったのを見て、おかしいとは思わなかったの？　ダンこそが事件の陰にいる男で、ジェニーにあれだけの小切手を渡していた人物だとしたら」

ケントは身体がしんと冷えたのを感じたが、そんなことに構っていられなかった。

「なあ、きみ。ぼくの考えではやっぱり、そんなの熱に浮かされたたわごとでしかないよ。メリッタが犯人だなんて、絶対にない。どうして彼女がそんなことをしないといけないんだ？」

「あなたはまたわたしが経済にこだわるって言うでしょうけど。でも、メリッタがお金にうるさいのは知ってるよね」

「でも、そこにロッドはどう関係するんだ？」

「ジェニーはダンのお金で暮らしていた。そしてロッドはジェニーのお金で暮らしていたと思われてた」

「落ち着けよ」彼はうながした。「そしてそんなくだらないことは忘れて。こんな調子で考えてると、信じられる人間は誰もいなくなるぞ。周囲の人がみんなばけものだと思いながら生きていくなんてできない。ダン自身は？　ぼくは？　きみは？　そうなるだろ」

「できないと言い切れる？」彼女はそう言ってケントのコートのボタンを引っ張った。毛皮がさわさわと揺れ、タクシーがかすかにガタンと音をたて、ハイドパークのどこより暗いカーブを曲がった。「考えてしまう」彼女は小声で言いたした。「ベロウズという男はどんなことを話すんだろうって」

13　四つの扉荘へようこそ

「わたしに言えるのは」リッチー・ベロウズが答えた。「もう話したことだけですよ。あの家に行ったのは申し訳なかったが、たいして迷惑はかけていない」

彼は監房のベッドに座って壁にもたれ、無精ひげでも隠し切れない穏やかな冷笑を浮かべて訪問者たちをながめた。彼はいまどきめずらしい人物、紳士だった。だから、そんな男とサセックスの留置場で会うのは妙な気がしてならなかった。上背があって分け目が目立つ黒っぽい髪をした彼は、二週間に及ぶ強制的な禁酒のせいで一段と目が落ちくぼんだのではないかと思える顔つきだった。灰色の開襟《かいきん》シャツを着て、茶色のズボンつりはボタンがひとつなくなっているために、たびたび肩をぐいとあげる羽目になっている。

一行は二月一日の早朝にサセックスにやってきた。クリストファー・ケントはフェル博士やハドリーと先発し、ほかの者たちはもっと速い列車であとを追ってくることになった。チャリング・クロス発九時十五分の列車はいくつものトンネルをゆっくりと進み、まるでケント州の丘がロンドンを壁で封鎖しているような感覚だった。トンネルを抜けた先の平野は一面の雪景色だった。フェル博士は次々にメモを確認することに夢中でやたらと紙切れを広げており、ハドリーは話しかけようとするのを諦め、むっつりとしてクロスワード・パズルに取りかかった。

彼らはタンブリッジで乗り換えた。ノースフィールドの最寄り駅はエグラモアで、パトカーが迎えにきていた。

夏でもじゅうぶんに魅力あるノースフィールドは、いまやクリスマス・カードから抜けでたような風景という評判に違《たが》わぬものとなっていた。教会の前で大柱群みたいに連なるイチイの生垣が墓地門に枝のアーチを作り、雪化粧を施《ほどこ》されている。堅い大地の村の緑地はなだらかな傾斜になって、その先にパブの《牡鹿と手袋亭》があり、まるで村民たちを傾けてそこに集めようとしているようだった。手前には平屋が並び、あるものは白い下見張り、またあるものはふれると崩れそうな色あせたハーフティンバー様式だった。数軒の家を見学した一行は、こんなにたくさんのオークの梁《はり》を見たことはないと考えた。オークの梁は所有者たちの喜びを体現して、芽を出して生い茂っているようにも見えた。だが、こんなにたくさんのオークの梁がある家のなかで暮らすのは、シマウマの腹のなかで暮らすようなものに違いないと、ケントは思うにいたった。

一行はサー・ジャイルズの家である四つの扉荘には行かなかった。あるじ本人がまだ到着していないからだ。フェル博士がしつこく言い張るので《牡鹿と手袋亭》で地ビールを試し、うまさを確認してから、ポーティングに通じる道にある当地を管轄する警察署へむかった。署は二軒長屋を改造したもので、タナー警部がいわば家長として管理していた。フェル博士は山ほどのメモ紙のうち一、二枚をパブでビールに落っことしてだめにするというヘマをやらかしていたが、自分が中心になってベロウズから話を訊くと決めていた。地下室のドアの錠をいくつも開けてから、一行はベロウズがそこそこ礼儀正しいが、無関心な皮肉屋だと知った。

「いいかね、ざっくばらんに言うよ」フェル博士は単刀直入に本題へと入り、ハドリーの顔をしかめさせた。「わしたちがここにやってきたのは、あんたが一月十四日の夜について真実をすべて話したとは思えんからだ」

「すみませんね」ベロウズが言う。「けれど、もう百回も話しましたが。わたしは、やって、いません」

「早まるでない！」フェル博士がさらに顔を赤くして続けた。「訊きたいのはきみがなにをしたかではない。なぜそれをやったかだ。すぐ答えるんだ！　あの夜、四つの扉荘へ行けと誰かに言われたかね？」

ベロウズは角のよれよれになった西部ものの雑誌を読んでいるところだった。それをベッド隣の床に置き、無関心な仮面を捨てて身じろぎをすると、心底驚いているとケントが断言できる表情を浮かべて博士を見つめた。

「いいえ」ベロウズは答えた。

「たしかかね？」

「たしかですよ。どうしてそんなことを訊くんです？　なぜ誰かがわたしをあの家に行かせたがるんですか？　だいたい、わたしなんかを、どこかへ行かせたがる人がいますかね？」彼は自己憐憫《じこれんびん》ぎりぎりの苦り切った口調で切り返した。

「あんたまだ、自分の意志であの家にふらふらと入りこんだと言い張るのかね？　酔っ払っておって、最初は寄るつもりなどなかったと?」

「なぜ自分があそこへ行ったのかわかりません。いや、わかってはいるはずなんですが、言いたいことは理解してもらえますかね。でもたしかに、あの夜の早い時間にはあの家へ寄るつもりなどなかった。わたしは本当に人の家に押し入るような人間じゃありませんし、なにが起こったのか理解できない」

「ポケットにあの家の鍵が入っておった事実をどう説明するね?」

「鍵ですか? わたしはあの鍵をいつも身につけています。長年身につけてきたものですからね」ベロウズはいささか乱暴にかかとを床に下ろした。「下宿のおかみに訊けばいい。誰にでも訊いてください。わたしにもっている権利はないかもしれないが、サー・ジャイルズもわたしが鍵をもっていることは知っている」

「こんなことを言ってすまんが、十四日の夜、あんたはいささか懐《ふところ》が豊かだったのでは?」

ベロウズは引きつった表情になった。

「そうでしたよ」

「理由を訊いても?」

「ご存じかもしれませんが」ベロウズは暗い顔つきで答えた。「わたしは四つの扉荘の招待客をちょっとした単純な奇術もどきの芸で楽しませました。その帰りにサー・ジャイルズがわたしのポケットに封筒を押しこんだんです。わたしに見合う以上の額が入っていましたよ。ここだけの話ですが、内心わたしが望んでいた以上の額が。人は自尊心があって施《ほどこ》しなど受けとらないというくだらない話をよく耳にしたものですがね。わたしに自尊心などなかった」

「卑屈になっちゃいかん！」フェル博士は怒鳴り、両手を開いたり閉じたりした。この監房を雷のような説教で満たしたかったところだろうが、ハドリーから手短に諫《いさ》められてからはぐっとこらえてつぶやくだけにすると、異常なまでの期待をこめて本題を追及した。

「あんたは誰からもあの家に行くよう言われなかったと、法廷でも言い張るつもりかね？」

「そうしますよ」

「ふうむ。差し支えなければ、あんたの供述を一緒に再検討したいんだ。だがまずは、基本的なことを聞かせてほしい。サー・ジャイルズ・ゲイをよく知っておるのかね？」

「顔見知りではありますよ。つまり、この一年にあの家へ二、三回訪ねたということです」

「招待客に芸を披露したとき、客全員に会ったんだね？」

ベロウズは眉間に皺《しわ》を寄せた。「ええ、全員に紹介されましたね、たしか。質問されたときを除けば、あの人たちとはあまり言葉をかわさなかったので。ただし、ミスター・リーパーは別です。わたしは彼に好感を抱いた」ベロウズは過去を振り返る目つきになった。「彼とはどことなくうまが合った。彼はわたしに南アフリカで新規にやりなおすつもりはないかと訊いてくれたんですが、彼は本気だったと思います」

「ロドニー・ケントには会ったかね。その後ああなった人物だが」

「それが妙なものでしてね。彼はあの場にいたはずなんです。招待客のひとりなんだし、わたしのまあ特技ですから、覚えていて当たり前なのに。でも、彼を見た記憶がまったくないときている」

「その後、一行の誰かを見かけたことはあったかね？」

「ええ、でも話はしていません。ミスター・リーパーがその後のある晩、パブに顔を見せたんですが、彼は特別室に、わたしは一般用にいましたので。わたしには特別室に行ってこんばんはと挨拶する勇気がなかった。それから一行の別の人が、あの夜の早い時間にパブに来ました。事件のあった夜のことです。でも、まだ宵の口でしたよ」

「それは誰だったんだ？」

「たしかレイバーンという名の人です。でも、彼はシェリーを六本注文しようとパブに来ただけで、ほんの一、二分しかとどまりませんでした」

フェル博士がまたメモを取った。ハドリーは次第に落ち着きをなくし、ベロウズは長い禁酒生活が逆にたたって、顔がピクピクと痙攣《けいれん》するようになっていた。

「では、問題の十四日の夜についてだが」博士が轟《とどろ》く声で言う。「あんたが《牡鹿と手袋亭》にいたときの話から始めよう。なんで酒をウイスキーに替えて、一本持ち帰ったんだね？」

「えっ、わかりませんよ。そんなことをするのに理由がありますか？　そうしようと思ったからそうしたまでです」

「そうだな。それはわかる」フェル博士が認めた。「グリニング・コプスという林へ行って、そこで酒を飲もうと思ったのかね？」

「そのとおりです。酒瓶を手に下宿へ帰ると、ミセス・ウィザースンがいつも小言を始めるので。おかみさんはわたしを待ち構えてるんですよ。こんな話が参考になればいいんですけどね」ベロウズは怒りをのぞかせて言った。

「どのくらい酔っ払っていたんだね？」フェル博士は当たり障りのない口調で訊ねた。

「わたしは――浴びるように飲んでいました。頭がぼんやりして」

「酒に強いほうですかな？」

「いいや」

「グリニング・コプスにむかったのは、そう、十時近くだったかな？　ふうむ、そうだ。鉄製のベンチだか椅子だかに腰を下ろし、ウイスキーを飲みはじめた。いや気にせんでくれ。あんたがすでに供述記録を作ったのは知っておるが、そのときのことで、いま思いだしたことを全部ありのままに話してもらいたい」

「もうお話しすることはないですよ」顔色が冴えなくなってきたベロウズはそう言う。「あのときは、いろんなことが頭に押し寄せてきてごちゃごちゃになっていましたが、そもそも考えごとをしたかった。誰かに話しかけられたようなぼんやりした記憶がありますが、あまり本気にしないでください。たぶん、自分が声をあげてひとりごとを言っていたんでしょう。暗唱でもしていたとか。すみませんが、それで全部です。その次の記憶は異なる質感の表面に座っていて、それが革だとわかったので、林にしては変だなと思ってから、そこが四つの扉荘の二階だったとわかったんです。わたしがどんな行動を取ったかご存じですよね。だったら申し分のない場所だと思って、そのソファで横になったんです」

「どの行動についてでもいいが、時刻はわからんかね？　せめておおよその時刻は？」

「わかりません」

「あんたは警察への供述でこう語ってる――どこに書いてあったか？――ああこれだ、〝このとき、すぐには眠らなかったようです。横たわっているあいだに〟とあり、ここから制服の人物について描写がある。それが夢じゃなかったのはたしかかね？」

「いや、はっきりしません」

「わしがどうしてもはっきりさせたいのはこの点だよ」フェル博士はハドリーが不安になるほど、その点にしつこくこだわって言い張った。ぜいぜいという息づかいさえも、言葉を強調しているように思えた。「あんたがソファに横たわったときから人影を見るまでに、時間が空いたという感覚はあるかね？」

「わからない」ベロウズが手の甲に浮きでた静脈をさすりながらうめく。「わたしがあのときのことを、幾度となく振り返っていないとでも？　時間は空いていたようには思いますよ、ええ。明かりに関係したなにか――月明かりだ。でも、はっきりそうだとは言い切れません」彼は急に話をやめた。「ところで、あなたは弁護士ですか？」

フェル博士はたしかに弁護士のような口のききかたをしていたが、こんな場面でなければ、それはいささか熱を帯びて否定されただろう質問だった。

「じゃあ、なかば意識のある状態だったということかね？」

「そうですね、洗練された表現をすればそうなります」

「ソファに横たわっているあいだに、ほかに物音がしたとか、誰かが動いたとか、なにか覚えていないかね？」

「なにも」

「だが、なにで目が覚めたんだね？　わしはそこを掘り下げておるんだよ。なにかが原因で、あんたは顔をあげたか、寝返りを打つかしたに違いなかろう？」

「そうだとは思いますけど」ベロウズは引っかかりつつも認めた。「誰かがしゃべっていたか、たぶん囁《ささや》いていたかの、ぼんやりした印象があります。でも、そこまで思いだすのが精一杯です」

「いいかね。きみの供述記録の一部をまた読みあげてみよう。

　中背の男で、ロイヤル・スカーレットとかロイヤル・パープルみたいな大きなホテルで見かける制服を着ていたとしか言えません。濃い青の制服で、短い上着に銀色か金色のボタンがついていました。月明かりでは色がそこまではっきりしませんでしたけど。袖口にぐるりとストライプがあったと思います、濃い赤のストライプが。その男はトレイのようなものを手にしていて、最初はその隅っこに立ったまま、動きませんでした。

　質問――顔についてはどうだね？

　返事――顔は見分けられませんでした。影だらけに見えたからです。または、目があるはずの場所が穴にでもなってるみたいでした。

フェル博士は供述記録を置いた。光と暖かさにあふれる都会の柔らかな絨毯《じゅうたん》を敷いたホテルでならば、そうした人物はしっくりなじんで見えるだけだろう。しかしこの世間から切り離された片田舎では、まったく違う色合いのものに感じられるようになってきた。ケントはいままで供述記録の顔の部分を深く考えていなかったので、初めてジェニーの遺体を見たときとそっくりな動揺を覚えた。

「この供述になにかつけくわえることはないかね、ミスター・ベロウズ?」

「ありません。申し訳ない」

「この人物の顔をまた見ることがあったら、見分けられるかね?」

「いや、そうは思えないです。あれはたしかやや太り気味の顔だった。でも影かなにかがそんないたずらをしたかもしれない。情けない」ベロウズが叫んだ。その場の全員がいたたまれなくなったことに神経がささくれだったか自己憐憫かの涙が、みるみる彼の目に浮かんだ。「始末に負えない男だと思っているんでしょう? わたしはなにも目撃できるような状態じゃなかった。映像記憶と呼ばれるものをもたなかったら、たぶんなにひとつ見えていなかったはずで、焦点すら合わなかっただろう」

「ほら、落ち着いて!」フェル博士がとまどいながらそう言って励まし、ぜいぜいと激しく呼吸をした。「あんたは供述記録で〝ブルー・ルーム〟とやらについて言及しておるね。それはミスター・ケントが殺害された部屋かね?」

「そう聞いていますけど」

「で、あんたはその部屋に入らなかったんだね？」

ベロウズはだいぶ落ち着いたようだ。「指紋、あるいは指紋と思われるものの話は全部知っていますよ。でも、指紋があったって、あの部屋に入ったとは本当に思わないんです。たとえ酔っていたとしても。子供の頃からわたしはあの部屋を好きだと思ったことがありませんでした。あそこは祖父の部屋で、だから古めかしい家具が揃えてあるんですよ。家を手放したときにそのまま残したものです。子供の頃わたしをおとなしくさせるために、父は祖父を人食い鬼のような存在に仕立てたものでした」

「最後にもうひとつ、ミスター・ベロウズ。このトレイだか小盆だかのことを覚えておるかね？」

「それを見たのは覚えています」

フェル博士は身を乗りだした。「それになにかあったかね？」

「それ？」

「それに載せて運ばれていたものさ。考えるんだ！　あんたはこまごました品がたくさん目の前に並んでおるのを、全部覚えられる人だ。それはあんたの才能だよ。才能は使わんとな。トレイの上になにかあったかね？」

リッチー・ベロウズは片手をあげて額をこすり、西部ものの雑誌を見つめた。足をもじもじさせてみた。だが、なにもひらめかない。

「すみません」彼は何回も繰り返された謝罪の言葉を口にした。「わかりません。なにかあったかもしれませんが、思いだせない」

「ご協力をどうも」フェル博士はがっかりした声で言った。「これで終わりだ」

だが、そう言いながらも博士は終わりにしなかった。退散しようとしたところで彼は引き返し、ベロウズにもうひとつ質問した。それがどんな内容だったにしても、ベロウズはどうやらきっぱりと否定の返事をしたらしく、それで博士はどことなく元気になったようだった。博士の事情聴取のあいだ、ハドリーは少なくない努力によって自分を抑えてなんとか沈黙を保っていた。だが、車でノースフィールドへもどる段になると、思いの丈《たけ》を吐きだした。

「気が済んだでしょう」警視は手厳しい口調で言った。「聞かせてください。前にも同じような質問をあなたにはしました。あの小盆に載せられていたのはなんですか？　誰かの生首ですか？」

「そうだよ」フェル博士はどこから見てもまじめそのもので切り返す。「わしのな。それに特大の羊の生首も。なあ、昨日は夜になるまで、小盆の目的あるいは意味に気づいてなかったんだよ。あれこそ鍵を握る謎なんだ、極めて単純な。わしも老いぼれてきたに違いないね」

「それはよかった」ハドリーが言う。「その点をあなたがすぐ自覚してくれるなんて嬉しいじゃないですか。正直言いますと、いままでわたしは気づいてなかったのです。でも、それはどうでもいいことです。わたしが南アフリカから入手した手堅い情報から目をそらすことはできませんからね。昨日の夕方にあなたはうんざりするほどたくさんの〝示唆に富む〟点を提示し、わたしを質問攻めにしましたね。そのなかに、殺人のあった夜、まだ早い時間にベロウズをあの家に誘った者がいるというあたらしいアイデアがありました。その点はいまどうなっているんですか？」

フェル博士はかなり譲歩した。「そのアイデアは提示した形どおりではなかったとして、撤回する。それにきみに注目してほしい点がもうひとつある」

「また示唆に富む点ですか？」

「なにも気づかなかったのかね？」

「わけのわからない話をあなたから聞きだすとすぐ」ハドリーはぴしゃりと言った。「おそらく正しい推理の道筋をたどっているのだと、わたしは考えはじめるんですよ。ええ、認めますとも。でも、やはり気に食わない。博士、そのうちいつかね、あなたは失敗しますよ。それも世界で類を見ないほどの失敗を。リーパーの一行をまたここに閉じこめたがっているのはなぜですか？　現場の家を見たいのならば、みなさんをここに呼びもどさなくてもできたんじゃないですか？　あの人たちがロンドンにいれば、せめてわたしは目を光らせておけると思っていたんですよ。でも、ノースフィールドではそのようにできる気がしない」

しばしフェル博士は返事をしなかった。車はノースフィールドの村の緑地をまわり、速度を落として教会の隣の砂利道に入った。道は指紋検出粉を振りかけたように薄く雪をかぶっている。ゆるやかな下り坂の突き当たりで生垣がカーブして、四つの扉荘の小さな庭がひらけていた。この家はクイーン・アン様式で、広大でありながら同時に圧縮されたように見えた。まるで建築家があまりにたくさんのアーチ型の窓を厚い壁に詰めこもうとしたようでもある。煉瓦《れんが》は煤《すす》で汚れた色。窓枠の外装と同じく白く塗ってある玄関のドアは、家自体のどっしりした正面と同じように四角だった。枯れた藤が正面の壁にくっついていた。そして、中央の煉瓦敷きの小道に突然現れたのは、草で仕切られ日時計のある小さな庭。これも正面にくっついていた。あきらかにロンドンからの一行が駅から到着したあとらしい。大きな黒いセダンが一台、切れたロープを屋根の荷物ラックから垂らし、車寄せにバック駐車している。家のむこうには丘の斜面、そして一本のニレの巨木が空を背景にそびえていた。東から吹く風が正午を告げる教会の鐘の音をくっきりと運んでくる。

一同はこの家をしばし見つめた。そのあいだも風が茂みを揺らし、雪の小さな辻風が日時計のまわりで踊っていた。

「わたしの言いたいことがわかりますか?」ハドリーが訊いた。

「いやわからんよ」フェル博士は言う。「絶対に危険などないというわしの保証を受け入れてくれんか?」

車がとまり切らないうちに家のドアが開き、サー・ジャイルズ・ゲイが彼らを迎えた。戸口で、深い淵のへりに立ったときのようにかすかに震えていた。このように寒いなかでも家のあるじの多くは客を出迎え、あるいは見送るのだ。彼はそれでも好奇心を見せてほほえんでさえいて、瞑想でもしているように手をうしろにまわしていた。だが、本来はきっちり隙のないはずのネクタイはくしゃくしゃになっていて、挨拶の言葉にどこか重苦しさがあった。

「お入りください、みなさん。いまかいまかとお待ちしていたよ。わたしたちは一時間前に到着したばかりだが、そのあいだにもいくつか出来事があった。田舎の空気というやつは人におもしろい影響をあたえるようだね」

ハドリーは玄関前の階段でぴたりと足をとめた。

「いやいや」あるじは顔を皺だらけにして笑い、彼らを安心させた。「あなたが考えているようなことではない。別にたいしたことではない。田舎の空気はユーモア感覚をもたらすようだと言いたいんだよ。ただ、突拍子もなくてひねくれたユーモア感覚だし」――彼は暖かくて心地のよい玄関ホールを振り返った――「気に入ったとは言えないんだ」

「なにがありました？」

ふたたびサー・ジャイルズは振り返ったが、室内に入ろうという動きを見せない。

「ここでさまざまな室内ゲームをやったと、昨日話したのを覚えているかね？　紙のロバに紙の尻尾をとめるものなどのことだが？」

「覚えていますよ。それがどうしたね？」フェル博士が言う。

「あなたから全員でここにもどるよう頼まれたときは、一日だけなのか数日のことになるのか、わからなかった。いずれにしても、我が家に泊まって頂ける場合に備えて、諸君の部屋も用意した」彼はフェル博士に視線をむけた。「あなたのために用意した部屋に関係のあることなんだよ、博士。この三十分のうちに、何者かが大いにユーモア精神を発揮して、紙のロバの尻尾をあなたの寝室のドアに貼っていた」

一同は顔を見合わせた。だが、誰もおもしろいと思わなかった。

「しかも、それだけではないんだ」サー・ジャイルズが話を続けながら、首を伸ばしてドアの両端に探るような視線を投げた。「このユーモアのある人物はやりすぎた。あっぱれなほど独創性のある場所で——誰かが確実にすぐ見つけるだろう場所で——わたしはこれを見つけた」

彼がうしろにまわしていた手を前に突きだすと、小さな固い紙が握られていた。八×十インチほどの集合写真で、行楽地で待ち構えていてあとで写真を売りつけてくる商売上手なカメラマンが撮ったものだ。ケントはダーバン近郊にあるルナ・パークの「アトラクション」内部だとすぐにわかった。斜めの垂木や窓辺のレモネード・スタンドに見覚えがあった。写真は大きなスライドというのかシュートというのか、暗闇めがけて滑っていくやつのてっぺんにある広い台から撮影されたものだ。ダンの取り巻き全員が滑り台のてっぺんに立ち、ほとんどの者が笑顔をカメラにむけている——ただしメリッタは見くだしたような表情、そしてフランシーンは腹を立てているような表情だ。ダンの身体の陰になって見えない者が滑り台の起点に座っているらしく、滑りたくないと抵抗するそぶりがカメラにとらえられていた。

「さあ、裏を見て」サー・ジャイルズが写真を裏返した。

前に見たのとまったく同じ、活字体の手書きの文字があった。にじんだ赤いインクでこう書いてある。

あとひとり消す

14　赤いインク

「とても愉快じゃないかね？」サー・ジャイルズが訊ねた。「これを見て、腹の皮がよじれるかと思った。とにかく、うちに入ってもらおう」

　四つの扉荘はセントラル・ヒーティングでホテルと同じように暖かかった。あるじは一同を案内して快適な玄関ホールを通り抜け、さらに暖炉の火も輝くラウンジへ入った。大きな家だ。左右に支柱のあるドアの上には扇窓、高い天井と壁の見切りは白い木の廻り縁で、サー・ジャイルズはそこを掛け値なしに心地よい家具で埋め尽くしていた。ほかに誰の姿もない。だが、彼は両開き戸を閉めた。

「どこでこれを見つけたんですか？」ハドリーが低い声で訊ねる。

「ああ、その点も絶妙なユーモアにあふれていてね」この家のあるじが言う。「手を洗おうと浴室に行ったんだよ。そしてタオル置きに手を伸ばして一枚引っ張ったら、重なったタオルのあいだからこのメッセージが落ちてきた」

「いつのことです？」

「十分も経っていない。ところで、ひとつわかっていることがある。わたしたちが十一時に到着したときは、こんな茶番劇の愉快な小道具はタオルに隠されていなかったということだ。いいかね、わたしは料理人をひとりとメイドをふたり置いている。わたしたちが帰ってきたときにメイドのレティはちょうどこの浴室の掃除を終えたところで、あたらしいタオルを置いていた。だから」

「この件を知っているのは、あなたのほかに誰がいますか？」

「そこにこいつを置いたユーモアのある人物だけだよ。わたしがレティになにか言うほど分別がないと思わないでもらいたいね。それから、誰にも気づかれないうちに――そう願うよ――ロバの尻尾もドアから外しておいたからな。いつ置かれたのかさっぱりわからない。冗談はこれだけじゃ済まないと言うが、浴室をあとにしたときに気づいたんだ」

「なるほど。これにどんな意味があると思いますか？」

「友よ」サー・ジャイルズが背筋を伸ばし、ハドリーの目を見つめた。「わたしの意味するところはよくわかっているくせに。わたしは抽象的な意味ならば極上の犯罪を好むが、葬式は好きではない。こんなことはやめさせないとならない」彼は表情を変えるとためらいがちに、重重しくケントに話しかけた。「貴殿。きみには謝らないといけないね」

「ありがとうございます」サー・ジャイルズに好感を抱いているケントは言った。「でも、なぜです？」

「わたしは少なからず、きみを疑うようになっていたからだよ。その――きみはフェル博士や警視と一緒だったんだね？　十一時から十二時までのあいだだが？」

「ええ。その時間、ぼくたちは警察署にいました。でも、なんだってぼくを名指しして疑うんですか？」

「なぜって、率直に言えば」サー・ジャイルズはさっぱりとした表情で答えた。「きみが昨日ホテルに登場した経緯は真実にしてはできすぎているようだからだよ。それに、ミセス・ジョセフィーン・ケントに少なからず関心を抱いていたという根強い噂もある」

「そういうのはあとでいいです」ハドリーがぴしゃりと言ってフェル博士にむきなおり、写真を差しだした。「これでも危険はないと保証してくれるんですか？　その保証にこれがなじみますか？」

博士はシャベル帽を脇に抱え、杖を腰の出っ張りあたりに立てかけた。やや苦労しながら眼鏡をかけ、写真をしげしげとながめた。

「ロバの尻尾は気にせんでいい。そんなのはむしろ、節度があるくらいだよ。わしには織物職人ボトム（シェイクスピア『真夏の夜の夢』の登場人物）のようにロバ頭になる運命がふさわしいと思うこともあるからな。そうは言っても、このこじらせかたは断じて好きにはなれん。何者かが不安を募らせておるな」博士はサー・ジャイルズを見やった。「これは誰の写真ですかな？　前に見たことは？」

「あるよ、これはわたしのものだ。詳しく言うと、あなたたちが知っているかどうか知らないが、リーパーが写真を撮ってもらうことに情熱を燃やしていてね。アクアプレーン（二十世紀初頭、水上スキー登場以前に流行した類似のスポーツ）に乗った彼の友人たちや、ビールのグラスを掲げた友人たちの写真などを何枚もわたしに送ってきたんだ」

「ふむ、なるほど。最後にこの写真を見たのはいつですかな？」

「書斎の机の抽斗《ひきだし》にあったと思う。ほかの写真と一緒にして」

「おかしなのはこの文句だけじゃない。こいつは普通の書き物用のインクじゃないね」フェル博士が写真裏の文字の厚さがあって剝《は》がれかけた表面を小指の爪で引っ掻いて調べる。「粘り気が多すぎる。どうやらこいつは」

「製図用インク。すなわち——」サー・ジャイルズが先まわりして答えた。「一緒に来てほしい」

彼は昨日に比べてますますこわばって見える。例の磨きあげた墓石みたいに固いカラーの光沢はそのままで、ほほえんだ口元さえもまぶしく見える。腹をくくったかのように、一同の先に立って部屋の奥にあるもうひとつの両開き戸へむかい、さらに奥の書斎として設《しつら》えられた部屋に入った。ここの窓は風にかきまわされる裏庭に面していた。煉瓦《れんが》の塀に門があり、教会の墓地にニレの木立。だが、書斎は暖炉の炎で温かく照らされてもいた。書棚や胸像が並ぶ伝統的な造り。ただし、突き当たりの壁に沿って二階への専用階段があり、この部屋は古いというより古めかしく見せてあるとわかった。あるじは階段をちらりを見てから、蛇腹蓋の開いた書き物机を指さした。

「ご覧のように、そこに製図インクが四、五個ある。さまざまな色のものが」彼はそう指摘した。「めったに、いや、まったく使わないものだ。ただ、冬はいやに時間が過ぎるのがのろく感じられて、ある年の冬に趣味で設計をしたことがある。写真裏の字を見ると、使用されたのはここにあるペンだと考えるしかない」

彼は黒インクの瓶の栓をもちあげた。栓の内側に広いペン先――製図用インクには一般的な仕様だ――が逆さに取りつけられている。試し書き用のものだ。彼はそれを一同に振ってみせた。ケントはサー・ジャイルズの表情が気に入らなくなってきた。

「この階段がどこに通じているか、あてられるのではないかね？　こいつのてっぺんのドアは、二階の浴室のドアと隣りあっているんだ。このユーモアの持ち主、このずるい奴は階段を使ってここに下りてきて、壁にらくがきする子供のように写真に走り書きして、また階段をあがるだけでよかったのさ」

ここで初めてハドリーは煮えきらない態度を取った。彼もまたこんな仕業《しわざ》が気に食わないらしく、一同がこの家に足を踏み入れてからずっと緊張感を漂わせていた。だが、彼はとても興味を惹かれた様子でサー・ジャイルズを見つめている。

「机には鍵をかけていますか？」

「いや。なぜそんな必要がある？　値打ちのあるものはなにも置いてない。蛇腹の蓋はいまと同じに、閉めてもいないことが少なくないよ」

「だが、写真はどこに置いてるんですかな？」フェル博士が訊ねた。「わしは写真を見るためにはるばるやってきたんですぞ」

サー・ジャイルズはすばやく振り返った。「なんと言われたかね？　なんのためにやってきたと？」

「写真を見るためにはるばると。どこにありますかな？」

あるじはズボンのポケットに手を伸ばした。そこで肩をすくめると、机の右手に並んだ抽斗をひとつ開けた。「申し訳ないが、ご期待には添えないだろうね」彼は冷笑するように言った。「たいして見るべき――なんだこれは！」

彼は急いで手を引っこめた。その指のあいだから滴《したた》るもの、服に飛び散らないように彼が後ずさったものは、血ではなかった。血のようには見えた。けれど、赤いインクだった。彼のまわりに集まった一同は、抽斗のなかは茜に染まる大混乱とフェル博士がうまいこと表現した状態を見て取った。抽斗にはたしかに写真が入っていた。無造作にむきだしのまま入れられたいろいろなサイズの写真もあれば、あきらかにサー・ジャイルズ自身を撮影したか本人が撮影した写真もあった。というのは、後者はもともとアルバムに貼ってあったものだからだ。そのすべてが引き剝がされて細かくバラバラにちぎられ、赤い製図用インクの瓶の半分ほどが注がれて、まるでプディングのようになっていた。

フェル博士はうめいた。サー・ジャイルズ・ゲイはうめかなかった。こわばったように手を伸ばして立ち、ハンカチで手を拭きながら、罵《ののし》りはじめた。あまりにも慎重に冷たく測ったように威厳をこめて罵るので、この男のあたらしい一面と、大理石の歯のあたらしい使用法を暴露することになった。彼は英語、アフリカーンス語、アフリカの黒人の言葉で毒づき、こまりものの下働きか官僚の皮を剝いでやりたいと思ってでもいるようだった。ゴルフ場で、誰かが六回目の簡単なストロークを打ち損なったときに聞こえてくる口調とまったく同じだと、ケントは思わずにいられなかった。サー・ジャイルズの首の静脈が浮きあがっている。

「できれば」彼は淡々とした口調を変えずに罵り言葉を続けた。「いいあるじだと言われたい。客人たちのことは気に入っている。滞在してくれてとても楽しかった。だが、これは――まったく！　これはやりすぎだよ。インクはまだ抽斗のなかで流れている。ここにこぼされて半時間経っていないはずだ。客人たちはどこにいる？　いや、教えてやろう。まちがいなく、それぞれが自分の部屋に座っているか立っているかだと言い張るさ。疑いなく、誰も外には出ていない。このあいだと同じだよ。あまりにも静まり返っている。それが逆になにかを物語っているんだ」

フェル博士はあごをかいた。「言わせてもらってよいですかな。あんたはちょっとばかり変わり者ですな？」

「お褒めにあずかりどうも」

「いや、冗談ではない。殺人がおこなわれても――しかも一件は自分の家だ――協力的で、思慮深く、落ち着き払っておる。殺人は知性に訴える問題で、あんたを刺激するはずだ。それなのに、誰かが分別のない内輪のいたずらであんたの手を汚すと、あんたは自制心を忘れて毒を吐きながら空を大きく一周する勢いだ。喉を切り裂かれても気にせんが、脚を引っ張られるのには我慢できん」

「殺人ならわたしは理解できる」サー・ジャイルズは目をむいた。「しかしこれは理解できないのでね」

「なんの意味も見いだせないとでも？」

「いや、それはわたしが判断することではない。だが、なにが起こっているのか知りたいね。これまでに〝何某《なにがし》〟が、彼あるいは彼女の正気の沙汰ではない殴り書きをするのは夜だけに限定されていた。それがいまや、このユーモアの持ち主は堂々と昼間に歩きまわって、くだらないことを書い――小切手帳！」サー・ジャイルズが急に口をつぐんだ。

今度は抽斗の荒れ具合も気にせず、彼は小切手帳をつかもうとした。いくらか安堵《あんど》しながら、キャピタル&カウンティーズ銀行の革表紙の小切手帳を取りだした。偶然にもまったく汚れていない小切手帳を、彼はおずおずと机に置いた。続いて田舎暮らしの者が小銭をもちあるくのに使うような小さな革のがま口も取りだし、カチリと音をたてて開けた。

「なにかおかしい」彼はいつもの口調を少し変えて言った。「いくらかなくなっているぞ」

「現金ですか？」ハドリーが言った。「金目のものは机に置いていないと言われませんでしたか」

「まったくそのとおりだよ、警視。置いてはいない。このがま口には、小包の受けとりだとかチップだとか、そういうのに入り用なときのため、銀貨を少々しか入れたことがない。いつ何《なん》時《どき》でも一ポンド以上はね」

「いくらなくなっていますか？」

「十二シリングでまちがいない」彼は自信たっぷりに答えた。「これもまた絶妙なユーモア感覚のなせるわざだと思うかね？」

ハドリーは深呼吸をしてから、サー・ジャイルズと同じくらい腹立ちをにじませて部屋を調べた。赤い製図用インクの瓶をハンカチに包んで机から拾いあげた。それを使って抽斗を洪水にしたことは疑いようがない。ほぼからになっていた。

「思うに決まってますよ」彼はぶつくさ言った。「内輪のいたずらの線を追って、指紋の保存を心がけているところです。フェル博士、帽子収集狂の事件を思いだしますよ。あのときは、悪ふざけのひとつに対する答えが殺人事件の答えでもありましたからね。ほら」ハドリーは黙りこんで頭を冷やした。「いますぐ解決してしまいましょう。どなたか——あなた」彼はケントに視線をむけた。「ほかのみなさんを呼んできてもらえませんか？ いや、あなたは使用人を呼びにやる必要はありません、サー・ジャイルズ。使用人はいますぐ全員ここに集めたい。あなたに呼んできて頂きたいのです。まず使用人から話を聞くことにしましょう。ふたりのメイドを置いているのに、まったく目撃されることなく、このようないたずらを仕掛けることができたとは解せない」ハドリーはケントに対してきっぱりと言葉を継いだ。「お願いします。みなさんになにを話してもらっても結構です。差し支えなどない」

ケントはこの部屋の階段をあがって二階の廊下に出た。急ぎ足になったのは考える時間を作りたくなかったからだ。四つの扉荘はこの時代の（正確には模倣した）建築様式の造りとして、きっちり長方形で、中央の廊下が家の横手方向の端から端まで走る格好だ。そして探す四人のうち三人は難なく見つかった。フランシーン、ダン、メリッタは二階の居間のような部屋で一緒に腰を下ろしていた。大きな張り出し窓が玄関の上に突きだしていた。三人は不満をこぼしているような雰囲気でガスの暖炉をかこんでいた。

ダンがぶすっとして挨拶を寄こした。

「きみはなかなか立派な友人だと言わせてもらおう。きみはゆうべ、ここにいる娘っ子と出かけた。それはよく理解できる。だが、今朝は起きてすぐ警察と出かけたな」

故郷の家に帰ったような雰囲気になった。

「ぼくが警察と出かけたのは」ケントは主張した。「フェル博士が黙認してくれたからさ。こんな厄介ごとからみんなが抜けだせる手がかりを、なんでもいいから見つけたかったからだよ。そして実際、いまではいろんなことがわかった」彼はあたりを見まわした。レイバーンの不在がはっきりと目立つ。「ハーヴェイはどこだ?」

ダンの直感は人を動揺させるくらい鋭い。たぶん、メリッタより鋭いくらいだ。彼は最前は肘を横に突きだし両手を膝に置いて座っていた。それがいまは巨岩を梃子《てこ》でもちあげようとしているように立ちあがっている。シャネルのドレスに身を包んで彼の隣に座るメリッタは、不服な表情でどしりと構えている。ダンの反対側の隣ではフランシーンが煙草を吸いながらじっと注意を傾けているようだ。ケントはこの瞬間の彼女たちをいつも思いだすことになった。この故郷の家に帰ったような雰囲気は、ヨハネスブルグ郊外のパークタウンにある鮮やかな色合いのヴィラと結びついていると思えたからだ。今朝ここで起こったことは、身内の口論がこじれてしまったようなものだった。意志のぶつかりあい、あるいは誰かの酒棚に突撃するだとか、ドアを開けたらものが落ちるよう仕掛けておくとかのように趣味の悪い冗談だ。最悪なのはそれが現実であること。起こる可能性のあったことが実際に起こってしまった——殺人に発展する規模で。そしてダンは何事かを察した。ガスの暖炉に近づきすぎて、ツイードのスーツの焦げるにおいがしそうだった。

ダンは言った。「ハーヴェイ？　煙草を吸ってからパブへ行ったが。どうした？」

「誰かが悪ふざけをしたんだ」ケントはそこで黙った。今朝おこなわれた行動はどれも人を小馬鹿にしようとした滑稽《こっけい》な試みにもかかわらず、正確にはただの悪ふざけではない。「あなたたち三人はいつからここにいるんだ？」

「メルとおれはいま来たばかりだ。フランシーンはずっとここにいた。どうしたと訊いているだろう？」

ケントは詳細を伝えた。

三人の反応は興味深そうでもあり、そうでもないようでもあった。みんな黙りこんでしまった。メリッタが休暇はさんざんなものだといつも訴える、あの空気に呑まれたようだ。まるで海辺の宿に泊まったら二週間、雨が降りつづいたように。どんなきっかけがあったのか、ようやくダンが我に返った。

「そんな悪ふざけは生まれてこのかた聞いたことがないぞ！」彼はそう言い、部屋の隅に犯人が潜んでいないかと目で探った。「整理させてくれ。誰かが写真を奪い、その裏に文字を書き、タオルのあいだに入れる。残る写真をすべて引きちぎり、赤いインクでずぶ濡れにする。そして十二シリングを盗む――なんだそりゃ！　なんでそんな小銭を盗む？」

「たしかに」ケントも気づいた。ついに全体像のうちどこがおかしかったのかわかった。「どこか嘘っぽいと思っていたら、あなたが指摘した。金だ。ほかの部分はひねくれたユーモアかもしれず、なにかしら説明はつくかもしれない。それならぼくにも理解できる。でも、金を盗むのは他となじまない」

「まったくの別件かもしれないぞ」ダンが指摘する。「メイドのひとりが金を盗んだといったようなことだったら？」

「ジェニーは全然もってませんでしたよ」メリッタが口をはさんだ。

「なにを？」

「銀貨も銅貨も、小銭はなにも」彼女はおとなしく返事をした。「ホテルのあの人のハンドバッグのなかには。わたしは知っているんですよ、所持品を調べてくれと言われたから」

そのとおりだった。ケントはメモに書きとめたことを思いだした。堂々とした鼻が今朝はピンクがかっているメリッタはいつもの調子が出てきた。

「わたしがなにを言ってるのか自分でわかっていないなんて、指摘してこないでくださいよ。あのときとても変だと思ったし、ミスター・ハドリーにもそう言いましたよ。だって、旅をするのなら、いつだっていくらか小銭はもっておくものですからね。ジェニーがいつもそうしていたのは絶対確実ですよ。小銭があのバッグにないのを見て、誰かが盗んだに違いないと思いました。もちろん、そんなことを言ったらいけないとわかってましたが」

「だが、あの子は紙幣で三十ポンドもっていたが、手つかずだったぞ」

「ええ、たしかにその金額をもっていましたけどね、あなた。でも、どうしてそれを知ってるの？」

「おれがその金を警察から預けられたんだよ」ダンがつっけんどんに言い返した。あきらかにメリッタのあてこすりには気づいていない。「誰かが責任を担わないといけないからな。後始末をするのはこのおれだ。それはいい。おれが遺言執行人だ。ただ、こんなたわごとはやめさせたい。きみは、誰かがしつこく銀貨や銅貨を盗んでまわる一方、額の大きな紙幣には手をつけてないと言いたいのか？」

「そんなこと、わたしにわかるはずないじゃありませんか、あなた」メリッタは頭にきているのに冷静沈着に返し、スカートの皺《しわ》を伸ばした。「祖父の口癖のように――」

ダンは一瞬、うつむいた。

「メル」そして彼は声をかけた。「言いたいことがある。こんなことを言っても誤解しないでくれ。おれはきみの夫だ。世界の誰よりきみが好きだ。もしきみがそんなことを言わないでくれたらな！　おれの言いたいことはこうだ、正直になろう。きみのじいさんなんかくたばれ、ライオネル伯父さんも、ヘスター叔母さんも、従兄弟《いとこ》のなんとかかんとかも、たまりにたまったありがたい知恵も全部。おれほど親戚に悩まされている男はいないぞ、しかもひとり残らず死んでいるときている」

「落ち着いて！」ケントがたしなめると、ダンはふさぎこんだ様子で窓辺へむかった。「今度の件でみんなこんなにも神経がすり減ってるのに」

「そのようだ」ダンが認めた。「すまない、メル。きみの笑い声がまた聞けるなら、なんだって差しだす。さあ、これからどうしたらいい？」

「ハドリーを満足させるには、十一時にここへ到着してから、そうだな、十一時四十五分までのあいだ、どこにいたか証明できればいいんだが」

「図書室だ」ダンがすぐに言った。「本をあれこれいじりながら、みんなどこにいるのか、そもそもおれたちはなぜここにいるのか考えていた」

「それはサー・ジャイルズの書斎ということかい？」

「いや違う。図書室は家の反対側にある」

「ハーヴェイは煙草を吸ってからパブへ行ったと言ったね？　何時頃のことだ？」

「ここに到着してすぐと言っていいくらいの時間だ。ここまでおれたちを送ってきた運転手と一緒に歩きで出ていったよ。つまり、彼は容疑から外れる――またもやね」

ダンもケントも、めずらしく黙りこんでいたフランシーンを見やった。「クリス、できることなら」彼女は暖炉の炎を見つめながらほほえんだ。「わたしを疑ってるんでなければいいけど。あなたの壮大なハードウィック犯人説はみんなにも話した。ということは、あなたに疑われない人はいないってことね」

「そんなつもりはなかった」フランシーンに対して思っていたのは、ゆうべのことが引っかかっているということだった。おたがいにもう少しで自分の気持ちを打ち明けそうになっていたが、彼女の気分が壁のようにふたりのあいだに立ちはだかっていた。だが、いま自分の思いを口にするつもりはなかった。「警察がきみにすぐ質問するつもりだと言いたかったんだ」

「あら、そうなの。わたしはずっと二階にいたわ。もとの自分の部屋とこの部屋しか行き来してない。一階には全然下りなかった」

「メリッタは？」

「お風呂に入ってましたよ」

沈黙が流れた。「風呂に入っていただと？」ダンが繰り返した。「こうしたことが起きるとき、きみはいつも風呂に入っているようだな。いつ？　いや、どこで？」

ここでメリッタは笑い声をあげたのだった。正直で飾らない声だった。「本当にそうね。わたしがいるのはたいていその一カ所だわ。でも覚えてますよ、結婚したての頃、あなたは雨水を溜める大桶にお風呂を準備してくれたものだったけれど、そのたびにこのおしゃべりオウムさんは溺れそうになったわね。どこって、もちろんわたしは浴室にいましたよ。あなたはおそろしく朝早くわたしたちを起こして、ここへ連れてきたでしょう。だからホテルでお風呂に入る時間がなかったんですよ。レティだかアリスだか、メイドを呼んだの。たしかレティのほうね。彼女がわたしのために準備してくれた。わたしたちがここに到着してすぐのことよ。彼女が浴室の掃除を終えて、あたらしいタオルを置いていたとき、湯船に湯を張ってくれと頼んだから知ってるの」

ケントは訊ねた。「それで浴室にはどのくらい、いたんですか？」

「そうねえ、たっぷり四十五分はいたんじゃないかしら」彼女は額に皺を寄せた「お湯を二回替えましたよ。それに、あの素敵な教会の時計の鐘の音もあったたし。家にいながらにして聞こえるなんてとても素敵だと思いますよ。わたしが湯船を出る前、十一時半、それから十一時四十五分にも鐘が鳴ったから」

「タオルは使いましたか?」

「おかしなことを言って! もちろん使いましたよ。二枚ね。そのときは写真なんかはさまってませんでしたよ」

ケントはゆっくりしゃべった。「ぼくたちは教会の時計でちょうど十二時にここへ到着したんです。鐘の音を聞きましたから。サー・ジャイルズが玄関で、問題の写真を手にしてぼくたちを迎えた。彼は写真を浴室で見つけたと言ったんですけど」

「あなたたちがここへ来たのは、たしかに十二時だった」フランシーンが口をはさんだ。「この窓辺に座って見ていたの。そしてサー・ジャイルズが後ろ手に写真をもって立っているのも見た。でも、自分から降りていって何事か訊ねるつもりはなかった。余計な口出しをするなと言われたくなかったんですもの」

「待って!」ケントは催眠術にかかったような気分になって言った。「サー・ジャイルズは浴室で写真を見つけたのは十分前だと言ったんだ。いや、正確には〝十分も経っていない〟だな」

メリッタがふたたびスカートの皺を伸ばした。「いいですか、誰かの人格を攻撃するようなことは言いたくありませんけどね。クリス、あなたは覚えているでしょうし、それにダン、あなたには警告したはずですよ。もちろん、あの人は浴室で写真を見つけたのかもしれませんけどね、どうしてそんなことができたのか、わたしにはさっぱりわかりませんよ。だってわたしは、十一時四十五分の鐘を聞くまで湯船を出なかったんですから。そういえば、あの鐘を聞いたからわたしは入浴をそこまでにしたのよ。それから身体を拭いて浴室をざっと片づけ、窓の上の部分を開けて湯気を逃がして、ほらこのとおり、やっと服を着たところですよ」

ダンの顔色が変わった。

「するとあの古狸《ふるだぬき》が自分で写真にいたずら書きしたと思ってるのか？」

「ぼくが思うに」ケントはきっぱりと言った。「みんなで一階に降りてメリッタにこの話をさせたほうがいいですよ。ぼくたちがここで話をでっちあげたと、ハドリー警視たちから思われないために。でも、今朝の出来事はすべて、妙な点ばかりがあるな。サー・ジャイルズの態度もおかしかった。ハドリーだっておかしかった。なにか頭にあるようだったよ。ぼくが二階にあがって洗いざらいあなたたちに話をすることに反対もしなかったんだ。それどころか、そうしろと勧めたようなものなんだ。もっとも、ぼくにこの話をぶちまけさせて、どうなるか反応を見たかったんだろうけど。絶対に、見えないところでなにかが進んでる。それがなにか知りたいものだよ」

ほんの二分後にはそれがなにか、彼は知ることになった。

15 対決

ケントがドアノブに手をかけたところで動きをとめたのは、ハドリーの声が聞こえたためだった。荒らげた声ではなかった。商談でもまとめているような淡々とした口調だったが、ケントは以前とはとにかく異なる口調を聞きとったのだ。

書斎に直接通じる専用階段のてっぺんにあるドアは二、三インチ開いていた。下を見ると、斜めに傾いた劇場を覗いているようだった。とは言っても、顔の皺《しわ》のひとつから視線の移動まで、すべての動きを追えるくらいには近い。足元には茶色の絨毯《じゅうたん》が敷いてあり、古典的なバラの模様は褪《あ》せていた。シャンデリアのむこうにハドリー警視の頭。ハドリーは暖炉の隣に腰を下ろし、こちらに背を見せ、奥のほうに顔をむけていた。彼のむかいにサー・ジャイルズ・ゲイが座り、胸の前で指を軽く組んでいて、その場の一同を観察でもしているようだった――商売の提案に耳を傾ける実業家といった風情だ。暖炉の炎がサー・ジャイルズの顔、彼の警戒した小さな顔をはっきりと照らした。フェル博士の姿はどこにもない。家の周囲では冬の午後に風が強まっていた。家の奥からは昼食に準備されている温かい料理のにおいが漂っている。

ハドリーはこのような言葉を口にした。

「それから、いまはふたりきりですから、わたしにわかっていることを少々お話ししたいと思いましてね」

ケントは強い身振りであとに続く三人を止めて静かにさせるまでもなかった。三人とも息を殺して話の続きを待ち、耳を傾けていた。

サー・ジャイルズはかすかにうなずき、その提案に同意した。

「いまのメイドの証言を聞かれていかがですか？　アリス・ウェイミスの」

ふたたびサー・ジャイルズはうなずいた。

「机の抽斗《ひきだし》の件で彼女の言ったことを聞きましたよね。いつもあなたが鍵をかけていると言ったことですが？」

「聞いたよ」

「それは本当のことですか？」

「なあ、警視。アリスにとってはあの抽斗に鍵がかかっているかどうかは関係ないはずだ。たしかに知っているのだとしたら、手癖という点で彼女を信頼できなくなるね」

ハドリーは身を乗りだした。

「抽斗の鍵をもっていますか、サー・ジャイルズ？」

「そのはずだよ、どこかにある」

「その鍵をいま、ズボンの右のポケットに入れていますか？」

サー・ジャイルズは、イエスともノーとも答えなかった。彼は間を置いて、その質問はなにも意味がないとでも言いたげにかすかに首を振った。

「もうひとりのメイド、レティ・キングの話も聞きましたね？　十一時になったすぐあとに、ミセス・リーパーのために風呂の準備をしたと話しています。そしてミセス・リーパーは十一時五十五分まで浴室に残っていたといいます。レティがそれを知っているのは、浴室を掃除する必要があるかもしれないので、気にしていたからだそうで」

あるじはとまどったようだ。「そのとおりだったよ。わたしはどれひとつとして否定しない。この〝十分〟に写真を見つけたとあなたたちに話したとき、たぶん腕時計で時間を確認すべきだったんだろう。たぶん、五分と言うべきだったんだろうね。だが、わたしは腕時計を見なかった。わたしは一階へ降りて、レティがタオルを置いたときに写真がなかったか訊ねようとした」

「つまり、あなたはミセス・リーパーが写真を浴室に置いたと思われるのですか？」

「おいおい、勘弁してくれ！」サー・ジャイルズはなんだか多少がっかりしたように言った。「そんなことは思ってない。誰が写真を置いたか知らないんだ。知っていればいいんだが。あそこに写真を置くのにはたぶん十秒かからない。ミセス・リーパーが浴室を離れたあとでも、いつでも好きなときに置ける」

しばらく間があいて、ハドリーの口調はいかにも楽しげになった。聞いていてあまり気持ちのいいものではない。

「サー・ジャイルズ、自分に反対する者はみんな目が見えないも同然だと考えてらっしゃるんじゃないですかね。この事件の冒頭からわたしたちは目が見えていないと、考えてらっしゃるようだ。わたしには必要以上にあなたに迷惑をかけないようにとの指示が出ています。あなたは自分が便宜をはかってもらっていると知っている。だから、あなたにしっかり迷惑をかけられるだけの情報を手に入れるまでは、この話をもちだすのをためらっていたんですよ。だが、今朝のあなたの話を聞いてからは、いたしかたありません。あなたがわたしに嘘ばかりついていたのは、明白な事実です」

「いつからかね？」あるじは興味を惹かれて訊ねた。

「昨日からずっとですよ。でも、今日のことから始めましょう。フェル博士の部屋のドアに〝ロバの尻尾〟がついていたという話はでたらめもいいところだ。そんな脚色などいりません。ほかの客のみなさんに、フェル博士やわたし自身がここに泊まるのではないかと話しましたか？　よく考えてから答えてください。みなさん、どうだったか覚えているはずですからね」

「いや。言わなかったと思うが」

「もちろん、あなたは話しちゃいない――サー・ジャイルズ。それに、客の誰かがたとえフェル博士がここに泊まると予想したとしても、どの部屋がフェル博士に〝用意した部屋〟なのかわかりますかね？」

その純然たる事実を指摘されサー・ジャイルズの額に赤みが浮いてきたが、彼はまだ商談中のような雰囲気を保っていた。

「わかりきったことだと思うがね」彼はためらうことなく答えた。「あなたたちがここへやってくるのは。知ってのとおり、この家には客用寝室が八つもある。客人たちはもとの部屋を使うことになるだろう。そして、ミスター・ケントが殺害された部屋に泊まらせるはずはない。ミスター・クリストファー・ケントの部屋はほかの客人の近く。そうなると二部屋しか残らない。外す余地などたいしてないんだよ。だから、ロバの尻尾はあなたにむけたものだったという可能性はある」

「ここだけの話ですが、そんなたわごとに固執するつもりですか？」

「〝ここだけの話〟をする必要などない。あなたにもいずれわかるさ。わたしが固執しているのは真実だぞ」

暖炉の炎にはどこかスレートに似た石炭がくべられていた。パチンといって弾け、サー・ジャイルズの冷静で興味深そうな顔を照らす光を歪《ゆが》ませた。ハドリーは椅子の横へ身を乗りだして写真を手にした。

「裏の文字を見てみましょう。筆跡鑑定人を呼ばなくても、ホテルの札に〈死んだ女〉と書いたのと同じ人物による字だと考えてよさそうです。あなたも賛成されますか？　ええ、わたしもです。で、このメッセージは今朝の十一時から十二時のあいだに書かれたということでしたよね？」

「どう見てもな」

「違いますね。それはあきらかですよ、サー・ジャイルズ」ハドリーが言い返した。「フェル博士が気づいている。たぶん、あなたも彼が小指でインクを引っ掻いていたのを見たでしょう。これだけ厚みのあるインクは乾くまで相当時間がかかる。それにこの文字は乾いているだけじゃない。剝《は》がれてきていて、ふれるとぼろぼろこぼれるくらいです。見ればわかる。そのメッセージはたっぷり一週間前、あるいはもっと前に書かれたものですよ」

やはりサー・ジャイルズは釣られようとしなかった。ケントの記憶にある、簡単なゴルフのストロークを打ち損なったという妙な印象を見せたときと同じく、ほのかな怒りをその目に浮かべていて、本人もそれを自覚していた。だが、彼は固く組んだ両手をさまざまな角度からながめていた。

「わたしは意見を述べただけだ、友よ」

「わたしも事実を述べました――サー・ジャイルズ。このメッセージが本当に今朝書かれたものでなければ、破られた写真と飛び散ったインクの件にまったく説明がつかないようです。だが、メッセージは今朝書かれたものではない。これまでは、フェル博士とわたしにはこの事件について意見の相違がありました。だが、この件については意見が一致しているようで……別のことに話を移しましょう。あなたはあの抽斗にいつも鍵をかけていると、メイドが断言しています。一方、あなたは抽斗がいつも開いていたと言い張っている。それはまあいいとしましょう。ただし、あなたはあの抽斗を開けて写真を取りだすよう頼まれて、とっさに右のポケットの鍵に手を伸ばしましたね。そこで、抽斗に鍵はかかっていないことになっているのを思いだした。それでこれ見よがしに抽斗に手を突き入れ、赤インクを手につけて、大げさに驚いてみせた。誰でも手を入れる前にはなかを覗くものでしょう。しかしあなたはそうしなかった。わたしは同じ失敗をした泥棒をふたり、空き巣をひとり知っていますよ」

しばらく考えこんでから、サー・ジャイルズは椅子に座ったまま脚を組んで身じろぎをして、居心地をよくしようとしているようだった。

「あなたはかなり長く語ったな」彼はつぶやいた。「今度はわたしが話す番だ。あなたは、わたしがすべてをでっちあげたと非難しているという理解でいいか？　わたしがタオルに写真をはさんだ。自分の抽斗のなかのほかの写真を破き、そこにインクをこぼしたと？」

「そうです。抽斗のインクはあたらしかった」

「まさしく。だったら、わたしは頭がおかしくなったと非難されているのかな？　あなたの攻撃にはふたつの側面があるが、その二つは並び立たない。まず、わたしがこのふざけた行為のすべてをほぼ一時間のうちにやったと、あなたは言っていることになる。続いて、前言を翻《ひるがえ》すように、写真の文字は一週間以上前に書かれたものだと言う。どっちなんだね？　ミスター・ハドリー、理解できるものならば、あなたの疑問に答えるべく努力するが」

「たいへん結構。ではまず――」

「待て。ときにわたしは、自分の金から十二シリングを盗んだと非難されているのかね？」

「いいえ。金がなくなっていると気づき、あなたは心から驚いていた。そこがほかの点とは異なるところです」

「ほう。では、わたし以外の何者かが抽斗にふれた可能性は認めるんだな？　ここまであなたは、抽斗の鍵をもっている人間はわたしだけだという事実を前提にしてきたというのに。細かな点に固執してすまないがね」サー・ジャイルズは謝り、歯を見せてほほえみはじめた。「あなたの告発はまったく根拠のないものを前提にしているが、せめて一貫性は求めたいね」

ここでハドリーの口調がふたたび変わった。このときのケントは、彼の目を見たいとは思わなかった。

「では大きな事実を突きつけますかね、サー・ジャイルズ。あなたはミセス・ジョセフィーン・ケント、かつてのミス・ジョセフィーン・パークスとずっと前から知り合いだった。彼女が四年と少し前にイギリスを訪れたときに」

ふたたび暖炉の石炭がピシッと弾け、炎が一瞬膨れた。燃える石炭の粒がサー・ジャイルズのほうへ飛んできたが、彼は気づかなかった。目を丸くしている。

「それはたしかに見過ごせないことだと認めよう。本当のことだとあなたが思っているならの話だがな。しかし、彼女がイギリスにいたことがあるなどと、なにをもってあなたは信じているんだ？　彼女の友人も身内も、誰もが彼女は生まれてこのかた南アフリカを離れたことがなかったと話すのを聞いただろう」

「ええ」警視は険しい口調で言う。「聞きましたよ。彼女は旅などしたことがなく、旅が大嫌いで、南アフリカ国内での短い移動でさえも耐えられなかったのだとみなさんが断言するのを。しかし昨日、わたしは彼女のトランクを見たのです――フェル博士にうながされて。あなたはあのトランクを見たことがありますか？」

「いいや」

「あるはずですがね。古く、使いこまれて、擦《す》りきれたものです。列車や船で長年使われてきたものだと、見ればわかる。あのトランクはたしかにミセス・ケント本人のものです。たとえば、旅慣れた誰かから譲り受けたとか、そういうものではありません。ジョセフィーン・パークスという結婚前の名前が、剝がれかけて褪せた文字で書いてあった。トランク同様に古い文字がね。トランクそのものと同じ数だけ旅してまわったに違いない文字だ。どういうことかおわかりですよね。トランクは彼女が使っていたものなのです」

階段のてっぺんでケントは振り返り、ダンを一瞥《いちべつ》した。廊下の暗がりで彼は後ろめたい表情をしている。彼の抑えた息づかいが聞こえる。誰ひとりとして盗み聞きといういにしえからの風習をためらう者はいなかった。全員が耳を澄ましている。そしてケントはすり減ったトランクの、すり減った名前の文字をあまりにもはっきり覚えていた。

「それに、彼女が列車酔いや船酔いにどれだけ弱いかも聞いていました。もっとも、彼女は今回の船旅で悪天候に立ちむかうことのできた数少ないひとりだったのですが。いや、いまはその点はお気にならさず。ただ、わたしたちは彼女が三年前、ヨハネスブルグに思いがけず〝姿を現した〟と知りました。彼女はローデシアの実家からやってきたのだと言ったそうです。そしてかなりの財産をもっていることに誰もが驚いた。彼女の話では亡くなった両親から〝相続した〟ものだったと」

「だが、そうは言っても」

「しばらくご辛抱を、サー・ジャイルズ。その点は調べる価値がありました。調べましたよ。手元には彼女のパスポートがあった。正確には、ロドニー・ケント夫妻に発行された夫婦合同パスポートです。昨夜その件でプレトリアに電報を打ち、返事をもらいました。合同パスポートを取得するために、彼女は以前のパスポートを南アフリカ連邦に返却しなければなりませんでした。旅券番号四五六九九五、ミス・ジョセフィーン・パークスに発行されたものを」ハドリーは悠々とブリーフケースを開き、書類に目を通した。「ここに入国審査のスタンプがあります。

彼女は一九三二年九月十八日、サウサンプトンに上陸した。その後、さまざまな時期に何度もフランスを訪れている。ここに日付の記録があります。だが、彼女はイギリスを住まいとしていた。一九三三年十二月二十日、彼女はイギリスを離れ、一九三四年一月六日にふたたびケープタウンに上陸した。これでご納得いただけますか?」

サー・ジャイルズは魅入られたように軽く首を振った。

「もちろん、あなたの集めた事実を否定などしないよ。だが、そうは言っても、それがわたしとどんな関係があるんだね?」

「彼女がイギリスにやってきたのは、あなたに会うためでした」

「いや、そんなことを証明できるかね?」

「証明しました。ここに書類があります。思いだして頂きたいのですが、当時あなたは南アフリカ連邦の次官だったのですから、こちらに見覚えがあるはずです。ミセス・ケントは渡航目的について、なにか職を探すつもりだと申しでて、必要事項を書きこむよう書類を渡されました。彼女は堂々とこんなことまで書いています。〝友人のサー・ジャイルズ・ゲイに会って、仕事を紹介してもらいます〟と。ご覧になりたいですか？　昨夜、南アフリカ・ハウスから手に入れました」

「ひとついいかね。わたしがあの職務についていた頃の繁忙期、オフィスにどれだけの人が訪れたか少しでも想像がつくのかね？」

「彼女はあなたの友人ではなかったと？」

「ああ、違うね。あの女性には一度も会ったことなどない」

「では、これを見てください。南アフリカ・ハウスでは、これが異例で聞いたこともないような扱いだと言われたんですよ。直接、個人的に介入したことがわかります。ここに〝個人で面接、申し分なし〟と書いてあり、あなたの署名が添えてある。これがご自分の筆跡かどうか確認できますか？」

サー・ジャイルズはハドリーが差しだした書類を受けとろうとしなかった。かわりにいきなり椅子から立ちあがり、書棚に置いてある死者たちの大理石の胸像に見おろされながら、部屋を苛立たしげに歩きはじめた。暖炉の炎はいまではくすぶっており、それほど明るくなくなっている。サイドテーブルの葉巻収納箱の前で足をとめた彼は、指で蓋をトントンと小突いて開けると、葉巻を一本取りだした。警戒しているというより、かなり考えこんでいる様子だ。振りむくことなく彼は語りかけた。

「いいかね。あなたはリーパーの一行がここに到着する前から、あのミセス・ジョセフィーン・ケントという人物が本当はミス・ジョセフィーン・パークスという人物であることを、わたしが知っていたと言いたいのか？」

「どちらとも言えません。彼女は姓が変わっていたので」

「だが、わたしは彼女が何者か知っていたはずじゃないか？　ここに写真があった。リーパーが最近送ってきたものだ」

ハドリーはいったん間を置いてから答えた。

「ええ、あなたは写真をもっていましたね、サー・ジャイルズ。だからこそ、すべて破って赤インクで見えないようにしたのです」

「恥ずかしながら理解が追いつかないね」

「つまり」ハドリーは少々声を荒らげた。「抽斗に入っていたのは、ミスター・リーパーが送ってきた写真だけではなかったんですよ。あなたのものである古い写真がたくさん入っていた。アルバムに貼ってあったものがね。きっとそのうち何枚かに、あなたとミセス・ケントが一緒に写っていたものがあったんでしょう。だから、写真は破棄しなければならなかった」

サー・ジャイルズは鋭い音をたてて葉巻の箱を閉め、振り返った。

「想像力がたくましすぎる。すべて明確で筋が通っているようでありながら、基本からすべてまちがっているぞ。わたしがどんな人間だとしても、そこまでいかれた男ではない。あなたの説は穴だらけだね。その話が本当ならば、事前にそんな証拠を破棄する時間は何週間もあったことになる。それなのに、今朝ぎりぎりまでわたしは実行するのを待ったと、あなたは言っているんだぞ。しかもわたしは自分からわざわざその点に注目をうながしたと。そこをあなたはどう説明する?」

「あなたが説明してくださるのを待っているんですがね」

「説明できないという意味だな? 整理するぞ。裏にあきらかな脅迫文と見える言葉が書いてある写真がある。あなたによれば、インクの乾き具合から一週間以上前に書かれたものだ。わたしが今朝、わたしの知らない目的で、仕掛けに使おうとしているものなのに。ほかになにか言いたいことは?」

サー・ジャイルズは急に痛いところを突かれたあと、強気の心を取りもどしつつあり、反撃を開始していた。だが、葉巻の端をカットしようとして、危うく自分の人差し指まで落とすところだった。ハドリーの方は動揺しない。

「言いたいことならありますよ。わたしたちは昨夜、大忙しでした。ベッツ部長刑事はこの手がかりを追ってドーセットへむかい、ミセス・ケントのふたりの叔母に会いました。これまでのところ、ふたりに怪しい部分はないとして容疑の対象からは外しています。ふたりは本当にこれまでミセス・ケントに会ったことがありませんでした。ミセス・ケントは前回イギリスを訪れた際、訪問する必要ありとは思わなかったようですね。どうやらほかに用事があったらしい。だが、叔母さんたちはとても便利な存在でした。ミセス・ケントがあなたと会うのを避け、一度もイギリスに来たことがないという主張を守るために、彼女は叔母さんたちのもとに滞在しようと決めたんですよ」

「くだらないことばかりだねえ」大げさな物言いをするサー・ジャイルズには、はっきりと動揺の色が見える。「どうしてまた、彼女は一度もイギリスに来たことがないふりをしたかったんだね？　答えられるものなら、答えてみろ。彼女は犯罪に手を染めたのか？　それにだな、一昨日の夜にわたしは彼女と会っているという事実を忘れているだけのような口調で言う。「そうです。ほかにも情報を手に入れたとあなたには話しましたね。それはミセス・ケントは叔母さんたちの家に滞在しているあいだ、この村から差しだされた手紙を二通、受けとっているということです。一通は夫からで、叔母さんたちは以前にその筆跡を見たことがありました。もう一通は叔母さんたちの知らない筆跡でした」

「もちろん、その手紙をあなたはもっているんだな？」

「ロドニー・ケントからの手紙はもっています。もう一通はミセス・ケントが処分していました。なぜでしょうね？　でも、彼女は二通ともに返事を出した」ハドリーは身を乗りだす。「サー・ジャイルズ、わたしはこう言いたいのですよ。あなたはミスター・リーパーが送ってきた写真でミセス・ケントが誰か見分けた。彼女がイギリスへの旅に反対したのも不思議ではありません。そこであなたは彼女に手紙を出し、彼女に会うときは初めて会ったように演じると安心させた。そして一昨日の夜、たしかにそうした」

サー・ジャイルズは葉巻に火をつけた。「あなたはまず、意味のないいたずらをしたとわたしを告発した。それがどこかで方向転換したらしい。あなたがずばり、殺人でわたしを告発しようとしているのだとわかりはじめたよ」彼は両手を広げ、指をピクピクさせ、葉巻を口にくわえたまま話した。「まったく、本当にそんなことを考えているのか」——手を開いたり閉じたりする——「わたしがふたりの無害な者たちを殺したと」彼の話は低く短い犬の鳴き声のようになって終わった。「くっ、くだらない！」

「いくつかの事柄について説明を求めました、サー・ジャイルズ。まだ、ひとつとして率直に答えてもらっていません。あなたが説明しないのならば、一緒にロンドンへもどってくださるようお願いしないとなりません。さらなる事情聴取のために。それがどんな意味かおわかりでしょう」

ケントは部屋のむこうの白く塗られたドアを見やった。家の前面のラウンジに通じるものだ。そのドアの外側から、突然、一斉射撃のようなノックが聞こえたのだ。ケントはなぜそれで自分がびっくりしたのか悟った。この家で初めてふれる生活の気配だったからだ。かつて家中に響いていただろうにぎやかな活動の気配だ。ノックは実際にはそれほど大きくなかったが、静かな午後に重く執拗にドンドンと鳴っているように思えた。ドアの外側からハーヴェイ・レイバーンの温かい声が聞こえた。彼は返事を待たなかった。自分で質問し、自分で返事をした。

「コンコン」レイバーンが言う。

「どちら様？」自分で答えている。

「ジャック」

「ジャックの姓は？」

「ジャック・ケッチ（死刑執行人の意味）」レイバーンはそう言いながら、突然ドアを開けて、にやにやと笑いかけた。「悪いね。使い古されたジョークで、ルールを守ってさえいないが、パブからもどったばかりだし、このぐらいで許してもらえるかなと思ってね」

サー・ジャイルズの顔は冴えがなく青ざめていた。首で喉仏が上下している。あきらかに注意力をなくしてほろ酔いになっているレイバーンが、ハドリーに気づいたらなんと言うか、ケントたちは聞く気はなかった。ケントの背後でダンが囁《ささや》いた。「移動しよう」誰ひとりとして、階段から二階の廊下へと漂ってきた昼食のゆでたラムのにおいのことは気にしなかった。まず振り返ったのはメリッタとフランシーンだった。全員が泥棒のように忍び足になっており、ケントは実際、泥棒になったみたいに感じていた。

振り返った一同が最初に出くわしたのは、道をふさぐように廊下にそびえ立つフェル博士の巨体だった。

16　滑り台の女

「わしはかの有名なブルー・ルームを見ておったんだよ」フェル博士がにこやかに言う。「きみたちは賢明だね。わしもそうだが、きみたちはいま一階では用無しだろうからな。ちょっと腰を下ろさんかね?」

彼は家の表に面した居間の開いたドアを指さし、先導役のように杖で彼らを導いた。ケントは笑いものにされているようでほんのり頰が熱くなったが、なんだかとまどってしまい、言われるがままにした。数秒ほどは誰も口を開かなかった。そこで本能の赴くままガス式の暖炉の前に立っていたメリッタ・リーパーが振り返り、一言大声をあげ、一同の気持ちを要約した――要約しすぎかもしれないが。

「まあ！」

「あんたたちはハドリーが隠しておった兵器をぶっ放すのを初めて聞いたな？」フェル博士がカラーにあごの襞《ひだ》を乗せて訊ねた。「そうだよ、こいつは目覚ましい進展だ。そしてサー・ジャイルズ・ゲイの防御を突破できる者は誰だって、わしの心からの賛辞を受けとる。ハドリーはやってのけたかな？　これからもやってのけることができるかな？」

ダンは警戒する目つきで博士を見つめた。「きみも全部聞いたんだね？」

「ああ、そのとおり。わしもあんたたちと同じに興味があってな。もちろん、ハドリーが袖に隠したものなら、わしは知っておった。というより、袖に秘密を詰めるのをわし自身が手伝ったんだ。しかし、いつ彼が袖から取りだすのか、それは知らなかったんだ。コッホン」

博士はみんなに笑いかけた。

「では、あの男は結局有罪なのか？」ダンが問いかける。爆発寸前だが、結局いつまでも爆発しないままといった表情だ。「そんなことは考えたことがなかった。まいったな、頭をよぎりもしなかった。そしてジェニーは過去について、おれたち全員を騙していたようだしな。だが、サー・ジャイルズがやったのだとしても、その動機は？」

フェル博士は静かになり、窓辺のベンチに浅く腰掛けた。

「サー・ジャイルズが有罪だったとわかれば、あんたはいくらか安心するんですかな？　どうだい？」

「そうとわかれば、すっきりするじゃないか」ダンはちらりと視線を走らせて言う。「廊下の角を曲がるたび、ドアを開けるたびに、おれはびくびくしてちょっとばかり老いぼれて見えるに違いないという気がしていたんだ。厄介なのは、殴りかえせる相手がわからないことだ」

「でも、本当にあの人は有罪なんですか？」フランシーンが低い声で訊ねた。「博士はそう思ってないでしょ？」

フェル博士は考えこんだ。

「もう少し詳しくわかればな。あっちこっちに思考が飛んで仕方のない脳みそに悩まされて、ごくちっぽけな詳細にはしつこいほど好奇心をむけるんだが、大事な問題はほったらかす癖があってな。ハハハッ！」彼は杖の握りに両手を重ねた。「いまのささやかな逸話からわしが得た印象を話そうか」すかさずそう言って一同の注意を引いた。「すべての重要な点において事実は見たままであると仮定したら、サー・ジャイルズはやりこめられたことになる。だが、すべての些細な点において彼はハドリーをやりこめた。サー・ジャイルズを殺人犯だとして告発することはできるかもしれん。しかし、いたずらを仕掛けた者として告発することはできん。いいかな、わしは胸像を赤く塗るのはじつに愉快だと思うたぐいの輩《やから》で、その真意がわかるんだよ」

「いたずらの真意が事件とどう関係あるの？」

「まあ、考えてみなさい！　写真でいっぱいだったあの抽斗《ひきだし》に彼とミセス・ケントの写真やら、彼にとってまずいことになるものが本当に入っておったとしたら、処分するのをなんで今朝まで待たんといかんのかね？　楽しげに赤インクをまき散らして注目を集めるような真似をせず、そっと処分しなかった理由は？　一分で燃やせただろう。どんなトンマでも思いつくことだよ。サー・ジャイルズは自分でその点を指摘しておった。指摘はごもっともだったから、ハドリーもはぐらかすしかなかったんだ。

それから遊園地の写真の問題がある。ハドリーは極めて正しかったよ。写真の裏の赤インクは最低でも一週間前、おそらくはもっと古いものだ。さて、あのいささか感じの悪い脅し文句、〈あとひとり消す〉はいたずら心とまったく同じ心理から生まれたものだ。しかし、そうしたいたずらの肝はすぐに実行して、自分がまだ乗り気でいるうちに、その効果を思う存分楽しむという点にあるんだよ。例をあげてみよう。わしが貴族院の議員だと考えてくれ。ある日、うしろの席でぼんやり考えごとをしておる最中に、すばらしいことが頭にひらめくんだ。紙切れに〈気軽にかわい子ちゃんと呼んで〉か〈おつとめ品、一ポンド三シリング六ペンス〉と書いて、前に座っておるなにも疑ってない貴族の背中に貼りつけ、その後、彼が外に出たときの興味深い効果を観察したらどうだと。

次は、実行するか——これはわしのほうがより高貴な生まれである場合——しないかの決断だ。わしが絶対にやらんことはひとつだけ。思いついた言葉を紙に書きつけて丁寧にポケットに入れ、こんなふうに自分に言い聞かせることだよ。〝気のいいプラッシュボトム（コミック『ムーン・マリンズ』に登場するイギリス人。ビロードのズボンの意味）の背中にこの紙を貼りつけてやるぞ。来週木曜からきっかり一週間後、いたずらにふさわしい日に。そのあいだはいつでも使えるよう手元に置いておき、破れたりせんようとっておく〟と。なんだってそんなことをする？　そんな文言はたったの一秒で書ける。ぐずぐずしておったら、気が変わるかもしれんし、もっとすばらしいことを思いつくかもしれんじゃないか。そんな紙切れをもちあるくなどまったく意味がないし、ディナーテーブルで落としでもしたら、驚かれてしまう。

　こんなたとえを持ち出したからといって、わしが真剣じゃないとは思わんでくれ。今度の件にも、そのまんまの原則があてはまるんだ。もっとぴったりとあてはまるぐらいだよ。わしのたとえだと、いたずらしたのがばれたって、気のいいプラッシュボトムからにらまれるか、鼻を一発殴られる程度だ。

　しかし、写真にこんなことを書いた人間は肌身離さず身につけて、吊るし首になる危険をおかした。以上からするとな、サー・ジャイルズがそんなものを何週間も前に書いておき、使えそうな機会が巡ってくるときのために手元に置いていたなど考えられるかね？」

　沈黙が広がった。

「わたし、ずっと思っていたんですけど」フランシーンが取り澄ました声で言う。「今度の事件であなたが名声どおりにいつ名推理を披露する講釈を始めるのかなって。でも言わせてもらえば、いまのはサー・ジャイルズだけにあてはまる説じゃないですよ。ほかのみんなにも同じようにあてはまるんじゃないですか?」

「まさしく。だからこそ、ハドリーがただひとつの重要な点を訊ねずにいるのはなぜかと、不思議に思っておったんだよ。あの写真についてのただひとつの本当に重要な点を」

「どんな質問ですか?」

「写真に写っているのは誰かという質問だよ、もちろん!」フェル博士が轟《とどろ》くような声で言い、杖の握りにぐっと手を押しつけた。「あるいはもっと正確に言えば、写っていないのは誰かという点だ。さほど複雑な話でもあるまい? これがそもそも脅迫を意味するのならば、一行の誰かにむけた脅迫ということになる。歪《ゆが》んだ冗談好きの心理が書かせた象徴的な文言を考えるに、あの写真に存在する象徴はひとつだけだよ。ほのめかされた被害者は、滑り台の上で押しだされようとしておる人物だ。押しだされることに抵抗するそぶりをしておるように見える人物。しかし、あそこに写っている人たちでこの人物だけが誰かわからん。ミスター・リーパーの背中がじゃまになって、見えないからだ」博士は口をいったんつぐんでぜいぜいと息継ぎすると、穏やかにこう言いたした。「うん、いまから答えを見つけるとしよう。あの写真が撮影されたときを覚えておるかね? 覚えておるなら、滑り台で押されているのは誰だったね?」

博士がダンを見やると、ダンはうなずいた。

「鋭いな」ダンは考えこみながら言った。「ああ、当然覚えているよ。あれはジェニーだった。滑るのを嫌がっていた。太腿だかなんだかが見えてしまうのが心配だと言って。だが、おれが押したんだ」

「だったら！」フランシーンがなにか思いついたらしく叫んだ。

フェル博士がうなずく。「あれはミセス・ケントだった。そうだと思ったよ。まったく悲しくおぞましい物語だ。〈あとひとり消す〉というメッセージが二週間も前に書かれた意味がわかってきたかね？　どうだ？　ロドニー・ケントが殺害されたとき、犯人は写真の裏にこのメッセージを走り書きして、犯行現場に残すつもりだった。のちにこの脅迫が実行され、そいつがあざ笑って〈死んだ女〉と走り書きしたときのようにな。〈あとひとり消す〉というのはミセス・ケントを指したものだった。だが、犯人は考えを変えて写真を残さないことにした。この犯人はなんにつけても煮えきらないらしいな。それで失敗してきたんだ。だが、写真を残さなかったのは賢明だったよ。そんなことをすればボロを出すことになったかもしれん。それで写真兼メッセージはおとなしくこの家にそっと横たえられることになった。おそらくはずっとサー・ジャイルズの机にあったんだろう。今朝、どこまでも妙ないたずらで引っ張りだされるまでは。さて、ここまでみっちり考察してきたことから、なにかほかに導きだされるものがないかね？」

博士はいかめしさのなかに愛想を感じさせる表情で一同を見守った。パイプを取りだすとひねって分解し、人の気を引こうと合図の口笛を吹くように軸に息を吹きこんだ。彼がヒントになるような、なにかの合図を送ろうとしているのはたしかだった。

「サー・ジャイルズの机か」クリストファー・ケントはつぶやいた。「みっちり考察した結果は彼が殺人犯ではあり得ないと示してますよ」

「なんでだね？」

「わかりきってます。あの写真がジェニーへの脅迫を意図したものだったなら、犯人は滑り台で押されているのはジェニーだったと知ってた。でも、あの写真を見ただけじゃ、それはわからない。彼女の姿は隠れてるからです。女かどうかもわからないくらいだ。だから犯人は写真に写っているか、撮影した人物に違いなく、そうなるとサー・ジャイルズは外れます」

「そうはならない」ダンがきっぱりと首を振りながら異議を唱えた。「サー・ジャイルズにあの滑り台にいるのは誰だったか、話したか手紙に書いたかしたのを覚えているからな。そうだ！　おれはもっと最近になってあの写真を見た記憶があるぞ。どこで見たんだったか」

「そうよ」フランシーンが突然、軽やかな声をあげた。「わたしも見た。わたしたち、あの写真を見た」

ふたりの声はしなくなった。まるでふたりの人間が一枚のドアの両側から開けようとしているように、おたがいにどこで見たのか記憶に飛びついてしまい、ぶつかって記憶を潰してしまった。フェル博士が記憶を引きだすようにパイプをぴゅうと吹き、もう一度吹いた。なにも起こらなかった。

「無理だ」ダンが言う。「忘れてしまったよ」

「うん、ハハハッ！　まあ、気にしないで。それはいいが、なにかほかのことを思いつかないかね？」博士がうながす。

「でも、やはりサー・ジャイルズは無実ですよ」ケントは言い張った。「ぼくとしては――正直に言いますが、彼が有罪だと考えたい。でも、結局はぼくたちがしばらく前に議論してた点が浮かびあがってきます。あんなものを二週間も手元に置いておくなんて、どんな間抜けなんだって話ですよ。おそらく写真はサー・ジャイルズの机にずっとあったと思うと言われましたよね。でも、彼が殺人犯だったら、そんなもの処分してしまうんじゃないですか？」

「近くなってきた」フェル博士が言う。「疑問の余地なく近づいてきた。それゆえに導きだされることは？」

「ぼくの頭に浮かんだのは、サー・ジャイルズを陥れる罠だったということだけですね」ケントはあっと思った。まるで視線の焦点が絞られる先が変わり、月の裏側を見るような感覚だった。「わかったみたいだぞ！　聞いてください。何者かが二週間前にあの写真を机に忍ばせた。でも、サー・ジャイルズはしばらく抽斗を見なかったから、見つけることもなかった。今日になって帰宅し、抽斗を見たらほかの写真に交ざる問題の一枚に気づいた。つまりですね！」

「クリス」フランシーンが冷たく言う。

「彼は晴れ着から飛びだすくらいびっくり仰天した。こんなものが自分の所持品に交ざってるのを人に見られたら――いやもしかしたら、もうすでに誰かに見られてるかもしれないと思ったからだ。かつてジェニーと本当につながりがあったんだから、ますます始末が悪い。そしてなんらかの理由で彼は頑《かたく》なにその事実を否定してる。それで彼はメッセージ付き写真をほかのどこかで〝見つけた〟ふりをした。降って湧いたように見えるのをごまかすため、殺人犯がまたいたずらしたふりをして、残りの写真を破いて赤インクでぐしゃぐしゃにした。ロバの尻尾の話をでっちあげ、自分の抽斗から銀貨を何枚かくすねた。これだ！　これで彼の有罪のようなのに無実である行動の説明がつくでしょう。今日の態度とおかしな行動について」

「だんだん近くなってきたようだぞ」フェル博士が満面の笑みをたたえた。「だが、残念ながら正解とは言えん。一枚だけ残された完璧な状態の写真に、ミセス・ケントの姿がはっきり写っておらんかったというのが重要なんだよ。そうとも、わしはあの大変なことになった抽斗を掘り返し、破れてもおらず、インクで汚れてもおらん写真を見つけたが」

彼は口をつぐんだ。外でどしどしと足音がした。ハドリーが、いまでは弾む足取りにもなれない絶望した表情のレイバーンを連れて、ドアから顔を突きだした。彼はほかの者たちへおざなりに挨拶をした。

「ちょっとふたりだけで話せませんか、フェル博士？」

フェル博士が巨体を揺らして部屋をあとにすると、ハドリーはしっかりドアを閉めた。気まずい沈黙が流れ、残された一同は顔を見合わせた。ふたたび上着のポケットに両手を突っこんだレイバーンは気楽な口調で話そうとした。顔は汗でてかりがある。

「きっと気になってるだろうね」彼はそう言いだした。「わたしはとっておきのまずいことを言ってしまったらしいよ。いけないのは、それがなんだったのか、自分じゃさっぱりわからないことさ。昔は心理学をあれだけ学んだのに、やっぱりわからない。二パイント飲んで浮き浮きとパブからもどって、書斎に突進して、なにか血迷ったことを言った。でも、なにが血迷っていたのか全然わからないんだ。ハドリーはわたしよりサナダムシのほうがよっぽど好きだっていう態度だ。我らが招待主はハドリーとの話しあいのあと、頭を抱えて一階で腰を下ろして、死にそうな顔をしてる。哀れなおやじさんだよ。なんだかかわいそうだ。昔の知り合いを思いだすんだよ、名前は——」

「黙れ」ダンがぴしゃりと言う。

「おっと、わかったよ。でも、こんなのってひどいよ。誰かどういうことか教えてくれよ。それともわたしはまだ面汚《つらよご》しだと思われているのかい、ジェニ——」

「黙れと言うのに」とダン。

　ふたたび沈黙が流れた。

「わかったよ、それでも」レイバーンが言った。「そんなことでみんなこんなに冷たい態度を取るのかい？　勇気を出して訊ねるのに二パイントを腹に入れないとならなかったんだ。わたしはいままで誰かにひどいことをしたか？　そういえば、いままで頭をよぎりもしなかったことを考えていたんだ。どうしてわたしたちは彼女をジェニーと呼んでいた？　自然な呼びかたか？　〝ジョセフィーン〟の普通の愛称は〝ジョー〟か、これはどうかと思うけれど〝ジョージー〟だ。でも彼女はいつも自分のことをジェニーと言っていただろう？　ジェニー・レン（チャールズ・ディケンズ『我らが共通の友』の登場人物の愛称）のことが頭にあったのかな？　いや、もっといいことを思いついた」

「いったいなにをベラベラしゃべっているんだ？」じっと考えこんでいたダンが我に返って言った。

ドアが開いてふたりとも黙った。ケントはちょうど、フェル博士がこの事件でなにより関心があるのは名前だと語っていたのを思いだしていた。ドアを開けたのはフェル博士その人だった。そして彼はひとりきりだった。

「残念ながら」彼は重々しい口調で言った。「わしたちのなかには、昼食までとどまることのない者がいる。だが――うむ――引きあげる前に、ひとつ頼みをきいてくださらんかね？　どうしても必要なことでな。全員、少しのあいだ、わしとブルー・ルームに来てほしい」

部屋をあとにする一同はあきらかに足取りが重かった。この家を二分《にぶん》する長い廊下は、敢《あ》えて粗い仕上げにしたしっくいや梁《はり》のある天井にかこまれ、両端には大きくて桟《さん》が細かく入った窓がある。かすかに波打っている窓ガラスは雪明かりできらめいていた。ケントはどのドアがブルー・ルームのものかわかった。あの有名な革のソファがそのそばにあったからだ。彼らはとてもぎこちなく部屋に入っていった。

ロドニー・ケントが死んだこの部屋は家の裏側にあたり、窓の外は庭を仕切る塀と教会墓地のニレの木立だった。ほかの部屋と同様に、広くはあるが奥行きがあって幅が狭く、ビロードのようなダークブルーの布で設《しつら》えてあり、いまとなっては部屋を陰鬱《いんうつ》に見せているだけだった。実際にはアンティークではない古めかしい家具は七十年ほど前に流行した様式だった。オークの大きなダブルベッドのヘッドボードとフットボードは中央が尖ったなだらかな山形になっており、左右の端の手前が丸くくりぬいてあって、渦巻き模様がたっぷり施《ほどこ》され、部屋の大部分を占めている。整理だんすがひとつと、かなり縦長の鏡のついたドレッサーがひとつ。どちらも中央に置かれた丸テーブルと同じく天板は大理石だった。背もたれがあまりにまっすぐで途中で折れてしまいそうな椅子が二脚、青と白の磁器の洗面ボウルを載せた、天板は大理石の洗面台。フェイスタオルが隣のタオルかけからきれいに下げられている。暗い花柄の絨毯《じゅうたん》は中央のテーブル近くがこすられてかなりの部分が灰色っぽくなっていた。窓のタッセルつきのカーテンはしっかり閉じられておらず、墓石のひとつふたつに、時計がいま一時を打って窓ガラスを揺らしている鐘楼《しょうろう》が見えた。フェル博士はテーブルの隣で足をとめた。

「この部屋は」フェル博士が言う。「そこの跡を除けば、ミスター・ケントが殺害されたときと同じかな？」

そうだと答えたのはダンだった。

「揉みあった形跡はいっさいなかった？」

「なにひとつ」

「警察の写真で見たんだがね」フェル博士が地響きするような声で言う。「わしの見たいものが写っていなかった。遺体が横たわっておった位置にできるだけ近く、床に寝転んでくれんかね？　ふむ、どうも。これではっきりした。身体は右が下。頭はベッドの左側のキャスターにふれそうなくらい近く。足はテーブル近く。後頭部のアザはかなり高い位置にあったんですな？」

「そうだよ」

「タオルはどこに？」

「肩にかかっていた」

「ミセス・ケントの場合と同じく？」

「そうだ」

質問と答えのやりとりには、時計が時を打つような決定的な重々しい響きがあった。

「いくら訊かれても答えは同じだ」ダンが怒鳴る。「だが、それがなにを指し示しているのか、きみにはわかるのか？」

「たくさんのことを指し示しておると考えたいね」フェル博士が言う。「いいかね、今朝までわしがまちがっておるんじゃないかと思っていたんだ。だが、これで正解だったとわかったよ。少なくともいままで暗闇にあったひとつのことがわかった。ロドニー・ケントが実際はどんなふうに死んだのか」

部屋の雰囲気も一同の気持ちも、もっと明るくなっていいはずだった。彼らは博士を見つめた。「こんなのって、不必要なくだらないことですよ」泣きだす寸前のように鼻をすすっていたメリッタが口をはさむ。「かわいそうなロドニーがどんなふうに死んだのか、わたしたちが知ってることは、はっきりわかっているくせに」

「犯人は彼に愛想よく話しかけておった」フェル博士が言う。「それから適当な口実で彼の気をそらし、彼が振り返るよう仕向けた。犯人は後頭部を火かき棒より小さな凶器で殴った。彼が意識をうしなうと、犯人はまず彼を絞め殺してから、彼の顔を火かき棒で叩きつぶした。そうだよ。だが、わしが先ほど言ったことはやはり真実だ。彼が実際はどんなふうに殺害されたのか、これまでわしたちは知らなかった。これはなぞなぞではない。よいかね、犯人はロドニー・ケントをたいへん憎んでいた人物だ。それゆえにジョセフィーン・ケントの殺人は」

「ジェニー、だよ」レイバーンが口をはさんだ。

「黙ってくれないか？」ダンがいらいらしながら頼んだ。

「いや、そこが肝心だぞ」レイバーンが言う。「ジェニーがどんなに魅力のある――女だったか、みんな知ってるだろう。すまん、〝優良物件〟と言おうとしたんだが、ふさわしくなかった。あの小さな優良物件の心にも身体にも、うつろに歪んだものが満ちているから、やっぱりこの言いかたはふさわしくない。ああいう女っているんだよ。ああいう女たちっていうのは――ちょっと待て」

「酔っ払っているな」ダンが言う。

「二パイントじゃ全然。しらふだよ。博士、わたしはこの人たちに話したんだよ。というか、話そうとしたんだよ。彼女がどうしてジェニーと呼ばれることになったのか、しばらく前に思いついたって。もちろん、彼女はこの呼び名を気に入っていたよ。でも、自分で作った呼び名じゃなかった。そうとも。ある男がつけたのさ。どこの誰かは知らないし、思いついたって教えやしないよ。でも、ジェニーの好きそうな中年男だ。彼女は老いぼれの理想の女だった。あれ、いまの言いまわしは誰かが使ったことあったっけ？　おそらく犯人はいまもそう遠くない場所にいて、なぜ彼女を殺してしまったのか、もう憎む相手もいなくなってこれからの人生はどうなるのか考えこんでるんだよ」

「ほら、しっかりしろ」ダンが叱った。「おれたちはみんな馬鹿なことを言いだしているぞ。詩でも暗唱したらどうだ？」

「そうするよ」そう答えるレイバーンは重々しくうなずき、両手をポケットに突っこみ、窓に視線をむけた。

目が合うとジェニーがわたしにキスをした
座っていた椅子から飛びあがって
時よ、この盗人《ぬすっと》め、おまえはほしがっていた
あまきものをその懐《ふところ》に収めたがっていた！
ああ、わたしはくたびれて　ああ、わたしは悲しくて
ああ、健康と財産には縁がなく
ああ、わたしは老いるばかりだが——

（リー・ハントの詩「ジェニーがわたしにキスをした」より）

17　フェル博士の質問

「殺人は」フェル博士は愛想よく切りだした。

「待ってください」ハドリーは大ジョッキを置き、疑ってかかる目を博士にむけた。「その表

情はどうも怪しい」——実際にはどぎついほどの満面の笑みだったのだが——「講釈を始めようっていう前触れですね。やめてください！　いまは講釈なんか聞きたくもない。仕事が山ほどあるんだから。それに、サー・ジャイルズがここにやってきたら」

フェル博士は傷ついた表情になった。「すまんがね」彼は威厳をたたえて大声を出した。「みずからを卑《いや》しめてきみに講釈するどころか、きみの講釈に耳を傾けるという我慢ならん過程に進んで服従しようとしておったのに。きみの人生にようやく、わしと事件について一部なりとも意見が合うときがきたと思っておるよ。少なくとも、きみなりの信念に基づいて事件解決へたどり着くチャンスが大いにあると思える。よかろう。そんなきみにいくつか質問がある」

「どんな質問ですか？」

夜の十時近い時間で、カウンターには閉店間際の駆け込みの客たちが突進してきていた。フェル博士、ハドリー、ケントは、《牡鹿と手袋亭》の垂木の見える居心地のいい特別室に三人だけで腰を下ろしていた。ここは旅籠《はたご》も兼ねていて部屋が多くあったので、彼らは今夜ここに泊まることにした。それはケントもわかっていた。だが、わかっているのはそれだけだった。その日は慌ただしい動きと謎の協議ばかり、なんについての話しあいなのか彼はヒントをあたえられなかったし、自分からも訊ねなかった。フェル博士は午後のあいだ長いこと姿を消していた。博士がもどってくると、ハドリーが消えた。ずっとむっつりしているタナー警部との協議もあった。サー・ジャイルズ・ゲイをどうすべきかについて、ケントはまったく耳にしなかった。立ち聞きの一幕以降、サー・ジャイルズを見かけていない。四つの扉荘に漂う緊張感から逃げだすために、ケントとフランシーンは雪のなかを長い散歩に出たが、それは外にもついてまわり、銀色の冬の日暮れは怒っているようにしか見えなかった。散歩から持ち帰ったひとつきりの思い出は、フランシーンが淡い色の丘を背景に、ロシア風のアストラカン毛皮の帽子をかぶり、毛皮のコートに身を包んで牧場の柵の踏み台に座る姿だけだった。

その緊張感は《牡鹿と手袋亭》の特別室でも消えていなかった。彼らはなにかを待っていた。それでもフェル博士はハドリーに比べると、緊張感などなんのそのという顔をしていた。風はないのに凍てつくような夜だ。特別室では暖炉の炎が赤々と燃え、勢いがよすぎて反射する光は躍るほどだった。その光がちらちらとフェル博士を照らす。窓辺のベンチに鎮座し、背後には鉛枠の入った窓ガラス、目の前には一パイントの大ジョッキを置いて、嬉しそうににっこりしている。

博士は大ジョッキをぐいとあおり、これから議論を展開しようという雰囲気を出した。

「さっきも言いかけたが、殺人は」フェル博士は話を続けた。「わしの見解がいささか誤解されておるテーマだよ。白状すれば、それはおおよそ、意見を語っておるときか、熱が入った議論の最中に、でたらめなやりかたをしてしまうせいなんだ。当然のことながら、わしはそこを修正したい。

これまでずっと、奇抜で少々突飛な事件に目がなかったことは認めよう。もっと言えば、そんな事件への偏愛を誇る記章として胸につけてきた。三つの棺の事件、ロンドン塔でのドリスコル殺人事件（『帽子収集狂事件』参照）、クイーン・ヴィクトリア号での顛末《てんまつ》（『盲目の理髪師』参照）はつねにわしのお気に入りの事件として記憶しつづけるだろうな。だが、それはわしでも理性ある人間でも狂気の世界に喜びを見いだすという意味にはならんよ。それどころか、わしの真意とは逆だ。だからこそ、こんなことを話しておるんだよ。

さて、どこよりも静かな家に腰を下ろす誰よりも静かな人間が、ときには可能性のなくはないこと、絶対あり得ないおもしろいことが起こらないかと期待することもあるだろう。紅茶ポットから突然、蜂蜜か海水でも流れでないものかとか。時計が同時にあらゆる時間を指すとか。蠟燭の炎が緑か真紅にならないかとか。ドアを開けたらロンドンの通りではなく、湖かジャガイモ畑だったりしないかとか。フフフッ。ここまではいいんだ。白日夢や無言劇ならば、そういうのも大いに結構。しかしだな、日常生活が本当にそんな具合になったら、背筋がぞっとしてしまうだろう。

わしはそれでなくても、眼鏡がどこにあるか見つけるのに苦労するんだよ。最後に置いた場所にあってもな。それがいきなり、手を伸ばしたときに煙突の上へ飛んでいかれでもしたら、なにを言いだすことか自分でもわからんよ。書棚に絶対あるはずの本がわしの目を逃れるのに魔法は必要ない。邪悪な魂はわしの帽子のなかにすでに住みついておる。誰かが地下鉄を使ってチャリング・クロス駅からラッセル・スクエア駅前のバーナード・ストリートに行こうとして、バーナード・ストリートにたどり着いたら、めでたいことだと考えていい。だが、その人が同じ移動をして——大英博物館で至急の約束があるとしよう——バーナード・ストリートに出てみると突然、バーナード・ストリートではなく、ブロードウェイかラ・ペ通り《リュ・ド・ラ・ペ》だったら、こんな世の中には耐えられんと思っても仕方ない。

それでだよ、この原則はことさら犯罪にあてはまるんだ。狂った世界に落ち着いたまともな犯罪者がいると、そりゃもう退屈だろう。そんな犯罪者はちっとも興味深くない。最寄りの街灯がルンバを踊るのを見物に行ったほうがずっとマシだ。周囲の環境が犯罪者に影響するのではだめなんだ。犯罪者が周囲に影響をあたえるのでなければ。それこそが極めて正常な世界で、わずかに心の均衡を欠いた犯罪者――たいていは殺人者――を観察するのに永遠に興味が尽きない理由だ。

もちろん、すべての犯罪者がまともに思考できないと言ってるんじゃない。だが、彼らは変わった精神状態にはある。そうでなければ、殺人犯にはならん。そして彼らは変わったことをする。わしが思うに、それは簡単に証明できる命題だよ。

どんな殺人事件でも、問題は誰が、どのように、なぜやったかということで、これは誰でも知っておる。その三つのうち、もっとも示唆に富むが、たいていはもっともわけのわからないのが、なぜやったかだ。犯罪の実際の動機だけを指しておるんじゃないぞ。そのほかの行動、つまり犯罪の実行を中心として、その前後の奇妙な振る舞いにいたったのはなぜかという話だ。そこにわしたちは悩まされる。彫像にかぶせられた帽子、どう考えても現場に残されるべきなのに現場から運びだされた火かき棒。わしたちにわかる真相、あるいはわかると思っている真相以上に、悩まされることも少なくないよ。ミセス・トンプスンがバイウォーターズにあれだけの手紙を書いたのはなぜだ？　ミセス・メイブリックがハエ取り紙を水に浸したのはなぜだ？（ハエ取り紙からヒ素を抽出して夫を毒殺したとして有罪になった事件を指す）トマス・バートレットがクロロホルムを飲んだのはなぜか？（ピムリコの謎。毒殺で妻が裁判にかけられたが、摂取方法がわからず無罪になった事件を指す）ジュリア・ウォレスには世界に敵がひとりいたのはなぜか？（激しい殴打によって殺害され、夫に嫌疑がかかったものの上訴の結果無罪となった事件を指す）ハーバート・ベネットが自分自身の妻に性的な暴力を振るったのはなぜか？（妻を海辺で絞殺したとして死刑になった事件を指す）ときにはとてもささやかな疑問点のこともある――残された三つの指輪、割れた薬瓶、衣服にまったく血痕がついていないこと。だが、変わっておる。同時にあらゆる時間を指す狂った時計や、アンリ・デジレ・ランドリュー（結婚詐欺を繰り返した連続殺人犯）の実際の犯罪のように変わっておる。そして、そうしたなぜかという質問に対する答えがわかれば、真実がわかるはずなんだよ」

「どんな質問ですか？」ハドリーが訊ねた。

フェル博士はまばたきをした。「どんなって、わしがきみにほのめかしてきた質問はたくさんあるだろう。そのどれでもさ」

「いえ」ハドリーが言う。「先ほど、わたしに訊きたい質問があると言われたでしょう、そのことなんですが？」

「ん？」

「わたしは辛抱強く待っていたんですからね。あなたは講釈を垂れるつもりはないと言った。講釈はわたしに譲る栄誉にあずかり、わたしに訊きたい質問があると言ったでしょう。どんとこいです。質問をどうぞ」

フェル博士は憤慨《ふんがい》しながらも威厳を保ってふんぞりかえった。

「わしがしゃべっておったのは」博士が反撃する。「これからきみの前に並べる書類の序文がわりだったんだ。こまごました小さな紙に質問をいくつも書きつけておいた。ほとんどは〝なぜ〟だ。〝なに〟のたぐいはどれも〝なぜ〟の性質ももっておる。すべてに答えねばならん。満足いく答えをな。そうせんと、この事件の謎が完璧に解けたとは言えんよ。よし、判断は審判に任せよう」彼はケントを振り返り、きっぱりと先を続けた。

「昨夜から今朝にかけて、ハドリーはサー・ジャイルズこそ犯人だと確信するようになったんだ。わしはそこまで確信がもてんかった。昨夜はそんなことはなさそうだぐらいに思ったが、いまは彼が犯人ではないという自信がある。ただ、いままでは可能性はあると見なすしかなかったんだよ。彼はある事柄に回答するために数時間の猶予をあたえられた。いますぐにでも、ここにやってくる頃だ。そうしたら、わしの仮説を試してみよう。ハドリーが広い心で、少なくとも認めてくれてはいるものだよ。さて、十時だな。日付が変わるまでには真犯人がわかるだろう。よかろう、ふたりとも次の質問にどう答えるね？　サー・ジャイルズでもほかの誰かでも、その罪にどのようにあてはまるか？　終わりの銅鑼《どら》が鳴る前に、あててみる最後のチャンスだ」

博士はおびただしいメモ紙を広げた。

「(1) なぜ、どちらの現場においても、犯人はホテルの案内係の服を着たのか？　何度も問いかけた質問だが、まだ刺激的な質問だよ。

(2) その衣装にその後、なにが起こった？

(3)なぜ、どちらの現場においても、被害者の首を絞めるのにタオルが使用されたのか？
(4)なぜ、犯人はジョセフィーン・ケントから自分の顔を隠す必要があり、ロドニー・ケントから顔を隠す必要はなかったのか？
(5)なぜ、ジョセフィーン・ケントは殺害されるわずか数時間前、ラテン語の銘刻文が入った四角く黒い宝石のあるめずらしいブレスレットをはめるようになったのか？
(6)なぜ、彼女はこれまでイギリスに来たことがないふりをしたのか？
(7)ブレスレットの銘刻文についてミス・フォーブズがした質問に対する彼女の言葉にどんな説明がつくか？　思いだしてくれ、彼女の返事はこうだった。〝これを読めさえすればね。これは秘密そのものなの〟。
(8)どうやって犯人はロイヤル・スカーレット・ホテルの鍵のかかったリネン室に入ったのか？
(9)同様に、どうやって犯人は――サー・ジャイルズではない何者かだと仮定して――四つの扉荘の書斎の机の鍵のかかった抽斗《ひきだし》を開けたのか？　家主しか鍵をもっておらん抽斗をだぞ？　犯人は難なくどこにでも忍びこめるようだな。
(10)なぜ、ミセス・ケントのハンドバッグからも、サー・ジャイルズの書斎の机からも、少額の小銭が盗まれたのか？
(11)ミセス・ケントの事件においては、犯人が七〇七号室のドアの外に揃いではない靴を置き、〈お静かに〉の札も下げたことを見逃してはならん。じゃまが入らんよう確実にしたかったのならば、これは理解できる。だが、犯人は赤インクで〈死んだ女〉と書いた。まるで自分が部屋にいるあいだに注目を集めたかったようにだ。なぜだ？

(12) たぶん事件全体において、なによりも心惹かれる〝なぜ〟はこれだ。ホテルの案内係の服装でタオルの山を運ぶ犯人は、ミセス・ケント自身によって七〇七号室に招き入れられたとわしたちは信じておる。わしの考えちがいでなければ。よろしい。さらには、別の目撃者であるレイバーンの話から、ミセス・ケントの鍵はハンドバッグに入っておったことも証明済みだ。だが翌朝、その同じ鍵がドアの外の錠に挿さっておるのがレイバーンに発見された。この興味深い矛盾に気がつくかね？ 犯人は部屋に入る。部屋を探る途中で見つけて、なんらかの理由でハンドバッグから鍵を取りだし、ドアの外に挿した。なぜだ？」

フェル博士はメモ紙をまとめ、魔術師のように手をかざした。

「いかがかな《エ・ビアン》」博士が訊ねる。「いちばん気になったのはどの質問だね？」

「審判としては」ケントは答えた。「二番目ですね。つまり、その衣装にその後、なにが起こったか。サー・ジャイルズだけではなく、ほかの誰でも着ることができる。けれど、制服は煙のように消えてしまったようです。犯人が処分できた方法をぼくは思いつけません。窓から投げ捨てることも、焼却することも、隠すこともできなかった。その点は博士もすでに検討済みでしょうね。論理的に確実な線ということならば、ホテルのどこかにあるに違いないと考えるしかないみたいです。本物の制服を誰かから拝借したかくすねたということになりますね。犯人が制服を探してあてもなくうろついたとは考えづらい。となると共犯がいたのかも。そうなると、また視点をホテルへもどすことになる。支配人を告発したぼくの仮説のように」

「その質問自体からほかに思いつくことはないのかね？」フェル博士が好奇心も露《あら》わにケントを見つめて訊ねる。「きみの友人たちの誰かが、なにか思いついてなかったか？　ほら！　きっとどこかに斬新な仮説があったはずだよ。たとえば、レイバーンの仮説とか」

「いや、あいつとはほとんど会ってないので。思いつきなんてなにも。ただ――」

ケントは口を滑らせて黙ってしまった。

「ただ？」フェル博士がすかさず訊ねた。

「別になんでもないですよ。たいしたことじゃありません」

「それでじゅうぶんだ。これは列強の会議のようなものだから、聞かせてもらったほうがいいな」

「犯人が女の可能性があるっていう、こじつけですよ。博士はそんなの考えたこともないでしょう？」

フェル博士とハドリーは顔を見合わせた。博士が忍び笑いを漏らす。

「わしを誤解しておるね」彼は即座に温和になって言った。「ごく最初にひらめいた考えのうちのひとつだったよ。制服は男だと思わせるための変装、ということだろ？」

「そうです。でも、そんなはずのない理由がわかりますか？」ケントが言う。「あのスエードの靴ですよ。そもそも、女が左右バラバラの靴をつかむなんて、なさそうなことです。女だったらちゃんと組みになったやつを選びます。それからもっと重要な点は、女だったらスエードの靴なんか外に出さないことです。磨けないんだから。つまり、男だったということになりますよ。そりゃ、ちょっと考えてみれば男のぼくだって、スエードは磨けないって気づくでしょう。でも、ぼくが犯人の立場でドアの外に靴を一足とにかく出しておきたかったら、スエード云々なんか考えたかどうか疑問ですね。手近にあって目についた最初の靴を拾いますよ。あきらかに犯人もそうしたように」

「仮に」フェル博士が生き生きと指摘する。「巧妙なひねりが二重にくわえられていなければだ。犯人は女である。彼女は犯人が男だとわしたちに信じこませたい。そこがこのごまかしの勘所だときみもわかるだろう。それゆえに、女が選びそうにない左右バラバラの靴をわざと選び、男だと強調して見せかける工夫をする」

ケントはむっつりして自分の大ジョッキを見つめた。

「わかってますよ」彼は認めた。「それは小説ならとても有効な手段だって。その理屈ならほぼなんでもすっきりと証明することができますからね。でも本音では、一度も信じたことがありません。C・オーギュスト・デュパンが人の心の動きを予想することは可能だと示す有名な一節は覚えてらっしゃるでしょう（エドガー・アラン・ポオ「盗まれた手紙」より）。小学生の偶数か奇数かあてるゲームを例にしたあれです。おはじきを手に隠し、相手に偶数か奇数かあてさせ、勝ったほうがおはじきをひとつもらう。おはじきが続くかぎり勝負を続けるんです。相手は頭がいいか悪いかを見極めてから、相手に思考の程度を合わせ、彼がどうするか考えてすべてのおはじきを勝ち取る。いや、うまくいきませんよ。ぼくは試してみました。うまくいかないのは、ふたりの思考をぴたりと合わせて調整したとしても、戦略の組み立てが食い違うためです。それに、こちらがそうやって策略を巡らそうとしても、相手がおそらく運に任せて適当にやっているだけだったら、相手を読み解く凝った体系を作りあげても出発点も思いだせないことになります……並の殺人犯たちが巧妙なひねりをくわえるなんて、本気で思ってないですよね？　あいつらにはそんな余裕がない。意図を誤解されるようなことは、なんとしてでも避けるんじゃないかと思いますよ」

部屋のむこう側で、厩舎の庭に面した個室のドアが開き、サー・ジャイルズ・ゲイが入ってきた。

その表情から、会話の最後を聞いて考えこんでいるのはあきらかだった。冷気が彼と共に吹きこみ、暖炉の炎が躍った。教会の鐘が高らかに十時を告げる。最後の客たちがカウンターから追いだされ、しっかりと閉じられるドアの音と最後のおやすみの声が聞こえた。サー・ジャイルズは中折れ帽を額まで引きおろしてかぶり、厚手のヘリンボーン織りのコートを着ていた。脇に杖をはさんでいる。

「少々遅刻してしまったね、諸君」彼は堅苦しい挨拶をした。「許してくれたまえ」

「なにか飲まれるかね？」フェル博士が呼び鈴に手を伸ばしながら訊ねた。「わしたちはここに泊まるので、まだ注文できる」

「ああ、そうらしいね」彼は手袋を脱ぎながら返事をして、一同をしげしげとながめた。「わたしの招待を受けるより、こちらのほうがよかったと。それはつまり、あなたたちが逮捕するつもりの男とは食事を共にできないという意味か？　どちらにしても、酒をおごるというあなたたちの招待を受けることはできかねる」

「まだ逮捕なんて話は出ていませんよ、サー・ジャイルズ」ハドリーが鋭い口調で告げた。「あなたにはある事柄について話すようお願いしました。どうしたわけか、あなたは〝考えてみる〟のに数時間をくれと言われた。フェル博士がぜひそうしろと言い張るので、わたしも喜んで同意しましたね。さて、いまなら話して頂けるんですかね？」

サー・ジャイルズは帽子と杖をテーブルに置き、帽子に笑いかけた。椅子を引き、どこか用心しながら腰を下ろす。冷たい空の下でうなる煙突に耳を傾けているようだった。

「ああ、すべての真実を話す覚悟だ」彼は一同に顔をむけた。「ただ、きみたちは失望するだろうと警告しておく。わたしが話を終えたら、もちろん好きなように手続きを踏めばいい。わたしが望んだのは振り返る時間だよ。以前にミセス・ケントに会ったことがあるかどうか思いだしたかった。待ってくれ！」彼は片手をあげた。「あなたの証拠が指す方向は気づいているからな、警視。彼女と偶然出くわすかたちで会ったことがあるに違いないのは、わかっているんだ。今日の午後、あなたはわたしを信じようとしなかった。無関係な女がわたしの知人だと主張してイギリスにやってくることはあり得るし――実際多くの人間がそうするんだ――年間をとおして次官のオフィスにはびっくりするほど多くの人がやってきて、その四分の一でも覚えておくにはインデックスカード並みの整頓された頭が必要になると、わたしが請け合ったときだよ。いまでも明白な事実はこうだ。わたしはあの女を覚えていない。問題の年について思いだせることをすべて、丁寧に振り返ってみた。当時はノーフォーク暮らしだった。日記の助けを借りれば、丸々一年をほぼ再構築できる。ミセス・ケントはどこにも入る隙間がない。彼女とはきみが言うような意味の〝取引〟などいっさいしなかった。それに彼女を殺害するしかなくなるような秘密など共有もしていない。それがわたしの結論だ」

沈黙が流れた。ハドリーはどうでるか決めかねてテーブルを指で叩いた。サー・ジャイルズの真摯《しんし》な態度にあきらかに感銘を受けたらしい。

「話はそれで終わりですか？」

「いや、終わりというわけではない。ここからはわたしの告白だ。わたしはたしかに、あの写真を浴室のタオルにはさんだ。いや、それも正確じゃない。はさみはしなかったんだ、浴室にはまったく足を踏み入れず、写真を見つけたふりをしただけだから。それにわたしは抽斗のなかを赤インクで荒らした。だが、わたしがやったのはそれだけなんだ」

理由は定かではないが、フェル博士は喜んで両手を揉みあわせた。ハドリーはサー・ジャイルズを見つめ、彼は冷笑を浮かべてハドリーを見つめ返した。

「ああそうなんだよ、じつに愚かなことだった。あなたはそう言おうとしたのか？」

「いや」フェル博士が口をはさむ。「もっと大事なことがある。あんたはほかの写真を破いたのかね？」

「やってない」

「よろしい。だったら、すっかり話したほうがいいようですな」

「わたしの最初にして最後の犯罪の試みは、成功しなかったことがあきらかにされた」サー・ジャイルズが言う。それがなによりも悔しいようだった。彼は非難を受ける覚悟はできていたが、聞き手たちからあっさり受け入れられる覚悟はできていなかった。「わたしはこんな錯覚をしていたんだ。奇抜なことをすれば、かえって信じてもらえると。それはわたしの弱点で、どんなことかと言えば——」

「その点については結構です」ハドリーが言う。「なぜ、そんなことをしたんですか？」

「罠にかけられるつもりはなかったからだ」そう語るサー・ジャイルズは皺《しわ》だらけの顔を紅潮させ、枯れ木のような指に荒々しく力を入れていた。彼は身を乗りだす。「わたしをまた信じてもらえるのであれば、紛《まぎ》れもない真実を聞いてくれ。あの写真の裏のインクがそれほど古いのだと突きとめるようなあなたたちの目も嗅覚も、わたしはもちあわせていなかった。あとになってそこに気づき、自分を罵《ののし》った。今朝、あそこに入れられた写真だと思ったんだ。

わたしたちは十一時に四つの扉荘へもどってきた。よろしい。少なくとも、その点に異論はないな。あなたたちはこれだけ推理力があるというのに、残念ながら見逃している点があるぞ。わたしにはお抱え運転手がいない。必要になればいつも同じ男を雇っている。その男バーンズが今朝、駅でわたしたちを迎えて車で家へもどってきた。だから、わたしは彼に支払いをしないとならなかった。机の抽斗に入れてある小銭で払おうとした。到着した直後、ほかの客人たちが二階にあがり、バーンズがラックから荷物を下ろしているあいだに、わたしは書斎へ——」

「待ってください。その抽斗はメイドの証言どおり、つねに鍵がかかっていたんですね？」

「ああ、そうだ。しかし、わたしの詮索好きな使用人がそれを知っているとは気づいていなかったよ。次の犯罪を実行する際は、そうした可能性を覚えておくことにしよう。さて、わたしは書斎へむかった。ラウンジにさしかかり、誰かがそこで動く音が聞こえた。続いて書斎のドアを開けたちょうどそのとき、男か女かわからないが、何者かが忍び足で専用階段のてっぺんで消えるのを見たんだ」

「誰だったか本当にわからないのですね？」

「ああ、そこなんだよ。正直、まったくわからない。信じてくれ。わたしが書斎に入ったとき、かろうじて二階のドアが閉まるのを見たんだ」

「でも、物音や足音がしたでしょう？」

「ああ。足音はしていたはずだ。しかし、どんなものだったか言葉では言い表せない。呼びかけたが、返事はなかった。不安ではなかったと言えば、嘘になる。たしかに不安だった。どういうことなのかさっぱりわからなかったから、なおさらね。考えながら机の抽斗の鍵を開けた。写真がすべてびりびりに破られていた。その上に、もうひとつ――殺人があると予告する写真が載っていた。とにかく、そのようにわたしは解釈した」

「最後にその抽斗のなかを見たのはいつですか？」

「おそらく三週間前のことになる」

「先を続けてください」ハドリーが静かに言った。

サー・ジャイルズの声は冷たくなった。「あなたは愚かではないな、友よ。わたしがなにを考え、いまでもどう考えているかわかっている。これは、今度の犯罪の責めを負うべきはわたしだと、罪をなすりつけようとする明白で厚かましい試みだった。わたしが今日の午後、客たちに怒りを爆発させた理由がわかるかね？　あれには理由があった。誰かが写真をここに置いたんだ。すぐにでも、何者かがそれを〝見つける〟ことになったはずだ。これがもてなしに対する寛大な友人のすることとは」指先がピクピク震え、彼は手をぐっと両膝に押しつけた。「わかりきっているじゃないか？　抽斗の鍵をもっているのはわたしだけだ。それなのに、ほかの誰かも鍵をもっていた。どうやったのかは、わからない。なぜそんなことをしたのかならばわかりすぎるほどにわかる。他人に罪をかぶせようとする計画的な試みとして、これ以上の証拠を考えつくならば、ぜひとも聞かせてもらいたい」

「では――」

「先手を打つ、というにしえよりのわかりきった言葉がある。おそらくわたしは愚かな振舞いをした。記憶にある政府の役人の間抜けぶりに出くわして辟易《へきえき》とした頃よりも、あの瞬間は激怒したと自覚しているよ。数年ぶんの怒りがあのときの感情に凝縮されて、いつもの子供のような機嫌のよさはいまだに取りもどせない」

サー・ジャイルズは子供のような機嫌のよさなど感じさせない男だ。それなのに、そうした性質が自分に備わっていると本気で信じているのはあきらかと見える。誰も口を開かなかった。苦しげな呼吸をひとつして彼は話を続けた。

「抽斗にあの写真を入れたのが誰か、わかっていさえすれば」

「写真」フェル博士が夢見るように言う。「メッセージが二週間前に書かれたものですな」

「その事実を」サー・ジャイルズが答えた。「わたしは知らなかった。十一時になってすぐ、書斎に忍びこんでよからぬことをたくらんだ者がたしかにいた。もう一度言おう。誰がやったのかわかっていさえすれば、大喜びでそいつを追いかけたはずだ。反対にこちらから罠にかけてやろうとしたはずだ。しかし、誰かわからず、あたりをつけて外すというのもしたくなかった。いいかね、わたしは真犯人よりいくつもの点で寛大なんだ。ただし、その〝誰か〟に反撃するとなれば、目覚ましい効果を出すことにとにかく固執した。たぶん、問題の写真と破られたものを処分してしまったほうが賢明だったんだろう。だが、そんなことをされて黙っていたくもなかった。わたしはなにも悪いことをしていないのだから、警察に手がかりを見つけさせたかったんだ。しかしな、諸君。こうした手がかりがわたしの机に入っているのを警察に見つけさせたくはなかったのだよ！」

「わたしたちに真実を話そうとは思いつかなかったんですか？」

「思いつかなかった」サー・ジャイルズはあっさりそう答えた。「その道だけは思いつかなかったね」

「話の続きをどうぞ」

彼は首を傾けた。しなびた顔に笑みが浮かんできた。しばらく彼が顔に浮かべることのなかった表情だ。

「多少やりすぎたのは認めよう。ロバの尻尾も失敗だった。抽斗の中身を赤インクで汚したことに、たいした成果があったかどうかも自信がない。だが、そこに注目を集めたかったのでね。いいかね、諸君。抽斗の写真が見分けのつかないようにしようなどとは、まったく考えていなかった。わたし個人は髪の毛が逆立つような思いをしているというのに、今日のあなたが証拠の切れ端をつなぎあわせる手際には感銘を受けたよ。理解してもらえるかな？　あなたが無から事件を紡《つむ》いでいく手法に頭のなかが真っ白になり、遠くから関心をもって自分を観察しているようになった。まるで、バズファズ高等弁護士の話に耳を傾け、ポークチョップとトマトソースが自分に不利な証拠として使われるのを聞くピクウィックになった気分だったよ（チャールズ・ディケンズ『ピクウィック・ペーパーズ』より）」

彼は口を閉じた。

「言うべきことはすべて話したと思う。わかってくれるだろう、わたしは忍びこんだ人物を捏造する必要はなかった。本当に誰かが書斎にいたんだ。やったことについてわたしは心から後悔しているが、あなたは貴重な証拠を手に入れることになったじゃないか。わたしにはミセス・ケントの過去につながる、暗くとんでもない秘密などない。以上がわたしの証言だ。信じようが信じまいが、ここだけの話、どっちでも知るものかと思っている」

ハドリーとフェル博士は顔を見合わせた。サー・ジャイルズはコートの立てた襟に首をうずめ、暖炉の炎を見てまばたきした。

「いま、そんなに敵意は感じてないいんじゃないかね？」フェル博士がにこやかに訊ねた。

「ああ――そうだ。正直なことを言えば感じない」

「ひとつふたつだけ質問を」博士がほのめかすと、ハドリーは手帳をにらんだ。「この人物が抽斗にあった写真を全部破かんとならんかった理由に心当たりは？」

「いや、なにも。それがわたしに疑いをなすりつけるためのものであるはずがない。少なくとも、わたしにはそうは思えない」

「ふむ、そのとおり。抽斗の鍵の複製は簡単に作れたんですかな？」

「そうは考えたくない。あれは机の抽斗にしては、複雑で凝った錠だ。しかし、複製が作られた可能性は大いにある。実際作られているんだからな。どうやって作るのかはよく知らないが。探偵小説に深くなじみがあるわたしは、蝋や石鹸を使うのが常套手段だと知っているが、蝋や石鹸を渡されて〝やってみろ〟と言われても、どうやればいいかわからないよ」

「何者かが書斎にいたとき、足音を聞いたと言われましたな。足音は軽かったですか、重かったですか？」

「記憶を振り絞っても」サー・ジャイルズがしばらく考えてから答えた。「こういうときに使い尽くされた役に立たない〝中間〟という返事しかないよ」

「メイドのどちらかの足音だったという可能性は？」

「そんなはずがあるかね？　メイドだったらいても自然さ、逃げる必要もない」

「こちらの使用人は長いこと、あんたのもとで働いてきたのかね？」

「ああ、そうだ。ノーフォークからわたしと一緒にここへ引っ越してきた。わたしは――うん、まあ、使用人たちに絶対の信用を置いている。この世界と人々をわたしがこれまで信用してきたようにな」

「ミセス・ケントが以前この国にいた当時、あんたはノーフォークに住んでいたと言っておったな？」

「ああ。日記に書いた日付が正しければ」

「ふむ。では、ちょっと考えてみてくれんかね、サー・ジャイルズ。この一件のすべての責任を負う人物について、なにか思うところがないかね？」

彼は炎を見つめたまま首を振った。奇妙な笑みを浮かべてくちびるがねじれる。「それはあなたが関与することだ。たしかにわたしにも関与することだが、意味が違う。どうだろう、正直にそして忌憚《きたん》なく、ひとつ質問に答えてくれないか？」

ハドリーが警戒し、フェル博士に答える暇をあたえず口をはさんだ。「どんな質問かによりますよ、サー・ジャイルズ。その質問とは？」

「なぜ」彼はやはり炎に視線をむけたまま訊ねた。「あなたたちふたりは警官にミス・フォーブズを見張らせているんだね？」

18　墓碑にふれる手

ケントはテーブルにビールの大ジョッキを置いたときのドンという音を覚えている。彼は急いで少人数のこの集まりの面々に視線を走らせた。静まり返っていることから、ハドリーもフェル博士もいまの言葉を真剣そのものに受けとっているとわかった。

「なにを根拠にそう思うんですか?」ハドリーが訊ねた。

「なるほどね」サー・ジャイルズはなかばおもしろがったように言う。「どんな話題についても、誰にも情報をあたえるつもりはないんだな? ミス・フォーブズとミスター・ケントが今日の午後散歩に出たとき、あなたは男をひとり尾行につけた。誰かは断言できないが、ロイヤル・スカーレット・ホテルで出会った部長刑事のどちらかだと思う。散歩から四つの扉荘へもどったのち、部長刑事はミス・フォーブズのあとをつけた。わたしの家に泊まらず、あなたたちが今夜わたしをここへ――なんと言ったらいいか――誘いだしたのは、警官をわたしの家に入れるためだったんじゃないかと疑う気持ちになっている。抗議はしないよ。ただ、いかなる目的であってもわたしの家を使うのならば、わたしにはなにが起こっているのか知る権利があると思うが。家は警官だらけに思える。それに今夜は酒場のカウンターにもひとりいた。村で警官を隠しきれるなど期待するのはまちがいだからな。なにが起ころうとしているのかずっと疑問だった」

「話したほうがいいな、ハドリー」フェル博士が言った。「ずっとそうしろと勧めておっただろうが。この人はあれこれ手を貸してくれるだろうし、なにか不都合が起これば、この人が計画を台無しにすることになると言ったじゃないか」

「なぜ」ケントは口をはさんだ。「ミス・フォーブズを見張らせたんですか？」

ハドリーはそっけなくほほえんだ。「あなたが考えている理由のためではありません。彼女が面倒に巻きこまれないよう見張っているだけです。そうしたことが起きないともかぎりませんからね」彼はサー・ジャイルズにむきなおった。「よろしいでしょう。こういうことなんですよ。運がよければ、今夜わたしたちは犯人を捕まえるでしょう」

サー・ジャイルズは二音に区切って口笛を吹き、上体を起こした。「おもしろい──それにわくわくする！　どこで、そしてどのようにして捕まえるのかね？」

「あなたのお宅、四つの扉荘は変わった建物です」ハドリーが言う。「名前のとおりの家だ。名ばかりの海望荘や公園通り荘とは違って、本当に家の四面にひとつずつ、四つの扉がついています。その扉にすべて見張りをつけねばなりません。フェル博士の言うことが正しければ、深夜にそれらの扉のひとつから、家をあとにしようとする者を見つけられればと願っています」

「家をあとにする？　なぜだ？」

「いまは」ハドリーが言う。「そこまでしかお教えできません」

サー・ジャイルズはとまどったようだ。「だが、やはり話についていけないな。深夜にこっそり家をあとにする者を捕まえたところで、それが犯人だと証明できるのかね？　わたしはてっきりこうだと思っていた」彼は考えこんで眉間に皺《しわ》を寄せた。「こうした罠を仕掛けて、何者かが怪しく歩きまわっているところを捕まえる。捕まった人物はすっかり動揺してしまい、罪を認めると。だが、仮にそいつが腕組みをしてこう言ったらどうだ。〝これは罠だ。弁護士に話をとおしてくれ〟と。証拠はどこにあるんだね？」

「証拠はまだ残っていると」ハドリーが言う。「期待できる理由があるんですよ」彼の口調が変わった。「わたしからお願いしたいことがあります、サー・ジャイルズ。ご自宅で警官の姿を見かけることがあった場合。なにを目撃しようが、それがどれだけ疑わしく見えようが、なにもせず、誰にもなにも言わないでください。家の人たちを普段どおりに寝かせましょう。早朝にあなたを起こすことになるかもしれませんが、その頃にはわたしたちに少しでも運があれば、事件は片づいているはずです。約束して頂けますか？」

「喜んで。では、その、わたし自身の証言を真実だとあなたは受け入れてくれたと思っていいのかね？」

「受け入れていなければ、こんなことを打ち明けますか？」

「なんとも言えないね」サー・ジャイルズは率直に言った。「しかしながら、わたしのことは頼りにしてくれたまえ。計略を巡らせた作戦の存在を嗅ぎつけると、わくわくせずにいられないたちでね。おやすみ、諸君。すぐに再会できることを願うよ」

彼は中折れ帽を額に引きおろし、杖をついた。ドア——入ってきたのと同じドアの前でその場の者たちに短く会釈してから、そっと外へ出た。いまなお寒く、静まり返ったといえる夜が、彼のあとに厳しい冷気を送りこんできた。

ハドリーが腕時計に視線を走らせた。

「ここの主人にも会っておいたほうがいい」警視が言う。「余計なじゃまは望ましくありませんからね」

そして手を伸ばし、電灯のスイッチを消した。

気まぐれな暖炉の炎が燃えあがってハドリーがカウンターにむかうと、ケントはフェル博士を見た。フェル博士はなにも言わず、大ジョッキの中身を飲み干した。教会の時計の音に耳を傾けているようだ。十時半近いに違いない。

「どういうことか、ぼくに教えてもらっても構いませんか?」ケントは問いただしたが、囁《ささや》きより少し大きな程度の声だった。「フランシーンの件はどういうことなんです? ぼくには知る権利がある」

彼から博士ははっきり見えなかったが、ぜいぜいという息づかいは聞こえた。「ミス・フォーブズに」フェル博士が断言する。「危害が生じる危険はまったくない。その点は安心しなさい」

「でも、彼女になにか危険が迫っているのなら、ぼくは助けになりたいです」

「ふむ、そうだな。それも一興だとは思う」

「いや、ぼくが言いたいのは犯人が来るその場に――」

「だめだ」フェル博士が言う。「わしは二度とそれを認めんことにしておる。わしは剣の八事件でそれを許し、二度とそんなことは繰り返さないと固く誓った。そんなことをすれば悲劇にしかならん。なあきみ、それは専門家の仕事であり、専門家が実際にやるんだ。しかし、その気になれば役に立つことはできる。四つの扉それぞれにふたりの男を見張りにつけたいが、手が足りなくてね。よければ、見張りに参加してくれ。ただ、警官と組ませるので、犯人逮捕は警官に任せるように。少しも誇張するつもりはないが、ある計画が失敗したら、犯人は非道で悪賢い人物に変わるかもしれんと言っておこう」

教会の鐘が十時半を打った。

ハドリーがなみなみと満たされた大ジョッキを手にもどってきた。かわされる言葉はとても少なかった。暖炉の火のそばに腰を下ろした彼はまだ腕時計を見ていて、身を乗りだすようになった。テーブルにこすれる白鑞《ピューター》の大ジョッキと暖炉の炎の音ぐらいしかしない。炎は赤々と燃える川辺のようになった。十時四十五分の鐘、そして十一時の鐘。ノースフィールドは眠りについた。

十一時を少しまわり、窓から窓へとカーテンを閉めてまわっていたハドリーが厩舎の庭に面したドアに近づいた。ドアを大きく開け、外を覗いた。冷気がじわじわと絨毯《じゅうたん》のように床を覆い、壁にまで広がり、そのあいだもハドリーの吐く白い息が肩越しに室内へ漂っていた。厩舎の庭で敷板がきしむ音と囁き声がした。

「タナー！」

「警視？」

「みんな持ち場についたか？」

「準備はできています、警視」

「待機しろ」

ハドリーはきしむ敷板の上へ移動し、それに続いてぶつぶつと話しあう声がした。もどってくると、彼は椅子から自分のコートを拾いあげ、ケントにむきなおった。

「あなたにはタナー警部と一緒に家の裏口の持ち場についてもらいます。警部に指示をあたえていますから、あなたは彼にしたがって。裏庭に入ってはいけませんよ。ミス・フォーブズの部屋は裏庭に面していますので、月が昇れば姿を見られてしまいます。教会墓地の端、裏庭に入る鉄門のすぐ外にとどまっておくように。そこからならば、裏口がはっきり見えます。怖じ気づいてはいないですよね?」

「そうは思いません」

「いずれにしても」ハドリーはしゃがみ、炉床から火かき棒を拾いあげ、それをケントに手渡した。「これをもっていてください。あなたは私人逮捕のできる一般市民として武装することができますので、念の為に。わたしは部長刑事を待ってからあとを追います」

ハドリーはケントを見送った。ドアの外では、タナー警部がいさましくハンチング帽をかぶって待っている。彼は方向を指示する以上のことはほとんどつぶやかなかった。警部とケントは静かに村の共同緑地に通じる門を抜けた。

少なくとも、ケントはそこが共同緑地に違いないと考えた。とまどいと胸騒ぎをかきたてる現象——夜のイギリスの村のまったくの暗闇と静寂を経験するのはこれが初めてだった。人間というものは曖昧な言葉の使いかたをする。もっとも人のいなくなる夜の時間帯、都会の通りにしろ辺鄙《へんぴ》な町にしろ、明かりのひとつも、なにかが動く気配のひとつもないというのはあり得ない。かならず誰かしらが起きている。人口のそこそこ多い地域の中心にある村よりも、アフリカの草原のほうが明るくてなにかしらが目覚めている。夜の帳《とばり》が下りてからこうした村に足を踏み入れると、村の中心にやってくるまでそういうところにいるとは気づきもしない。家には幽霊のようにぎょっとさせられる。人々は夜の帳の訪れと共に、薬でも飲まされたような眠りに落ちたに違いないという印象を受ける。パブが十時まで開いているとしても、ブラインドがしっかり閉められているか照明がとてもぼんやりしているかで、ほかの家と同じように死んでいるようにしか見えない。ポンペイの遺跡のパブのように。

それでもタナー警部の隣をゆっくり歩き、ケントは自分の足音を聞いていた。凍りついた地面にくっきりと足跡が残り、追っ手がいたとしたら容易に追跡できただろう。霧の出た寒い夜で、見えなくても霧のにおいが嗅げそうだった。あとになればたぶん月も昇る。重い足音が自分たちより先を行き、緑地に響く。ノースフィールドには犬がいないらしいとケントは考えた。

教会の前の薄暗い道を進むかわりに、タナー警部は教会そのものの屋根付きの門を開けた。ケントは彼に続いて大きな柱のようなイチイ並木の下を歩いた。手にした火かき棒がひどく冷たく感じられるようになった。あまりにきつく握りしめていたからだ。それで先端をコートの深いポケットに挿し、肘で支えた。まだ雪で滑りやすくなっている石畳の小道を歩き、教会をまわっていった。その先は暗すぎて、ふたりとも前に片手をずっと突きだした状態で進んだ。教会墓地にたどり着くと急に下り坂になっていて、迷路のように並ぶ平らな墓石がじゃまになった。

「どっちですか?」

「ここを下った先だよ。足元に気をつけて!」

大きなニレの木立が目の前の空にぬっと現れた。鉄の門がはまった塀のむこうに、かすかな明かりが見えた。あきらかに四つの扉荘ではまだ誰かが起きている。

ケントは子供の頃にけっして墓石を踏まないようしつけられていたので、墓石を避けようと妙な歩きかたをしていた。何度か冷え切った手の甲が墓石にこすれてすりむけた。教会墓地の端にやってきた彼らが足をとめたちょうどそのとき、四つの扉荘の明かりが消えた。だが、この頃にはケントの目も暗闇に慣れていた。暗い劇場を手探りで歩き、懐中電灯を照らす案内人が通路の途中でいなくなったような心細い気持ちはなくなっていた。鉄の門がぼんやり光って見える。その先に、四つの扉荘の白い窓枠と白い裏口のドアがわりにくっきりと浮かびあがった。煙突の輪郭さえも見分けられた。これで身を切るように寒くさえなければよかったが——

教会の鐘が十一時十五分を告げた。

こんなことをしてはいけないのだが、ケントは門からほんの数フィートの墓碑によりかかった。いまや、さまざまなものが夜ならではの見えかたで明瞭になっていた。裏口前の階段やゴミ箱が見分けられ、白いペンキがすべて光って見えるようだった。ただ、手袋を持参すればよかったと思わずにいられなかった。手の感覚がなく、ぶるりと震えが来た。〝誰かが墓の上を歩いている〟という思いが彼の頭にひらめいた。きっとこんな感覚になるはずだ。

そうは言っても——

あの家でなにが起こってるんだろう？　教会の鐘だけが話すことを許されるとき、誰が、あるいはなにがドアからこっそり出てくるのだと予想してるんだ？　ケントはそろそろうんざりして、火かき棒を取りだし、墓碑の隣の霜で覆われた草地に置いた。身を乗りだして、裏門に錠が下りていないことを確認しようとした。門は低い音をたててきしみ、ケントはすっと身体を引いた。錠など下ろさなくても危険はないという意見の一致（古き良きまともな言いまわしだ）があるらしい。だが、家のなかには危険があるに違いない。そうでなければ、見張りにかこませることはなかっただろう。フランシーンのもとに行かせてくれたならば、もっと気分はマシだったはずだ。役割が逆だぞとケントは考えた。家のなかにいる者たちはどっしりして暖房の効いた壁の内側に収まっているが、危険な状態にある。外にいる者たちは吹きさらしで孤独だが安全。

門の錠前にふれてから、ケントはふたたび墓碑によりかかった。こんなふうにずっと立っていたら、いつか背中が引きつるだろう。座るか？　それがなにより楽だろう。時の流れによって文字が薄くすり減ってじっとり湿る墓碑は、ロドニー・ケントが死んだ部屋のベッドのように、上のところに渦巻き模様が描かれていた。指先でそこをなでてから、彼は身をかがめて火かき棒を拾おうとした。火かき棒はそこになかった。

ない。固くなった雪のなかを手で探った。しゃがんでからもっと広く手を動かした。火かき棒の端がどのあたりだったか覚えていたが、そこになかった。

「どうしたことだ?」ケントは隣にいる見張り番仲間に囁いた。

「自分がもっている」相手が囁き返した。

ケントは安心してそちらをむいた。彼は持ち場についたときに立っていたそのままの場所にいて、相変わらず身動きしないでどっしり構えている。暗がりに慣れたケントの目でも詳細までは拾えなかった。青い上着。コートは着ていないのが見えた。ぼんやりときらめく銀ボタンが見えた。そしてほかのものも見えた。

それは教会墓地を一緒に歩いてきたと思っていた警部ではなかった。

そのとき、それが動いた。宙を切り裂く火かき棒が凍てついた空気のなかでシュッと歌い、墓碑を殴った。頭を狙った攻撃だ。ケントは避けたのではなかった。よろめいただけだった。とにかく、あとになってから思い返すとそういうことだった。自分の膝が地面にぶつかる音を聞いた。火かき棒がふたたび振りあげられ、振りおろされたが、ケントは横様に転がってからゴム製の猫のように弾んで立ちあがった。そしてふたりは激しい息づかいで墓碑をはさんで立った。

教会の時計では数分のことだっただろうが、なにも動きがないまま果てしない時が流れたように思えた。なによりも時間がかかったのは頭の切り替えだった。目の前に、腕を伸ばせば届く位置に、追い求めていた人物がいる。この人物がどうやってここにやってきたのかは問題ではない。問題はどうするかだ。叫ぼうとか助けを呼ぼうとかいう考えは、ケントの頭にまったくひらめかなかった。しかもそれは勇敢だからではない。青ざめるほど怯えていて、耳のなかでは心臓のどくどくいう音も聞こえた。考える時間がなかった、ということだろう。彼は自分の吐く白い息越しに相手を見ていた。

「そいつを下ろせ」ケントは囁いた。「おまえ、何者だ？　そいつを下ろせ」

相手は返事をしなかった。かわりに、墓碑をまわって近づいてきた。

「そいつを下ろせ」

敵のもっているのがもっと長い凶器ならば、危険を顧みずにつかみかかってみただろう。だが、これはもっと短い間合での殺人に適したものだった。先ほどの最後の攻撃があたっていれば、頭蓋骨はオレンジみたいに砕けていたはずだ。はっきりしないその人影がじりじりと墓碑のまわりを近づいてきて、ケントは後ずさった。敵はフェイントをかけるボクサーのように火かき棒を少し左右に動かした。またもや攻撃に出た——そして狙いを外した。

どちらも同時に身体のむきを変えた。ケントはかすかに燃えるような感覚を抱いただけだった。親指がしびれたようになり、続いて熱くなり柔らかくなってから、感覚がなくなったようだった。墓そのものの盛り土としなやかで滑りやすい下草のおかげで、敵は攻撃に出たときに滑った。そいつの身体は墓碑にぶつかった。バランスを崩し、必死になってなにかにつかまろうとした。ケントの胸にぶつかりそうになり、墓碑の上に首を載せる格好になった。火かき棒を振ろうとして、墓碑にあたって派手な音が響いた。ケントはおそろしくてたまらず、渾身の力を込めて拳《こぶし》を繰りだした。ラビットパンチ式に拳を敵のうなじにお見舞いすると、金床《かなとこ》で鉄を叩くように墓碑に敵の首が叩きつけられた。

火かき棒が落ちてしなやかな草地を転がる音がするほかに、別に急ぐようなガサガサという音は聞こえた。葉の落ちたニレの下から三人の男が暗がりに現れ、そのうちふたりが懐中電灯をもっていた。ケントには彼らの息づかいが聞こえた。そこで、重々しいが落ち着いているわけではないハドリー警視の声を聞き分けた。

「いや、わたしを非難しないでくださいよ」ハドリーが言う。「彼をあなたに差しむけたのじゃありません。彼がこのあたりにいるとは知らなかった。この豚めはわたしたちを出し抜いた」

ハドリーは立ちどまり、呼吸を整えた。ケントは咳きこみ、しばらく咳を続けた。

「なにがあったにしても、ぼくが今度はどうやら殺人の罪をおかしたようです。ほかにどうしようもなかった。こいつの首がもげていないかどうか、たしかめてみたほうがいいです」

その人影は倒れて火かき棒のように横たわっていた。ハドリーがその人影にむけてかがんだとき、さらに重い足音が響いてフェル博士がぜいぜい言いながら一同にくわわった。

「いや、こいつは大丈夫です」ハドリーは言った。「怪我も治るでしょうが、別の方法で首がもげることになりますね。それにしても、こいつは被害者たちにやったことと同じような目に遭ったものだ。よし、おまえたち。こいつを仰向けにしてくれ。ポケットからなにも落ちないように気をつけろ」

ケントは懐中電灯の光が動くなかで、先ほどまで敵だった人物を見つめ、ふたたび振り返った。

「これは?」彼は言った。フェル博士は額をバンダナで拭いて呼吸を整えていた。指のあいだも拭い、まばたきをして陰気な表情で見おろした。

「そうだよ」博士は言う。「これは真犯人。もちろん、リッチー・ベロウズだ」

19 穏やかな犯罪

「そして彼が着ていたのは?」ケントは訊ねた。

昼食のテーブルの主賓の席に座ったフェル博士はどっしりと椅子にもたれた。

「彼が着ていたのは」博士が言う。「あとでさまざまな理由を説明するが、タナー警部の予備の制服だった。ロイヤル・スカーレット・ホテルのエレベーター・ボーイの制服とそっくりのやつで、わしは何度かエレベーターで〝お巡りさん〟と呼びかけたくなったよ。支配人のハードウィックが話しておったエレベーター・ボーイの制服の描写を忘れてはおらんだろう?〝詰め襟で丈《たけ》の短いシングルの上着、銀のボタン、肩章〟だ。エレベーター・ボーイだけが、警官と同じに丈の短い上着の制服着用の男性従業員だったんだ。ほかの者たちはダブルの長上着のフロックコートか夜会服。わしたちが追う青い制服の幽霊を見たなかで、ただひとり本当に正直な目撃者はミスター・リーパーで、彼は幽霊が短い上着を着ていたはずだと語ったよ。

このようにして、類似の制服を探す範囲はぐっと狭まったわけだ。だが、リッチー・ベロウズが注目を集めたかったのは、そして誰かが注目することを計算に入れていたのは、青い上着と銀のボタンだけだった。どういうことかわかるね」

「だがな、彼はどうやって留置場を抜けだした？」ダンが怒鳴る。「それになぜこんなことを？」

緊張感が一同から消え去ったと言っても、いたずら小鬼がよそへ行って悪臭も薄れたと言っても、二月二日の霜の降りる朝の四つの扉荘のありさまを表現するには物足りなかった。メリッタ・リーパーは一晩泣き明かしたといい、いかにも彼女らしいことだとみんなの意見は一致した。かすかな日射しがダイニングルームの窓を照らし、家主がお祝いの意味合いの昼食を提供していた。ケントの親指はリッチー・ベロウズが振りおろした火かき棒があたって夜のあいだずっと痛んだのは本当だが、ワインとほっとした気持ちで楽になり、それほど苦痛ではなかった。フェル博士は〈現在のクリスマスの幽霊〉然（チャールズ・ディケンズ『クリスマス・キャロル』より）としてにこやかにテーブルの主賓の席に陣取っていた。そして眠そうに葉巻を振って言った。

「エッヘン。ここで講釈させてもらうかね。いままでわしの弁舌の歯車に油を差す満足な機会がなかったからの。ただ、言わせてもらえば、もうひとつ、もっとやむを得ない理由もあったんだ。学問的に見れば、この事件はわしの好みだよ。証拠のかけらを集めてひとつの全体像を作るまたとない機会をあたえてくれる事件だ。それに諸君のような推理に目のない者たちにとっては、興味深い事件のはずだ。警視とわしは」彼は葉巻をハドリーのほうに振ってみせた。

「事件の尻尾を一緒に追った。この話をしておるのがわしなのは、なにも偉大な見識をもつ者だからじゃない。たんに、わしのほうが出しゃばりでとめられない話し好きだからだよ。

どこから話すのが最適かと言ったら、まずわしたちが事件を追いはじめたあらましから語るのがよかろう。さて、最初にわしがロイヤル・スカーレット・ホテルに行ったとき、混乱のなかでたしかだと思えたのはこれだけだった。ミセス・ジョセフィーン・ケントは周囲に思われていたとおりの人物ではないと。昨日、我らが招待主を激しく追及したハドリーは、この点を捜査する理由をざっと説明した。使いこまれたトランクの文字がかすれていたことから始まった捜査は、南アフリカから受けとった示唆に富む情報で終わりはせんかった。ほかの証拠とあいまって、ある疑念を呼び覚ましたんだよ。

最初の段階では、わしはリッチー・ベロウズの言い分にほとんど疑いを抱いておらんかった。警察は彼が無実だとほぼ信じた。犯人だと考えるには身体的な面で齟齬《そご》が多すぎたからな——よく知られた麻痺した左腕、これではロドニー・ケントを絞め殺すのは不可能だっただろう。それから、彼は午前二時に発見されたときたしかにべろんべろんに酔っ払っておった。午前十二時に殺人をおかしたのであれば、被害者の部屋のドアの外にあるソファで眠って二時に発見されるのを待つはずもない。そのうえ、凶器がなくなっておった。さらには、動機がまったくない。最後に、わしは彼の〝ホテルの案内係の制服姿の男〟という証言を本当だと見なそうとした。真実でないとしたらあまりに荒唐無稽《こうとうむけい》だからだ。別にわしが荒唐無稽な話に共感するたちだからじゃない。故意に嘘をつく者が有利になるようなたぐいの話じゃないという意味だよ。

もしベロウズが犯人ならば、嘘で身を守ろうとするだろう。だが、あれほど無意味に見えて、事件の全体像と関係ない嘘をつくとは思えん。一見したところ、ホテル従業員の話は本当でないかぎりまったく意味がとおらんのだよ。彼が嘘つきならば、廊下で泥棒を見たと言うことはあるだろう。だが、北極探検隊だとかバレエの踊り子だとか郵便配達人を見たというのはないよ。

それゆえに、わしたちが最初にホテルへやってきたとき、わしは犯人が実際にホテルにいるのだと信じかけた。もっと詳しく言えば、七階の泊まり客のひとりだと。だが、ふたつの点でひどく悩ましいことになったんだよ。

まず、制服がまったくどこにも見当たらなかったこと。いったいどこに消えると言うんだ？　隠されても、燃やされても、窓から投げ捨てられてもおらんかった。わしたちが発見するか、形跡をたどるかできたはずなんだよ。客が着ていたとしたら、その後どうやって地獄の辺土に運んだ？　そうでも考えんと説明がつかんよ。客のひとりがホテル従業員と共謀し、変装に使うために本物の制服を借り、あとで返したと言うかもしれんね。たとえそのとおりだとしても、どうやってA棟から消せたのかね？　あの棟へのただひとつの入り口は一晩中、エレベーターの作業員三名の目があって、間をおかず警察が到着しておる。問題の客が窓から投げ落とし、ピカデリーか吹き抜けに落ちたものを共犯の従業員が拾ったのか？　これもこじつけめいておる。それなのに制服は消えたんだ。

次に、大いに光をもたらしてくれた状況がある。じっくり考えてみて、妙なふうに開いているのを発見されたドアのことが頭に浮かんだんだ。リネン室のスプリング錠のドアだよ。わしたちはさまざまなあたらしい錠のことを聞かされた。権限のない者には外から開けることはできんとのことだった。リネン室は事件の前の晩にメイドが鍵をかけていた。朝になってみると開いておった。そのために、無理もないが、疑いの目がひそかに支配人のミスター・ハードウィックにむけられることになったんだ。

だが、わし自身の頭は簡単な作りなんだよ。誰も外からはあのドアの錠を開けることはできんかっただろう。だが、内側からならどんな人間だってスプリング錠は開けられる。錠の部分の小さなつまみをひねれば開く。それで、わしはリネン室を覗いてみたくなったんだ。ハハハッ。ところで、ほかにも同じことをやってみた者はおるかね？」

ケントはうなずいた。

「はい。警視にメリッタを呼んでくるよう言われたとき、覗いてみました」彼は鮮明にあの場所を思いだしながら答えた。「あそこがどうしましたか？」

「いいぞ」フェル博士が言う。「さて、捜査を始めた当初に、エレベーター作業員たちに姿を見られることなく、外部の者がホテルに出入りするさまざまな方法を考えてみたな。（A）建物のピカデリー側の壁を登り下りするもの、（B）建物の吹き抜けの内側の壁を登り下りするもの、（C）廊下の突き当たりの窓の外の非常階段を使うもの。このすべてが、〝かなり考えづらく、不可能に近い〟として除外された。（A）と（B）についてはあきらかに難点がある。（C）については、ホテルに出入りするには幅広い公道と言ってもいいもので、明白な道しるべであり、目がくらむほど簡単な方法だが、ひとつはっきりとどうにもならない事実があった。非常階段を守る錠のかかった窓は引っかかってどうしても開けられなかったんだ。それゆえに、悲しい目で（C）を見送るしかない。だが、わしたちはリネン室を調べてショックを受けた。きみは」彼はケントにむきなおった。「翌朝、リネン室を覗いた。なにが目についたかね？」

「窓です」ケントは答えた。

「開いていたかね、閉まっていたかね？」

「開いてました」

「ふむ、そのとおりだ。実証するためにあんたたちをホテルへ連れもどすのは面倒だろうから、A棟の見取り図をちょっと見てみよう。リネン室に窓があるね。その窓からたったの一フィート（約三十センチ）足らずの位置に、幅広い非常階段があるのがわかる。成人男性なら別に煙突職人にならんでも、非常階段に立ってリネン室の窓から入りこめる。

　わしは非常階段を見つめ、あることに気づき、不安になった。

　考えていたことがすっかり逆になるからだよ。ハードウィックか客室係が開けたのでなければ、リネン室のドアは廊下の外側から錠を開けられなかった。つまり、客には開けられん。そして、ハードウィックか客室係が開けたのなら、七階にあがってきて、まずエレベーター作業員たちの前を通り過ぎるしかないが、ふたりともそうした行動を取っておらん。それゆえに、リネン室のドアはリネン室自体の内側から錠を開けられた。単純に内側の錠のつまみをひねるという動作でだ。すなわち、犯人は外からリネン室に入った。つまり、繰り返すのはやぶさかではないが、犯人は外部の人間だった」

フェル博士が大きな両肘をテーブルに突き、危なっかしく、火のついた葉巻の先で頭を引っ搔きそうになりながら、コーヒー・カップをにらんだ。

「白状すると、いまのように推理しかけてためらったんだ。おもしろくなかった。事件というものは一度の発想の転換で解決できるものじゃない。〝真相はこれしかない。ほかの説明などない〟と言い切れる人間を、わしは尊敬もするが残念な気持ちも抱いてしまう。だが、十二の大きな質問――昨夜ハドリーとクリストファー・ケントに提議した問題――のなかで、いまの仮説から説明できるものがふたつある。(8)〝どうやって犯人はロイヤル・スカーレット・ホテルの鍵のかかったリネン室に入ったのか？〟と(2)〝その衣装にその後、なにが起こった？〟だよ。答えはそれぞれ、〝犯人は外から入った〟と〝犯人が制服を着たままホテルから去った〟となる。

だが、仮に――仮にだよ、犯人が外部の人間だったとしたら、どのような外部の人間だ？わしらのささやかな仲間たちは同じ屋根の下にいた。最初の悲劇の夜、制服の人物が最初に目撃された夜に四つの扉荘にいた者は、あの夜ロイヤル・スカーレット・ホテルのなかにいた。いわば隔離されて。全員か？ ふむ、そうとは言い切れん。たとえば、リッチー・ベロウズが欠けておる。警察署の留置場に入れられておったんだから当然だ。どちらにしても、彼はミセス・ジョセフィーン・ケントに会ったことがない。彼女はノースフィールドには行かなかったからな。

こいつは最初から興味深い質問だった。すなわち、なぜ彼女は叔母たちの家でなにをするでもなく過ごすため、ドーセットへ直行したのか？　なぜ彼女は少しのあいだであっても、夫が殺害されたあとでも、ノースフィールドへむかうことを拒否したのか？　そしてわしたちには、彼女が周囲に思われているような人間ではないと疑うだけの理由ができ、その後すぐに納得する理由もできた。彼女は一年以上もイギリスにいた。裕福になって南アフリカへもどった。だが、この訪問のことを注意深く隠し、生まれてこのかたイギリスに行ったことはないと断言した。なぜだ？　ここで留意してほしい。彼女は今度の旅そのものについて反対していたわけじゃない。ロンドンに行くことについても反対していない。たとえば、サー・ジャイルズ・ゲイなどの人に会うことにも反対していない。だが、彼女は頑としてノースフィールドには行こうとしなかった。わしたちには、本当の性格がすでにわかりかけてきた彼女が、夫の死後に〝虚脱して寝こんだ〟というのはあまり納得がいかんように見えるね。

だから、その点はわしたちの単純な頭に刻まれた部分だった。わしたちの頭の別の部分にはまた別の疑問もあったんだよ。

制服と同じように悩みの種だったのが、犯人がどうにもタオルにこだわる点だった。どちらの犯罪でも、なぜタオルを使って被害者を絞め殺したのか？　わしがハドリーに指摘したように、そいつはまちがいなく、まわりくどくて面倒なたぐいの攻撃、不自然なたぐいの攻撃だった。なにより、必要のない手段だった。疑いなく、犯人が指紋を残すことをおそれてタオルを使ったんじゃなかった。人間の皮膚には指紋は残らんし、喉に残る手形も見分けがつかんという、誰でも知ってることは知ってたはずだよ。家具やらの表面に指紋がいっさいなかったことから、犯人が手袋をはめておったに違いないことも、わしたちはわかっておる。となると、跡を残すまいと手袋とタオルの両方を使う犯人という信じられん見ものに直面することになる。そんなことは実際には考えられん。ほかの理由を探さねばならん。

注目してもらいたいのだが、まずだな、ミセス・ケントは正確に言えば手で絞め殺されておらん。拷問器具がわりのトランクに入れられ、首をはさまれた。タオルは首に巻かれて皮膚が切れないようにしたものだ。だから、絞殺のような跡が喉に残った。だが、ここでも疑問がもちあがる。なぜ、そこまで面倒な装置を使ったんだ？　ロドニー・ケントが殺害されたと思われる方法で、普通に殺害したほうがずっと簡単だっただろうに。タオルを使う不自然さにくわえて、この不自然な手口。こうした整合の取れない事実の積み重ねに、むしろ一本理論がとおるなにかがあるのじゃないかと思えてくる。この即席の〝鉄の乙女〟の仕掛けはどんなことを示唆しておるね？

うん、それは犯人にあまり力がなくて通常の絞殺は無理だったということを示唆しておるんじゃないか。つまり片腕しか完全に使えない、すなわち右腕だけを使えない人物を。

片腕しか完全に使えない？

ほかには？　被害者の身体をトランクの内側に立てかける。トランクの一方を押さえて左脚で支える。左脚で支えた側にむけて、右手で力強くもう片側を閉めれば、犯行は終わりだ。

しかし、これはロドニー・ケントに対しては二本の手で息の根をとめるほど締めつけたことと矛盾する。法廷でも突飛すぎる仮説だとして相手にされんようにも思えたが、わしはなんとかロドニー・ケントの実際の殺害方法について思いついたんだ。ハドリーがすでにこの四つの扉荘のブルー・ルームの家具については説明したな。みずからここにやってきて自分でたしかめるまでは確信がもてんかったが、犯行の場面を思い描くことができた。そっくりな家具を見たことがあったんだよ。ベッドのフットボードを思いだしてほしい。頑丈な板で中央が尖ったなだらかな山形になっており、左右の端の手前が丸く、くぼみみたいにくりぬいてあるんだ。こんなふうに」

博士は鉛筆を取りだして封筒の裏にさらさらと絵を描いた。

「まるで、ギロチンの首置き台というか、首をはさむ板のようにな。くぼみに死刑囚の首を横たえるあれだ。ロドニー・ケントはベッドの脚に頭がほぼふれている格好で横たわっておった。もしも、意識のない男の首をこの素朴なギロチンに横たえたとしたら。もしも、首にフェイスタオルが巻かれていたとしたら。バスタオルではないぞ、それだと厚くふかふかしすぎて、正しい跡がつかなくなる。もしも、犯人がロドニーにまたがるようにして立ち、片手でうなじをつかんでフットボードのくぼみに押しつけたなら、被害者の喉仏は縁で圧迫される。犯人の仕事が終われば、首の跡はタオルのおかげでうまい具合にぼやけて手による跡と見分けがつかんし、喉にもうなじにも、ぐるりとつながって二本の手で締めつけたような跡が証拠として残るだろう。

一度なら偶然かもしれん。二度では偶然のはずがない。これでタオルを使った理由に説明が

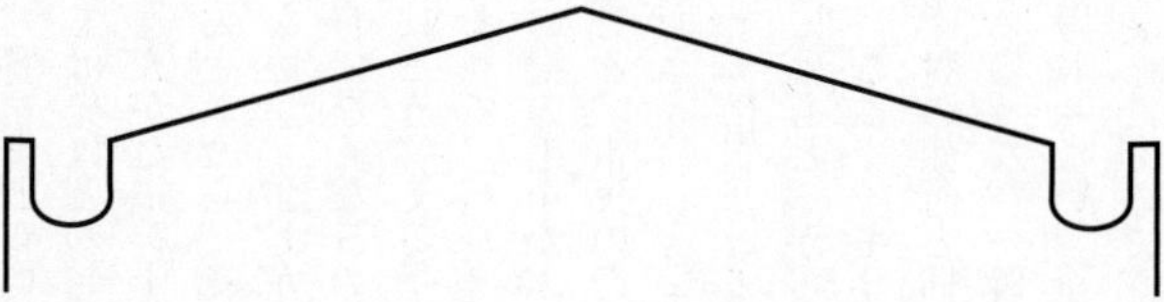

つく。これは犯人が片腕しか完全に使えない人物だと示しておるんだ。

エッヘン！　さて、わしは〈これはジャックが建てた家〉で歌われるように、広がっていくつながりを見ることにした。（A）犯人はロイヤル・スカーレット・ホテルの外から来た。（B）犯人は制服を着ていて、それを着たまま逃げた。（C）犯人はどの点から見ても、片腕しか使えない人物だった。この描写にあてはまるのはただひとり、リッチー・ベロウズだった。このように考えてしまうと、当初は彼の有利に働いた条件——すなわち、左腕が部分的に麻痺していること——そのものが、今度は彼を不利な方向へ縛りつけることになった。というのは、彼は警察署の留置場に入っておったんだから容疑者からは除外される、そうきみたちがたとえまだ信じていても、次のつながりはどれだけ短絡的に考える思考の持ち主にとっても明白だからだ。すなわち、警察署と青い制服のつながりということだよ。

この点については先ほどわしが指摘した。〝詰め襟で丈の短いシングルの上着、銀のボタン、肩章〟だよ。ご婦人がたに紳士諸君、この服装は毎日通りで目にしてきただろう。このつながりが頭に浮かばんとしたら、それはこの忍びこんできた者が頭になにもかぶっていなかったからだ。本意ではないが、わしができの悪いなぞなぞを作ってみたいと思えば、曖昧にこう訊ねるね。警官が警官でなくなるのはどんなとき？　みんなうめき声をあげるだろうが、わしならいたってまじめにこう答える。ヘルメットをかぶっていないとき。この驚くべき違いは、裁判に行ったことがあって、ヘルメットをかぶっていない警官を法廷で見たことがある者なら気づくはずだ。自分の髪の毛をかぶった警官たちは別の生き物に見える。案内係のように見えるんだよ。実際のところ、市民のための案内係という立場でもあるが。

話をもとにもどそう。リッチー・ベロウズは警察署の留置場に入っておった。彼が看守に〝おーい！　ここから出して予備の制服を貸してくれないか？　ロンドンに行って人を殺してくるが、夜遅くにはもどるから〟と声をかけたとは考えにくい。

しかしながら、ここでイギリスの国民生活におけるある特色について考えてみよう。村の警察署についてだ。村の銀行と同じように、観察しておるとたまにびっくりさせられる。一部の都市で建てられるような、一晩に百人もの酔っ払いを収容する特別な目的のための、近づきがたい石造りの神殿じゃない。全然違う。きみたちやわしが暮らしておるような家と一緒のごく普通の民家を改装したもので、ノースフィールドの警察署もそうなっておる。ここのは警察署へ作り替えるために買い取られた家だった。そこで誰かが改装工事をおこなわねばならなかった。さあ、頭の片隅で囁《ささや》く声がして、とても尊敬される人物で〝有名人〟だったリッチー・ベロウズの父親は大工だったという情報がわしたちには聞こえてくる。ハドリーの話では、この地域全体のモダンな家の半数はその父親が建てたものだったという。

老ベロウズは手作りの仕事を好んだと聞いておる。変わったユーモア感覚をもっていたとも聞いた。その大部分がねじ曲げられ、醜い決意となるものを息子の魂に焼きつけたんだ。父親は仕掛けやからくりや独創的に人を騙すことを好んだともいう。特に隠し扉や秘密の通路をな。〝世界最大のジョーク〟を彼は村に残そうとしていたと聞いた。わしは同じ好みをしておるから、この手の内輪のジョークがどんなものになりそうか、まばゆいくらいはっきりと想像できる。熟成し切った年代物のワインのようなジョーク。わしの知るかぎり、そのような仕掛けが実装されたことはなかったがな。ご婦人がたに紳士諸君、わしが言いたいのは警察署の留置場につけた隠し扉のことだよ」

フェル博士は椅子にもたれてしみじみと考えこんだ。

「もちろん、数千年前にひとつ前例がある。ヘロドトスの『歴史』で、ランプシニトス王の宝物庫に同じような扉を作った皮肉な大工のことを覚えておるかね？　ただ、息子のリッチー・ベロウズについては、示唆に富む事実がある。彼の証言——ロドニー・ケントが殺害された時刻、四つの扉荘にホテルの案内係がいたというのが、最初に彼の口から出たのはいつだったかね？　殺人の夜に逮捕されてすぐに話したか？　いいや違う。翌日遅い時間になってから、自分が警察署にいると気づいてからだ。どうだね？　警察署というだけでなく、そこの留置場だ。もしも、彼はいつでも好きなときに留置場を抜けだせるとよく知っていたとしたら？　もしも、わしがすぐあとに提示する理由から、彼は最初の犯罪で大きなしくじりをして台無しにしたのだとしたら？　しかし、彼がもうひとつ犯罪に手を染めようというんなら、これで疑われずに済む。だから、わしは思わず感心してしまうんだが、彼は神経症めいた頭の切れを発揮して話をした。わしたちが彼と話したときにミスター・ケント、きみも観察しただろうが、大人になりきっておらず興奮しやすいのが彼の性格の要《かなめ》だったんだな。

彼のした話というのは、ハドリーの言いまわしによると、酒の禁断症状による妄想、お告げ、真実のどれかだった。それがなんと実際、お告げだった！　冷静に考えると、あまりにお告げめいておった。馬の前に荷車を置いただけじゃなかった。うしろから馬に押させることもなしに、荷車を上り坂で走らせることになった。彼はホテル従業員について話しただけでなく、厚かましく本当にその従業員が雇われておるホテル名まで言った。覚えてるだろう。〝中背の男で、ロイヤル・スカーレットとかロイヤル・パープルみたいな大きなホテルで見かける制服を着ていたと言うしかありません〟だよ。

もちろん、これはわしたちの頭に先入観を植えつけるために必要なことだった。やりすぎだとしても、やるしかなかった。そして幸運なことに、映像記憶の持ち主であるという評判も彼を支えた。彼は青い上着と銀の（あるいは金の）ボタンを特定の人物像に変えておかねばならんかった。どうとでも取れる服装だから、こだわりのない者が聞かされればおそらくまったく違う人物像を言いだしただろう。そこで、名刺受けの小盆だよ。名刺受けの意味を巡ってわしは気持ちの上で深淵に突き落とされたようになったが、それもリッチー・ベロウズが有罪ではないかとひらめくまでのことだった。当然、これは彼の描写を明確にして固定させるための余分な飾りに過ぎなかったんだ。そんな名刺受けもそんな人物も、そもそも存在せんかった。だが、わしは先走ってしまい、証拠そのものについて話をしておらんな。ちなみにハドリー、警察署の隠し扉はどこにあった？」

　ハドリーは一般市民もまじえたなかでそうしたことを話すのはためらうように、テーブルの面々をちらりと見まわした。だが、彼が目にしたのは関心を示す顔ぶれだけだった。注意力を取りもどしたサー・ジャイルズやハーヴェイ・レイバーン、賞賛を露《あら》わにしたダン・リーパー、驚くほど陽気なメリッタ、表情を変えず聞き入るフランシーン。

「どこにと訊くだけなら簡単ですね！」ハドリーは怒鳴った。「わたしたち三人は午前中かかりきりで捜索したんですから。誰もそんなものの場所なんて知らなかった。真相がすべて明るみに出たら、マスコミから大いに叩かれることになるでしょう。もちろん、ベロウズにとってもそこまで簡単ではなかった。留置場の隠し扉は、隣家である警部の私邸の地下室につながっているだけだったんです。彼は警察署を自由に出入りできるわけではなかった。そのため、警部の家をとおって外に出ることはできましたが、行けなかった場所があったんです」

「行けなかった場所とは？」サー・ジャイルズが訊ねた。

「彼が本当に行きたかった場所だよ」フェル博士が言う。「そして行く必要があった場所。留置場の上の、警察署自体の取調室や待合室だ。そこにたどり着くまでには、鉄格子のはまったドアがいくつもあった。彼自身の監房のものも含めてな。それに、警察署のそのあたりには都合の悪い時間に勤務についておる警官たちがいた。それはひどい衝撃だったんだよ。計画を実行しようとしているこの男にとって、ふたつのものがどうしても必要だったからだ。服と現金だよ。

知ってのとおりベロウズは、家宅侵入の罪で逮捕されておった。それに付随する一定の決まりがあってな。彼は所持金も煙草もコートもすべて没収された。そのすべてが警察署の二階に鍵をかけて保管され、近づくことはできず、彼は裸同然だった。もうわかってきたかね？　ノースフィールドの自分の下宿にもどれば、おかみに騒がれてしまう。真夜中に友人を叩き起こして、レインコートと列車代の十シリングを貸してくれと頼むわけにもいかん。留置場にいるかいないか、その二択しかなく、中途半端なことはできなかった。そして姿を見られるわけにはいかん。見つからんようにして夜のうちに手に入れられるものはただひとつ、隣の警部の家にある予備の制服だった。彼はそいつを奪うしかなく、おお、バッカスよ、彼にはどうしてもその制服が必要だった！　彼の監房で話をしたとき、彼はあまり暖かくない日なのにシャツ姿だったのを覚えておるだろう。監房には上着のたぐいが見当たらなかった。逮捕されたとき、そういうのを着ておらんかったからだよ。監房には暖房が入って暖かいから、そこにいれば不快を感じずとどまっていられる。だが、その格好で雪の一月の夜に寒い思いをせんで歩きまわることはできんし、目立たんようにすることが必要不可欠だったことは言うまでもない。それゆえに、制服を三通りに活用するとても気の利いた計画が始まった。まず防寒として、次に優れた変装として、最後にロイヤル・スカーレットの幻の案内係として。ロドニー・ケントが殺害された一月十四日の夜から、一月三十一日の夜まで、彼には調査して下準備をする時間がたっぷりあった。彼はここにいる全員と同じことを知っておった。その点はあとで説明しよう。きみたちがロイヤル・スカーレットに行くことも、ミスター・リーパーがあたらしい七階のA棟すべての部屋を予約すると主張したことも、ジョセフィーン・ケントが何日に合流するのかも」

「でも、どうしてそんなことが彼にわかったの?」フランシーンが叫ぶ。

「まあ、焦らず。ちょっと待ちなさい。最終的に、いたいけなジョセフィーンを殺害することが、彼の人生においてなによりも根深く強烈な強迫観念となったんだ。理由はもう推察できるはずだよ」

「教えてくださいよ?」

「彼女はリッチー・ベロウズの正式に結婚した妻だった」フェル博士が言う。「だが、彼女は重婚の罪を認めることなしに、あれこれしゃべることはできなかったんだよ」

20　宝石の目的

「タンブラーがあるべき位置に下りれば」フェル博士は言った。「金庫の扉は勝手に開く。彼女があれだけイギリスに行ったことはないと言い張った理由がわかるだろう。ノースフィールドに近づかないようあれだけ気を配った理由もわかるだろう。以前、住んでおった場所だからだ。リッチー・ベロウズがロドニー・ケントを殺害したのだと知り抜いておりながら、彼を名指ししたり動機をあきらかにしたりするつもりがなかった理由もわかるだろう。彼女が自分の身に及ぶ危険についてまったく心配していなかった理由もわかるだろう。彼女はベロウズが留置場にいると思っておったからな。そして本件の中心にあるのはこれだった。ジョセフィーン・パークス・ベロウズは、夫を除けばみなに死んだと思われておった。だが、我慢してくれんか。まず、わしたちがこのように考えるにいたった理由を説明せんといかん」

その瞬間、ケントはある顔を思いだしていた。監房の寝台の端に座り、身じろぎしているリッチー・ベロウズ。ひょろりと背が高く、うつろな目をしたベロウズが、ゆうべ墓碑越しに見つめ返したように、彼を見つめ返している気がした。だが、ケントが特に思いだすのはあの雰囲気とふたつの仕草だった。最初の仕草は、ベロウズの痩せ細った左手に浮いた静脈をさする手。次の仕草はベロウズが突然床を踏みならす姿だった。気に入らない質問をむけられると、機嫌の悪くなった子供のように監房の床を踏みならしていた。あれはおかしなくらい内面を暴露する仕草だった。あの男はけっして大人になることがなかったのだという雰囲気が全身から漂っていた。

「すでに」フェル博士が言う。「ベロウズが有罪であり、ノースフィールドが絡んで、ジョセフィーン・ケントの過去となんらかの形でつながっていたと信じるようになった理由は話したね。動機を探すとすれば、この女とベロウズの過去になんらかのかかわりがあったと考えるしかない。ここまでに、わしたちはベロウズ自身についてなにがわかっておる？　わしがハドリーから話を聞いて最初から知っておったのは、彼の過去におけるいくつかの事実、そしてこの裕福な大工の息子の精神状態が突然崩壊したことだった。彼は体調を崩し、妻は〝海辺で腸チフスのために亡くなった〟。この言葉を聞いて、わしの興味がかきたてられた。つまり、妻はノースフィールドの村人たちの目のある場所で死んだのじゃなかったんだよ。どちらにしても、この頃からベロウズは急におかしくなっていき、思慮深く礼儀正しい、節度をもった飲んだくれになっていった。そうならないよう気をつけるんだよ、諸君。ベロウズが認めておるように、そんな飲んだくれが冬の林に行ってひとりで酒を飲み、月光のなかで〝暗唱〟でも始めたらなおさらだ。だが、ベロウズの変化は気持ちにとどまらなかったことに注目しなければならない。金銭面でも大打撃を受けておる。たっぷり蓄えがあると思っておったら、次の瞬間にはからっけつになった。これには村の人たちも驚いた。殺人事件の裁判で好まれるラテン語のことわざの引用がある。〝突然、ひどく卑《いや》しい者になる人間はいない〟とな。わしなら、莫大な資産をどこかへ持ち逃げされないかぎり、突然、ひどく破産した者になる人間はいないと断言するね。そしてイギリスからヨハネスブルグにもどった〝ミス・ジョセフィーン・パークス〟が手にしておったのは——まあ、順番に彼女とその行動について考察しよう。彼女が殺害された夜、それは叔母たちの家という避難所から思い切って外に出た初めての夜でもあったが、一風変わったブレスレットを身につけておった。誰もそれまでに見たことのなかったものだ。ドーセットで手に入れたとは考えづらい品だった。単純な思考で行けば、彼女の過去の人生にまつわるブレスレットだと考えたほうがずっと自然だよ。その時点までは、彼女が注意深く人目につかんようにした品だ。なぜだ？　なぜいまになって取りだしたんだね？　本人はおそれている相手からもらったものだと、ミス・フォーブズにほのめかした。自分が危険かもしれず、そのブレスレットが危険に対する安全装置として働くとほのめかした。彼女がおそれる相手の身元を特定する手がかりが含まれているからと。ミス・フォーブズに彼女はこう言う。〝もしもわたしの身に予想もしていないことが起こったら、これはあなたがもらって〟と。その後、彼女は考えを変え、深夜、恐怖におそれるとブレスレットをミスター・レイバーンに渡してこう言う。〝いつもこれをもっていて。そうしたら、誰も死者をよみがえらせようとしないから〟と」

「死者をよみがえらせようと——」

「彼女のおそれたことは正しく、犯人もブレスレットは自らにとって危険だと思っておったことは、彼がブレスレットを求め、必死になってホテルの部屋を探したことで暗示されておるね。似たようなほかの環のブレスレットを盗んでまでおるんだから。本物に細工を施《ほどこ》したものかもしれんというはかない期待を抱いてな。だが、わしはベロウズの海辺で〝死んだ〟妻のことを考えずにおられんかった。彼女は死んだのか？　それとも、指先にそっとキスをする悲しい仕草ひとつを残し、ポケットにベロウズの金を入れて逃げ、残されたベロウズは笑いものにならないよう、精一杯の言い訳をしたのか？　そこも捜査する価値があった」

レイバーンがバスをとめようとするように、手をぶんぶん振る仕草をした。

「待って！」彼は主張した。「あの忌々《いまいま》しいブレスレットにどんな意味があるんだい？　あれにどんな秘密が？」

「ブレスレットの話はするよ」フェル博士が言う。「すぐあとに。いまはベロウズとパークスの結婚についてわかっておる事実を伝えたい。ハドリーが今朝リッチー・ベロウズ本人から聞きだしたんだ。あの男は自分の罪を否定しておらん。証拠が揃っておるのだから、否定できんね。

彼は一九三三年三月にロンドンで彼女に出会い、二週間後に結婚した。どうやら避けられんことだった。彼女は緑の森、あたらしい牧場たる新天地（ジョン・ミルトンの詩「リシダス」より）を求めてイギリスへやってきて、失敗したんだよ。サー・ジャイルズ・ゲイとは知り合いで、仕事の口をきいてもらえると事実無根のことを言っても、彼との面会にこぎつけることができただけだった」

「わたしの言い分をわかってくれて感謝するよ」サー・ジャイルズは生まじめに礼を述べた。

「手ひどい挫折だったろうと思うよ。彼女は自分にたいそうな自信をもっておったようだからね。リッチー・ベロウズのような男は彼女のカモとしてぴったりだった。物静かで、目立たず、感情面は未熟で、理想家肌。安心してつきあえる相手。かなり裕福でもあり、そこも利用できそうだった。言いかえれば、ロドニー・ケントと共通点が多かったとお気づきだろう。彼女は本名でベロウズと結婚したが、南アフリカ出身だとは彼に教えなかった。彼女があとで計画を変えたくなれば、跡を追われづらくなるからな。こうして結婚したふたりはノースフィールドにやってきて、彼女も八、九カ月は彼の立派な妻になった。献身ぶりに周囲の者は感心した。だが、彼女はここでくすぶることはできんかったのさ。それに、節約家だったから夫の酒好きが気に入らなかった。彼女の提案で、夫が父親から譲り受けたいくぶん下り坂の事業になにか起こった場合の万全の経営対策として、夫の財産の大半は彼女の名義に変えられた。彼女は休暇を過ごしに海辺へむかった。その前に現金で六千八百ポンドを引きだしておいた。夫にはやんわりと、騙されるほうが悪いのだという手紙を残し、彼女は姿を消した。そうなったら、残されたベロウズは払い切れない借金を背負い、売れるものを売り尽くして支払いにあてるしかなくなる。銀行というのは口が堅いから秘密は漏れない。

そして、リッチー・ベロウズのようなタイプの男に、やってはならんことがひとつある。絶対にああいう男を笑いものにしてはいかん。

こうした事実は一昨日《おととい》の晩にはわかっておらんかった。だが、ベロウズが騙されたことを世間に知られるぐらいならどんなことでもするのではないかと疑ってみると、こまったことになって必死になったあまり、村人たちへの言い訳として謎めいた〝死〟を作りだしたのではないかと考えられる。すると、あらたな疑問が浮かんでくる。リッチー・ベロウズは〝ジョセフィーン・ケント〟――サー・ジャイルズ・ゲイを訪ねてくることになった南アフリカ出身の魅力ある人妻――がじつは自分自身のずる賢い妻だとどうやって知ったのか？　もちろん、写真からだよ。

サー・ジャイルズ、あんたはジョセフィーン・ベロウズ・ケントと同じ時期にはノースフィールドで暮らしておらんかった。ノーフォーク暮らしで、ベロウズがこの家を売るしかなくなってから引っ越してきたという話だったね。この女性がイギリスを離れた頃と時期が一致するのはおわかりだね？　あんたはベロウズと知り合いになった。彼は何回もこの家にあんたを訪れた。あんたは来客があることで頭がいっぱいだった。写真も全部見せたんじゃないかね？」

「そうだ」サー・ジャイルズが暗い口調で言う。「おまけにあれこれしゃべった。彼は興味を抱いたようだった」

「その一方で、ノースフィールドの村民たちの多くが写真を見て、ミセス・ベロウズの不思議な再登場に好奇心をかきたてられることはなかったようだった。あんたが自分で認めていなさったが、村の人たちはあんたの態度から近づきがたい人だと思って距離を置いておる。だが、昔の自分の家だから、ここに愛着のあるベロウズとは心から親しくなった。あんたのほうは誰とでも友人づきあいをしたいと思っておるんだしな。使用人は通常ならば地元の者だが、あんたはノーフォークから連れてきておるんで、ミセス・ベロウズのことなど気づかん。だが、ベロウズはいっさいの危険を見過ごせんかったんだよ。遅かれ早かれ、彼はミスター・リーパーが送ってきたあの不幸な写真をすべて破棄しないとならんかった。妻が死んだとき、新聞に彼女の写真を載せるわけにはいかんかったからさ。不運にも一昨日の夜、わしたちの捜査を大いにぶち壊したのは、あんただったんですよ、サー・ジャイルズ。わしがそこのふたりと夕食に出かける直前」彼は悲しげにフランシーンとケントを見やった。「わしはハドリーと話しあっておった。彼は南アフリカから電報を、南アフリカ・ハウスから情報を受けとった。それでミセス・ケントの経歴が明るみにでたが、シルクハットから鳩が飛びだすびっくりさ、あんたに疑いを投げかけることにもなってしまったんだよ。わしの歩みはあんたにじゃまされた。わしの考えは風のようにあてにならん可能性があった。あのサー・ジャイルズ・ゲイが事件の鍵を握る男で、ロイヤル・スカーレット・ホテルの殺人犯というふうに。ハハハッ。それゆえに、ミス・フォーブズから、〝ぐっすり眠れるように誰が犯人なのかどうか話してくれませんか〟とかそのようなことを言われたとき、わしはどうしても――」

　フランシーンは背筋を伸ばした。

「ええ」彼女は言う。「そのことについて訊ねるタイミングをずっと待っていたの。あのとき、わざと反論しないで、ベロウズが無実であり、ロッドの殺人の目撃者として連れてこられたようにして、事件を組みたてたのはどうしてだったんですか？」

「わかってもらえそうにないな」フェル博士が恐縮して言う。「わしはきみが言うように、わざと反論しないで、ベロウズを弁護する最強の仮説を組みたてようとしたんだ。わし自身にもきみたちにも、ベロウズが有罪に違いないと納得させるために。特に、わし自身を納得させるためだね」

「なんですって？」ケントは思わず声をあげた。「待ってください！　その逆説はちょっとばかり――」

「複雑すぎることもなかろう？　きみたちがわしの仮説の穴を突いてくれたらと祈ったんだよ。知性で負けて冷笑されるのはわしにとっては天与の糧《かて》と同じだったろう。だが、残念なことにそうならんかった。いいかね、わしはベロウズにとって不利な証拠をすべてあげていった。まず、事前に意図してポケットにこの家の鍵を入れておったこと、次にロドニー・ケントを殺害する勇気を振り絞るためにウイスキーを飲んだこと、これは結局裏目に出てヘマをやらかすことになったがね。それから、ブルー・ルームに彼の指紋があったという事実だ。わしはこうした点にもっともな説明がつくかどうか見極めようとした。ベロウズが有罪でないのならば、こうした事実にちゃんと説明がつくはずだからだよ。それを求めてわしは知恵をかき集めた。ベロウズが無実だと仮定した説明に満足できんかったからだ。きみたちが〝くだらん〟と言ってくれないかと期待したんだ。わしも、くだらんと思っていたように。あるいは、〝ギディオン、ご老体《モン・ヴュー》、そんなのは全部たわごとに過ぎない。事実を見ればベロウズが黒。あなたのもっともな説明では彼の嫌疑を晴らせない。目撃者だって？　犯人が金を払って自分の犯行を見守らせるために目撃者を連れこむなど信じるとでも？　あなたの言うことは五里霧中、常識はどこにあるんだ？〟と。そうしたらわしはすっきり晴れやかな気持ちになって、〝よし、すばらしい。そうに違いないな〟と言っただろう。だが、きみたちはそんな指摘をせんかった。ベロウズ無実説を受け入れたように見えた。たぶん、わしの妙な行動に気づいただろう。額をひっきりなしに拭うしかなくなったし、こんなことはめったにないんだが、パーティがおひらきとなる前に帰宅した。

わしは特にがっかりしたんだよ、ミス・フォーブズ。お嬢さんは、青い制服の変装がおこなわれた理由について、わしの信じる説にあとちょっとでたどり着きそうになったんだからね。きみはこう言っておった。〝後日、制服姿を見てもみんなに意外だと思わせないためだったの。ジェニーを手にかけるとき、意外と思わせないため。でも、ただの上着とズボンにどんな含みがあるんだろう?〟と。わしはもう少しで歓声をあげるところだったよ。きみをじっと見つめてうながしてみたが、ひらめきは消えてしまったんだ。

本当に起こったことについてわしが考え、いまではそのとおりだったと知っておること――第一の殺人の始まりはこうだったんだよ。

ベロウズは目立たぬ職人的な手口で冷酷にロドニーを殺害することにした。ホテルの案内係などという装飾を入れるつもりなどなかった。ベロウズは記憶力の芸を披露してきみたち一行全員と会った。ロドニーの顔を確認した。どの部屋に泊まっているか見つけだすのも簡単だったろう。ところで彼はもうひとつ、警察署で必要のない嘘をわしについて、ひどい失敗をしておる。記憶力抜群のベロウズがロドニーの顔についてなにも思いだせんと言ったんだからな。では彼の動機は? ミス・フォーブズ、きみが記念すべき夕食の席でその点についてふれておる。多くの人が信じていること、その点について冗談にしたがったここにいるサー・ジャイルズにもよく知られていること――ロドニー・ケントは財産めあてでジョセフィーンと結婚したとね。彼女の財産だと？　リッチー・ベロウズの財産だ。ベロウズのようなタイプの男を怒らせてはならん。精彩に欠けたロドニーの姿をながめるベロウズが想像できるようだよ。人当たりはいいが精彩に欠けたロドニー。ベロウズが純然たる憎しみで内心、どす黒くなっているところも想像できる。ベロウズの顔を思い浮かべてみれば、わしの言いたいことがわかるよ。だが、殺人は職人的な手口でおこなわないとならんかった。〝扼殺《やくさつ》〟による殺人でないとだめだ。ベロウズの腕は麻痺しており、彼には人を扼殺することはできんからさ。計画に使える時間はたっぷりあった。ブルー・ルームの、そうした犯行に利用できる家具について覚えておるかい？　もちろん、彼はあのベッドのことを知っておった。父の時代からそこにある家具で、サー・ジャイルズ・ゲイは家具付きで家を買ったんだからな。ベロウズ自身がわしたちにそう語っておる。

ベロウズは十時にパブをあとにした。気持ちを落ち着かせるだけの適量を飲み、集中力を持続するためウイスキーの瓶も一本もった。午前十二時頃、四つの扉荘の者たちが休むまで待った。さらに数分余裕を見てから、鍵で家に入った。静かに二階へあがり、そこで手袋をはめた。ポケットには鉛を仕込んだ護身棒、コートの下に火かき棒を忍ばせ、うまく動かせない左腕で押さえておったのさ。ロドニーの部屋へむかった。部屋に引きあげたばかりだったロドニーは彼を見て驚いたことだろう。だが、騒ぎ立てたり、警戒したりということはなかった。ベロウズもその場にいる口実については抜かりなかっただろうからね。ベロウズはロドニーの気をそらしたところで、護身棒で気絶させる。続いてやるべきことをやる。

その後、だいたい十二時二十分頃だろう、ベロウズはそっと一階へ下りる。この家での作業は終わっておらん。むかった先はそう、もちろん書斎だ。父親の古めかしい家具が、二階のブルー・ルームと同じにそのまま置いてある部屋だ。彼はたしかに鍵のかかっていた机の抽斗《ひきだし》を、手元に残しておいた父親の鍵を使って開ける。サー・ジャイルズが打ち明けたようにあの複雑な錠を、ほかに開けられる腕をもった者がおるかね？　ベロウズはそこで写真が見つかるはずだと知っておる。

すべて計画済みだった。次に狙うのはジョセフィーンだ。実際ベロウズはすでに、なにをするつもりか冷たく告知する手紙を彼女に書いておった。そんな手紙を誰かに見せるはずがないとわかっておる。思いだしてほしい、彼女はノースフィールドの消印のある手紙を二通、受けとっている。一通は夫からで、もう一通は差出人不明だっただろう？　彼女は返事を出した。同じくらい冷たく、下手なことを考えないほうがいいと彼に伝えた。彼女になにか起これば、ベロウズを吊るし首にできるブレスレットがまだ手元にあるからと。こうして、ふたたびブレスレットが浮上した。それでも、ベロウズは彼女の重婚相手であるロドニーを殺害して、気持ちの上で追い詰めてやるつもりでおる。彼女が誰かに言いふらすことはないとわかっておるからだよ。

こうしてロドニー殺害後、ベロウズは書斎に忍びこんだ。カーテンを閉め、小型のランプの明かりひとつをつけた。今朝わしたちがどんな話を聞いたか、興味があるだろうね。殺人に使用した火かき棒、護身棒、手袋、机の鍵などを、再度必要になるまではと隠した場所についてだ。じつはあの机そのものだった。裏に隠し仕切りがあったんだよ。やはり父親がこしらえた仕掛けだ。隠し場所にはうってつけだった。なにかのまちがいで発見されたとしても、サー・ジャイルズか一行の誰かに罪をなすりつけられるだけだからね。

　彼は証拠を隠してから、手順よく抽斗のすべての写真をびりびりに破いていった。サー・ジャイルズ自身の写真も含めてな。だが、ふとひらめいたことがあった。この男は何事にも満足したことがなかった。何事もそのままで放置することができんかった。そのために彼は失敗した。彼が破らなかった写真はきみたちが写ったものだった。遊園地の滑り台のものだよ」

　サー・ジャイルズが口をはさんだ。

「ひとつ質問がある」彼は言う。「奴があの写真を残したのは、ミセス・ケントの顔が写っていないが、彼女を脅すのに使えるからだとわたしは思っていた。だが、どうしてあの写真で顔の見えない人物がミセス・ケントであると、彼にわかったんだろう？　わたしはなにかの機会にあの写真を奴に見せたに違いないが、あなたたちがここにやってくるまで、滑り台にいるのが誰だったかなど知らなかったのに」

「記憶力テストよ！」フランシーンが叫んだ。

「なんだって？」

「それだ」ダンが目を開けて同意した。「あれだったか！　最近どこであの写真を見たのか思いだそうとしてたんだ。昨日、ふたりして記憶を振り絞ろうとしたな。もちろん、記憶力テストだ。ベロウズが芸を披露したときだよ。ああいうテストというのは、たくさんのものが写っている団体写真を一目見せてから、こまごました点を訊ねる。おれたちはあの写真を使った！　そして誰かが、あの姿の見えていないのはジェニーだと言ったんだった。なるほど。続きを聞かせてくれ」

「色つきインクの瓶を見て」フェル博士はおとなしく言われるままに話を再開した。「ベロウズの頭には一言書いてやろうという考えが浮かんだんだよ。〈あとひとり消す〉と。それを第一の被害者の隣に置いてやろうとした。ベロウズはたしかにその文言を写真の裏に書いた。だが、危険すぎると感じ、やめることにした。命を狙われていることを妻には知らせて怖がらせたかった。だが、ほかの者たちには知られたくなかったんだよ。それで真夜中に机にむかって座り、小さな脳みそでどうしたものかと考えた――同時に、もうやるべき大仕事は終わったのだからと、ウイスキーをストレートでがぶ飲みした」

レイバーンが博士を見つめた。「二階に死体があるっていうのに、彼は他人の家で冷静に腰を下ろしていたってことかい」

「忘れておるね」フェル博士が指摘する。「彼は他人の家にいたんではない。そこがこの事件全体の要《かなめ》だった。彼は自分の家にいたんだよ。彼にとってただひとつ住み慣れた場所。ほかの者たちは侵入者で、彼が憎む相手だった。こうして、急いでこの家から立ち去るかわりに、この馬鹿者は酔っ払っていったんだ。想像できるだろうが、飲めば飲むほど、どうしたらいいか迷いが大きくなり、ますます決断がつかなくなった。それというのも、彼は何事もそのままでか？　なにか見逃したものはないか？　二階はすべて問題ないか？　なにか見逃したものはないれん男だった。こうしてウイスキーを四分の三も飲んだ頃、どうしても気になって二階にたしかめに行くしかなくなった。彼は写真を抽斗に入れたままにしていた。暗闇のなかを二階にあがり、手袋もはめず、用心しようという考えもなくなっておった。たしかめるどころじゃない状態で、彼はブルー・ルームのドアを大きく開け、のちに発見されたとおり、照明のスイッチを押したことで指紋を残すことになった。ヘマをしたと悟るだけの常識はまだ残っておったが、もう手遅れだった。すぐに照明を消し、廊下の月明かりのなかに出た。そのとき、ミスター・リーパー、あんたが自分の部屋のドアを開けた。ベロウズは走ることができんかった。歩くのがやっとだった。それで本能にしたがった。ソファに寝転がって酩酊を装《よそお》ったが、実際は演技であり、意識をうしなうほどじゃなかったんだよ。

そんなふうにして計画が台無しになったのが第一の殺人の真相であり、第二の殺人がああなったのも、計画がぶち壊しになったからだった。

必要に駆られて、そしてずる賢い考えから、ベロウズが第二の犯罪の計画を立てたことはここまでに話したね。彼はみずからの作り話があるゆえに、ジョセフィーンをロイヤル・スカーレット・ホテルで殺害するつもりであり、制服を着て〝案内係〟になるつもりだった。彼はあんたたちがみんなロイヤル・スカーレットにむかうことを知っておった。あたらしい最上階のことも、何日から泊まるかも知っておった。あんたたちが揃ってその件はおしゃべりしておったようだからね。それに日程を変更して一日早い出発になったときも、毎日ベロウズを取り調べておったタナー警部が親切にもその情報を伝えたんだよ。

警察署では夜の九時三十分になると留置場を戸締まりして人がいなくなる。九時四十五分になるまでに、彼は監房を抜けだし、服を着た。彼のいるあたりを誰かが見たとしても、イギリスの村というものは夜には真っ暗になるから気づくことはなかっただろう。前にも説明したが、ロンドンに行くなら金が必要だ。しかし、金を手に入れるならこれほど簡単なことはなかった。彼はまだ四つの扉荘の鍵をもっておった。家には使用人しかおらん。二週間前の訪問で、書斎の机の抽斗にロンドンへ行く列車とバスの運賃くらいは入ったがま口があるのを知っておった。

そしてもちろん、ここで貴重な火かき棒を回収せねばならんかったからね……

これが謎の小銭泥棒の真相だ。列車とバスの乗り継ぎがうまくいけば、ここからロンドンまでは一時間十分で行ける。となると、チャリング・クロス駅には十一時過ぎには到着できる。火かき棒を新聞紙にくるんでバスでホテルへ。いままでは警官の制服を着ておるから有利だ！これがどこへ行くにもパスポートがわりとなって、配車係やホテルの外にいるホール・ポーターに非常階段がどこに通じているか訊ねても疑われずに済む。こうしてホテル到着から十五分以内には、A棟の廊下外の非常階段にいて、あんたたち一行が劇場から帰ってくる時間に間に合う。

窓からリネン室へ忍びこむには、客室係が帰るまで待つしかなかった。そうした理由があったにしても、襲撃を十二時まで待っておる。なぜだ？　彼は辛抱強く、誰かに姿を目撃されるのを待っておったからだよ。この時点では警官のヘルメットを脱いで変身しておった。ホテル従業員になっておったんだ。もちろん、本物の従業員に目撃されるわけにはいかん。そうなれば、ただちに計画はぶち壊しだ。客には姿をちらりと見てほしいのだが、あんたたちはしぶとく部屋に閉じこもっておる。誰かがあまりに近づくことがあれば、リネン室が避難所になるだろう。ただ、この時間帯に襲撃しなかったのは、彼にとって幸運だった。レイバーンが被害者の部屋におったからね。レイバーンは七〇七号室の横のドアから出入りしたんで、ベロウズにはそれがわからんかったのさ。つまり、このふたりはもう少しで鉢合わせするところだった。

実際、ふたりは際どいところで入れ違ったんだ。レイバーンが部屋を出たのちミセス・ケントが奥ゆかしく二分待ち、絶対に鉢合わせしないようにしてから、〝追加のタオルをおもちしました、奥様〟とかつぶやく従業員のためにドアを開けたおかげだよ。彼女はその頃には怖がっておらんかった。急におそろしくなったものも収まっておったんだな。ベロウズはしっかり留置場に閉じこめられておるはずだった。レイバーンは呼べば飛んでくることができる距離におる。この短い合間に、ミスター・リーパー、あんたが時計の時間を合わせようと廊下をちらりと見たんだね。あんたがあと一秒長く見ておったら、従業員がタオルを抱えて七〇七号室に入るのが見えただろう。彼はそこまであんたに見られても別によかった。むしろ、見られたいくらいだった。彼はあんたにむけて演技しておったんですよ。

ミセス・ケントは気持ちが落ち着いたので表のドアを開けると、山のようなタオルが見える。〝はい？〟と言う。ベロウズは部屋に入ってタオルを置き、彼女に一瞬彼の顔がはっきり見えるものの、すかさず彼はやるべきことをやる。ロドニーに対するように、後頭部を殴ることはできんかった。顔を知られておるから彼女は背中を見せないんでね。

だが、なによりも、ベロウズはあのブレスレットを見つける必要がある。そのためには、わしたちが以前そう結論づけたように、あの部屋を徹底的に調べるしかない。じゃまが入らんようにするため、急いで揃いだと思いこんだ靴を外に出し、ドアに〈お静かに〉の札を下げる。ロドニーを殺害したときの手袋をはめておる。だが、ブレスレットが見つからん！　部屋の鍵は見つかり、ハンドバッグの小銭はすべて自分のポケットに入れる。いまなら必死になってこう指摘するだろうが、自分は泥棒ではないので、紙幣には手をつけたくない。それでもめあてのブレスレットは見つからず、ミセス・ジョプリー＝ダンのものがあるだけ。ところでその後、彼はこのブレスレットをどうしたか知ってるかね？　腹立たしさのあまり、側溝に投げ捨てたんだ。どんなに私欲のない殺人犯でも突飛な行動をするものだとわかるじゃないかね。

次に、第二の犯行は第一のものと手口としてはまったく同じだったことに注目してほしい。今回は前より納得できる理由があって、やはり彼は何事もそのままで放置することができんかった。めあてのブレスレットがこの部屋にはないと確信する。それでも彼は決断できずに冷静をうしないかける。一度など実際に部屋をあとにする――七〇七号室の鍵をもって。リネン室まで行って、もどってくるつもりだからだ。この家でためらったように、ホテルでもためらっておる。だが、ぐずぐずしてはおられん。ここにもどる最終列車に乗り遅れるからな。彼は最後に一度たしかめようと七〇七号室へもどる。小悪魔は死んだというのに彼をこまらせる。いったいブレスレットはどこにある？　以前と同じに彼女を小馬鹿にしてやりたくなり、〈お静かに〉の札をドアから外し、トランクで見つけた万年筆を使い〈死んだ女〉と殴り書きする。ドアの錠に鍵を挿したまま、ついに彼は立ち去る」

フェル博士は深呼吸をしてぜいぜい言わせると、火の消えた葉巻を置いた。

「さて、わしたちの作戦は想像がつくだろう。ベロウズについての見解が正しければ、彼を有罪にできるだけの証拠はもう揃っておった。だが、彼がまたもやあの制服姿になるよう仕向けることができれば、彼もどうしたって言い逃れできなくなる。警察署で話をしたとき、わしは細心の注意を払って彼を扱わんとならんかった。そのためハドリーに横から口を出させなかった。ベロウズは二週間も酒を一滴も飲んでおらず、強制的に禁酒しておったため、神経がまいっておったのがますますいけなかった。隠し扉で抜けだせても関係なかった。看守が勤務を終えた夜間しか外に出ることはできんし、顔の知られておらんパブにたどり着く頃には、ご立派な酒類販売認可時間が終わってパブは閉まっておる。

わしは彼が無実だと信じておるとしっかり思いこませた。彼は〝目撃者〟として利用されたというでっちあげの仮説を話してきかせて。彼はこの珍奇な意見に度肝を抜かれたあまり、しばらくふいを突かれたようになって調子を合わせることもできなかったよ。いやまったく、わしは思わず内心罵《ののし》ってしまったね。彼がぎこちなくその仮説に賛成した頃にはもう手遅れだった。わしがやらねばならんのは、どうにかして消えたブレスレットを話題に引っ張りだすことだったんだ。あまり疑いを招かずにな。わしはやっとのことで、〝幻の案内係〟が四つの扉荘で名刺受けになにか載せて運んでおったんではないか、というでたらめで都合のいい仮説をもちだした。露骨になりそうでそれ以上はっきりしたことは言えんかったがね。思いだしてくれ、留置場から引きあげるとき、わしは引き返して彼にまた話しかけた。亡くなったミセス・ケントが重要だと語っていた証拠を発見したと告げたんだ。ブレスレットのことを。どんな品か説明したよ。青い上着の幻がそれをもってなかったかと、彼に訊いた。彼はいいやと答えた。わしは考えこむように肩をすくめて――地震が起きたと思われたかもしれんが――専門家に送って調べてもらうつもりだし、まずは何人かに見せるつもりだと言った。そして、ミス・フォーブズが預かってくれておると教えたんだよ。

そう、わしはこう考えたのさ。彼は浅はかで神経がささくれだった状態にあるから、今一度ブレスレットを狙うことに躊躇《ちゅうちょ》しないと。彼は躊躇しなかった。だが、わしたちの計画は失敗しそうになった。すべてとどこおりなく進んだ――彼を四つの扉荘に敢《あ》えて忍びこませ、ブレスレットを盗ませてから、外に出たところを捕まえるつもりだった。そんなに大騒ぎしなさんな。ミス・フォーブズにまったく危険はなかったと保証するよ。お嬢さんは知らなかったが、寝室は警官二名が見張っておって、ベロウズが彼女に少しでも近づく前に取り押さえることができるようになっておったんだ。すべて順調だったんだよ、ハドリーとわしは《牡鹿と手袋亭》に泊まると知ったベロウズが、四つの扉荘へむかう途中で偵察に来るまでは。あの暗闇ではまったく無理もないことだが、ハドリーはベロウズをタナーだと勘違いした。ベロウズはまたもや逃げることができなくなり、調子を合わせた。ハドリーの話から、どういう手はずになっておるかわかった。ただひとつの問題は、彼はどうすべきかだった。彼はいつものごとく物静かに細かいところまで考え詰めただろうね。考えたあげく、自分はどちらにしても逮捕されるから誰かを道連れにしてやろうと決めた。特定の誰かが頭にあるわけじゃなかった。十分後に本物のタナーがパブに現れたとき、あんたたちの卑しい下僕のこのわしも急に具合が悪くなったよ。これ以上の被害者が出なかったのは、わしたちががんばったからじゃない。ミスター・ケント、きみの勇気に敬意を表し、きみの未来の伴侶にお祝いを言わせてもらう。わしの話はこんなところかな」

一同は顔を見合わせ、レイバーンがテーブルを殴った。

「いや、ちょっと待ってくれよ、それで終わりじゃないだろう」レイバーンが言う。「ブレスレットはどうなった？　ブレスレットの秘密の言葉だか、言葉のなかのある文字だけを並べると別の言葉が浮かびあがるとか、その話はどうなったんだね？　わたしはパズルのたぐいならかなりやったが、ブレスレットの意味はまったくわからないよ」

「ブレスレットの秘密とは」フェル博士が言う。「秘密の言葉などまったくなかったということだよ」

「いや、そんなはずないだろう！　ジェニーがわたしに言ったことを、あんたは引用してたじゃないか。それに彼女がフランシーンに言ったことはどうだい。銘刻文になにか意味があるのかと訊ねられ、〝これを読めさえすればね。これは秘密そのものなの〟と答えたあれは？」

フェル博士はくすくすと笑った。

「彼女は極めて正しく、言葉どおりの意味だった。ところがじつは事件とまったく関係なかったんだよ。すなわち、もともとはブレスレットの内側にふたりの頭文字で〝R・BからJ・Pへ〟という銘刻文が彫ってあったんだ。ジョセフィーンはそれをしばらく前に削り落としておったんだがね。もちろん、ベロウズはまだその銘刻文があり、なんらかの方法で隠されていると思っておった。だが、本物の秘密はまったく異なるところにある。ジョセフィーンは自分になにかあっても捜査陣がそれに気づくことができれば、ベロウズを有罪にできると信じており、そんな彼女は正しかった。ああいう黒い宝石はめずらしくてふたつしかなく、もともとベロウズの父親の所持品として指輪にはまっていたものだった。息子のリッチーはそのうちひとつを彼女のためにブレスレットに誂《あつら》え、もうひとつの宝石は自分の手元に置いていた。多くの人たちが目にしたことのある宝石で、とても目立つから記憶に残る秘密ということになる。その秘密とはなにか、わかるかね？　ふたつの言葉で表される。宝石そのものの描写ではなく、宝石が表現する役割だ」

「いや、そいつはどういうことなんですか？」

「あれは酔いどめ石《ソバー・ストーン》だったんだ」フェル博士は答えた。

一瞬の間を置いて、レイバーンは先ほどより軽くテーブルを叩いた。「そのとおりだ。クセノポンの一万人の退却（『アナバシス』で描かれる、クナクサの戦いで敗れたギリシャ傭兵の退却を指す）のように、そのとおりだ！　なんでわたしは考えつかなかったんだろう？　酔いどめ石を身につけるのは、宴会における育ちのよいローマ人の印だった。スエトニウス（ローマ五賢帝時代の歴史家）もその点についてては真剣だよ」彼は興奮してきたようだ。「残念だなあ、こいつは実用的な発明だから現代にも復活させるべきだよ。酔いどめ石は表面が平らな半貴石ならどれでもよかった。数行の文字を彫ることが目的だからね。なにかよさそうな文章だよ。問題のブレスレットのは特に実用性が高く、明瞭だが小さな文字が彫られている。高貴なローマ人は宴会で飲みはじめたら、ときどき指輪を見るようにしていた。彫ってある文字がはっきり読めなくなったら、たしなみの限度を超えて飲んだからもうやめる潮時だとわかった。〝歌うのはやめよ、若人たち。楽しみは存分に味わった〟、つまり、もうほどほどにしろという意味だ。そして、〝これを読めさえすればね。これは秘密そのものなの〟だ。ああ、わたしの目は節穴だった！」

「そういうことなんだよ」フェル博士が落ち着き払ってにこやかに言った。「ただし、わしはその発明を好ましく思うどころか、あまりにまじめで身の毛がよだつほどだよ。興味深い点は、リッチー・ベロウズがこれを彼女にあたえたことだ。ふたりはこの二組の宝石で結婚の誓いをかわしたわけだ。彼女の愛らしさと明るさはいい影響となってベロウズを健全で好ましい男にもしたはずだが、結局は固定観念にとらわれた殺人犯に変えてしまった。受けた仕打ちを考えると、わしには彼を責められん気もするね」

ダン・リーパーは深呼吸をした。「おれが言いたいのは」と彼は宣言した。「二度とこんな思いはしたくないということだけだ。たとえ、いくら大金を積まれても。真相なんかさっぱりわからなかったからな。てっきり――」

「誰を疑っていたの、あなた？」メリッタが悪びれることもなく訊ねた。

全員が少しはっとして、顔を見合わせた。胸の内に秘めたことを吐きだして緊張感を解放できる質問で、全員がびくりとして椅子によりかかった。すると次第に、何人かが照れ笑いを浮かべた。

「そうだよ」レイバーンが言う。「教えてくれ。誰を疑っていた？」

「かく言うきみをだよ、こいつめ」ダンは少々荒っぽい口調でレイバーンに告げた。「たぶん、おれはクリスのふざけたアイデアを詰めこんだ小説を読みすぎたんだろう。だが、きみは最初こそ疑われたが鉄壁のアリバイがあって、事実上、容疑者からは除外されていた。そこがかえって怪しく見えた。失礼な態度を取って悪かったよ」

「ああ、そんなことはいいんだ。さあ、ワインのおかわりはどうだい？　正直言うと、わたしの一票は心優しき我らが招待主に入れたかな」

「その意見は」サー・ジャイルズが同意する。「複数の人の頭に浮かんだようだ。わたし自身の票は、率直な意見を言っても非難される気配はないから言わせてもらうがね、最初はここにいるミスター・ケントだった。けれど、すぐに疑いの目をむけなおしたのはミス・フォーブズだよ」

「わたしですか？」

「特にそう思ったのは」彼が主張する。「昨日書斎をうろついていたのが、あなただったからだね。わたしが机の抽斗で行方不明だったあの写真を見つける直前に。あなたが階段のてっぺんでドアを閉めるのを見たんだ」

「でも、みんなはなにをしているんだろうって、様子を見に行っただけだったのに！　書斎に下りたことも忘れてたくらいですよ！」

「そして警察があなたを尾行させているのを見て」なおもサー・ジャイルズは語る。「あなたが犯人だと確信した。たいへん申し訳なかったと言うしかない。ただ、わたしがあなたをかばったことはおわかりだと思う。ミセス・リーパー、あなたはなにかご意見がありませんかな？」

抑え切れない笑みを浮かべたメリッタはすでに張り切っていた。「ええ、もちろん、わたしなどがなにも意見すべきではないんですけどね。でも、うちの夫がきっとなにか関係しているに違いないと感じたのよ。でもね、夫がよその男より悪い人だなんて言いませんよ。でも、よその男は悪いことをするものですし、そうした行為をすこぶる遺憾に感じてきたのね、わたしは。祖父の口癖のように——」

「つまり今度はおれが有罪か」ダンが言う。「まあ、きみは幸運なほうだよ、ダーリン。クリスがホテル支配人に対して立てた仮説はかなり広まって、疑われずに済んだのはきみだけだった」

「いや、違うね」ケントは指摘した。「メリッタはここにいるフランシーンに疑われてた」

フランシーンは悲しそうに彼を見た。「クリス、あなた本気でそう信じてたんじゃないよね？」そして心から途方に暮れた顔をして彼を見つめた。

「信じてた？　だって、きみ、自分でそう話したじゃないか」

「クリス、鈍すぎるわ！　もちろん、わたしはあなたが犯人だと思ってた。なぜ、わたしがあれだけ意地悪ばあさんみたいに振る舞ったと思っているの？　あなたがジェニーと浮気してたと思ってたからよ。ずっとそう思ってた。だから、どうしてもブレスレットを見つけて、あなたと関係があるかどうか探りだしたかった。それからレストランでも、そのあとタクシーのなかではもっとはっきりと、ジェニーを殺したのがあなたならそう言わせようと、とにかくがんばったんだから。自分はメリッタを疑っていると言って自白を誘おうとしたの」

ケントは一同の顔を見まわした。

「教えてほしいな」彼は言う。「とんだことになってきましたよ。直に話を聞いても、その人の考えてることがわからない。こんな状態をどう呼べばいいんだろう？」

テーブルの主賓の席でフェル博士がグラスを置いて口を開いた。

「わしはそいつを探偵小説と呼ぶね」

解説

若林踏

ジョン・ディクスン・カー『死者はよみがえる』(原題：*To Wake the Dead*)は、名探偵ギディオン・フェル博士の活躍する第八長編である。本作は一九三七年にイギリスのハミッシュ・ハミルトン社より上梓された後、一九三八年には米国のハーパー&ブラザーズ社より刊行された。日本では一九五五年にハヤカワ・ミステリ版(題名『死人を起す』、延原謙訳)、一九七二年には創元推理文庫版(橋本福夫訳)の邦訳がある。今回の三角和代訳は約半世紀ぶりの新訳となるわけだ。

本作の題名を聞いてミステリ読者が思い浮かべるのは、江戸川乱歩の「カー問答」(一九五〇年八月刊『別冊宝石10』掲載。創元推理文庫『カー短編全集5 黒い塔の恐怖』収録)だろう。この論考の中で乱歩は、当時読んだ限りのカー作品のうち、第一位の傑作群として六作を挙げているが、その内の一作が『死者はよみがえる』だった。ちなみに他の五作は、『帽子収集狂事件』(一九三三年)、『黒死荘の殺人』(一九三四年)、『皇帝のかぎ煙草入れ』(一九四二年）、『ユダの窓』（一九三八年）、『赤後家の殺人』（一九三五年）である。
「カー問答」において乱歩はカーの作風を、不可能興味、怪奇趣味、トリックといった観点から論じている。特に不可能興味についてはG・K・チェスタトンからの影響であると述べており、最もチェスタトンを色濃く感じる作品として『死者はよみがえる』を挙げているのだ。また、戦前に評論家・翻訳家の井上良夫と交わした書簡（講談社刊『江戸川乱歩推理文庫64（書簡・対談・座談）』に「探偵小説論争」の題名で収録）の中では、「余りほめなかったけれども、カーの〝To Wake〟（解説者注：『死者はよみがえる』のこと）の犯人の如《ごと》きこそ、探小的意外と申すべきと思います」と井上に語っている。乱歩にとって本作はトリックメーカー、あるいは不可能犯罪にこだわる書き手としてのカーを存分に感じさせるものだったのだ。

しかし、こうした乱歩の高評価は後年になると逆に作用してしまう。松田道弘の論考「新カー問答」（『ミステリ・マガジン』一九七七年十二月、一九七八年一月・三月・四月の四号にわたっての掲載。創元推理文庫『カー短編全集6　ヴァンパイアの塔』収録）によってカーの〝巧妙なストーリーテラー〟としての側面に光が当たるようになった一方、乱歩の「カー問答」はトリック偏重主義といえる、ごく一面的な作家観に基づいていたと認知されるようになる。これに引きずられて、『死者はよみがえる』はトリックや意外な犯人に焦点を当てた〝だけ〟の作品としてみなされる傾向が生まれた。さらには、そのトリックについても、ミステリファンの間ではちょっと辛い評価が下されることもある。この点は日本のみならず海外も同じようで、ダグラス・G・グリーンの評伝『ジョン・ディクスン・カー〈奇蹟を解く男〉』での評言も、「中盤は期待はずれ」「(作中の大仕掛けについて)ものたりない」などと、少し手厳しい(グリーンは同書で、英米間の出版事情によって、カーが作品の完成度を上げる時間的余裕が無かったことを指摘している)。

では『死者はよみがえる』は、顧《かえり》みる必要のない作品なのだろうか。いや、それは断じて違う。トリックや怪奇趣味といったクリシェに縛られない、カーの多面的な魅力を堪能できる小説なのだ。

第一の魅力は、冒頭から読者を翻弄《ほんろう》する展開である。以下では興を削がない程度に、情報を最小限に留めてあらすじを紹介する。

作家のクリストファー・ケントは、友人である実業家のダン・リーパーから、ある賭け事を持ちかけられる。ポケットに一ペニーも入れず、ヨハネスブルグを出発してイギリスまでたどり着くことが出来たならば、千ポンドを与えるというのだ。興味をそそられたケントは、三か月後にロンドンのロイヤル・スカーレット・ホテルのスイートルームで落ち合うことをダンと約束する。ケントは無一文で南アフリカを発ち、荷繰《にぐ》り人の仕事で金を稼ぎながら何とかロンドンまでたどり着くことが出来た。ところが到着してすぐ賃金を盛大な飲み食いに使ってしまったために、資金は底をついていた。ダンがロンドンに着くのは明日だが、すさまじいほどの空腹をケントは感じている。困ったケントはホテルの宿泊客の振りをして、食事をいただくことを考える。無銭飲食を決め込もうというのだ。偶然、手にしたカードにある部屋番号をもとに、ケントはまんまとホテルの朝食にありつくことに成功する。しかし空腹を満たした後に、ホテルの案内係に呼び止められてしまう。しまった、ばれたか。ケントは牢屋入りを覚悟するが、ホテルのホール・ポーターは意外な言葉を口にする。

この後、ケントを待ち受けるのは残虐《ざんぎゃく》かつ不可解な出来事の数々である。困り果てたケントは、知り合いである名探偵のギディオン・フェル博士に助けを乞うため、その自宅を訪れる。だがそこでケントを待っていたのは、さらに厄介な謎に彼を巻き込むような話だったのだ。

ここまで僅か三十ページ程度。コミカルな出だしから一転、次々と登場人物が頭を悩ますような事態が起こるのだ。これまで本作で描かれる謎については、〝いるはずのない人物が現場に現れる〟という夢想めいたものだけに注目が集まっていた。しかし実際には、大小無数の謎が序盤から読者に提示されており、右記の謎はその一つに過ぎなかったことが分かる。

実はこれが第二の魅力につながっている。本作の謎解き小説としてのハイライトは、フェル博士が事件解決のために解くべき〝十二の謎〟を指摘する場面だが、その前の部分を少し引用したい。

「どんな殺人事件でも、問題は誰が、どのように、なぜやったかということで、これは誰でも知っておる。その三つのうち、もっとも示唆に富むが、たいていはもっともわけのわからないのが、なぜやったかだ。犯罪の実際の動機だけを指しておるんじゃないぞ。そのほかの行動、つまり犯罪の実行を中心として、その前後の奇妙な振る舞いにいたったのはなぜかという話だ。（中略）そして、そうしたなぜかという質問に対する答えがわかれば、真実がわかるはずなんだよ」

本作は〝なぜ〟の集積によって構成された物語であり、その一つ一つを解き明かしたときに初めて全体像が判明する。ここが謎解き小説としての本作の肝《きも》なのだ。ミステリの読みどころはトリックの解明や犯人当てだけではないぞ、もっと物語全体で謎を楽しんでくれよ、とカーは読者に訴えかけているのだ。

『三つの棺』（一九三五年）でフェル博士が自身を小説内の人物であると断った上で「密室講義」を始めたように、カーはミステリが人工物であることを読者に意識させる書き方をしばしば用いた。それが本作における第三の魅力だ。

例えば本書九十一頁では、「背後から編集的な意見が顔を突きだすのは賢いことではないとわかっているが、わたしがほかの小説から盗用していると思われるといけないので念の為」という、茶目っ気たっぷりの文とともにカー自身が（注釈の形ではあるが）作中にしゃしゃり出てくる。小説という舞台の裏には、作者が絶えず潜んでいることをことさら強調する書きぶりだ。

さらに、カーは作家であるケントの口から、こんなことを言わせている。

「ぼくに考えられるのは、自分が小説を書いているとしたらどんなふうに展開させるか、ということだけ。物書きにつきものの病気ですよ。いいですか、小説の法則にしたがえば、ありうる真相はひとつしかなく、あり得る犯人はひとりだけなんです！」

これも『死者はよみがえる』に対して、メタレベルの視点で眺めることを読者に促す仕掛けの一つだろう。冒頭、実人生における体験を充実させて小説を書くべきだ、というダンの言い分に対してケントが反発を覚えるくだりも、小説が反現実的な産物であれ、というカー自身の創作観を匂わせるものだ。さらに、このような小説に対する自己言及的な場面を多くしのばせることによって、カーは本作に諧謔的《かいぎゃくてき》な味わいをもたらしているのだ。

さて、右記のような観点から翻《ひるがえ》って、いま一度ミステリファンからさほど評価されなかったトリックの部分を見てみよう。巷間《こうかん》で聞くトリックへの評価は「拍子抜けした」というものも多い。しかし、ここで大事なのはトリックそのものの出来不出来を云々することではない。カーが真に目を向けて欲しかったのは、トリックを成立させるための土台、すなわち先ほど言及したような読者に小説を虚構として意識させる部分ではないだろうか。本作のトリックは、小説やミステリについての読者の固定観念に挑んだ、遊び心のある実験と捉えることが出来る。ちなみに江戸川乱歩は「カー問答」の中でトリックについてチェスタトンの某短編からの影響を指摘しているが、筆者はむしろ某有名長編に刺激を受けたのではないかと推測する。読者に対する遊び心という点が、後年における某作の評価と似通っているのだ。

『死者はよみがえる』を発表した一九三七年から三八年には、後世に高い評価を受けている作品が集中している。『曲がった蝶番《ちょうつがい》』（一九三八年）や、カーター・ディクスン名義の『ユダの窓』などは、松田道弘が言うところのストーリーテリングの妙に謎解きの手掛かりを上手く忍ばせた、それまでのカーの作風を洗練された形で完成させた傑作である。カーが初期に創造した名探偵アンリ・バンコランものの最終作『四つの凶器』（一九三七年）も、チェスタトンの作品に挑んだ名作として受け取られている。

だが三七年刊行の作品として忘れてはいけないのは、『火刑法廷』だろう。同作でカーはそれまでの探偵小説の定型をひっくり返すようなアクロバットを演じてみせた。それは探偵小説のコードを内面化した読者に対して、虚構のかたちとは何かを意識させる試みでもあったのだ。

そのような点から振り返ってみれば、『死者はよみがえる』と『火刑法廷』は、趣向や作品の雰囲気は違えど、根っこには同じ志を持っているような気がする。乱歩が提示したものとはまた違った〝カーらしさ〟を、今回の新訳刊行を機に感じ取っていただければ幸いである。

訳者紹介　1965年福岡県生まれ。西南学院大学文学部外国語学科卒。英米文学翻訳家。カー「帽子収集狂事件」、タートン「イヴリン嬢は七回殺される」、カーリイ「百番目の男」、ジョンスン「霧に橋を架ける」など訳書多数。

検印
廃止

死者はよみがえる

2020年10月9日　初版
2023年3月31日　再版

著者　ジョン・ディクスン・カー
訳者　三《み》角《すみ》和《かず》代《よ》
発行所　（株）東京創元社
代表者　渋谷健太郎

162-0814／東京都新宿区新小川町1-5
電話　03・3268・8231-営業部
03・3268・8204-編集部
URL　http://www.tsogen.co.jp
萩原印刷・本間製本

ISBN978-4-488-11848-8　C0197